캉디드

Candide

아로파 세계문학 05

캉디드
Candide

볼테르
Voltaire

현성환 옮김

아로파

차례 |

랄프 박사가 쓴 독일어 문장의 번역

1759년에 박사가 민덴에서 사망했을 때
그의 주머니에서 발견된 유고를 포함한다.

TRADUIT DE L'ALLEMAND

DE Mr. LE DOCTEUR RALPH.

avec les additions

qu'on a trouvées dans la poche du docteur,

lorsqu'il mourut à minden, l'an de grâce 1759.

🚢 1장

캉디드는 아름다운 성에서 어떻게 자랐고
또 어떻게 그곳에서 쫓겨났는가
Comment Candide fut élevé dans un beau château,
et comment il fut chassé d'icelui.

베스트팔렌 지방의 툰더텐트론크[1] 남작의 성에는 자연이 만들어 낼 수 있는 가장 온순한 성품을 타고난 한 젊은이가 살고 있었다. 그의 외모는 그의 온화한 마음을 잘 드러내고 있었다. 그는 아주 올곧은 판단을 가장 단순한 생각을 통해 내렸다. 사람들이 그를 캉디드[2]라고 부른 것은 바로 이 때문인 것 같다. 가문의 오랜 하인들은 캉디드가 남작 여동생의 아들

---

1) Thunder-ten-tronckh. 볼테르가 독일어의 거칠고 탁한 인후음을 조롱하기 위해 만든 상상의 독일 이름이다.
2) Candide. 프랑스어 형용사 'candide'는 '천진난만한, 순진한'이라는 뜻이지만 여기서는 특히 '고지식할 정도로 남의 말을 잘 믿는 우직함'을 이른다.

이고 그의 아버지는 이웃의 선량하고 정직한 귀족이라고 생각했다. 그러면서 남작의 여동생이 그 귀족과 결혼할 마음이 전혀 없었던 것은 그가 자신의 고귀한 조상을 71대까지만 입증할 수 있었고 나머지 족보는 세월의 풍상으로 잃어버렸기 때문이라고 수군거렸다.

남작은 베스트팔렌의 가장 힘 있는 영주 가운데 한 사람이었다. 그도 그럴 것이 그의 성에는 정문 하나에 창문이 여러 개 달려 있었고 커다란 홀에는 태피스트리까지 장식되어 있었으니 말이다. 중요한 순간에 성 안의 모든 개들은 남작의 사냥개가 되었고 마부들은 사냥꾼이 되었으며, 마을의 보좌 신부는 그에게 은총을 내리는 보시자(報施者)였다. 사람들은 모두 남작을 몽세뇌르3)라고 불렀으며 남작이 그들을 조롱할 때에도 같이 따라 웃었다.

남작 부인으로 말할 것 같으면 그녀는 몸무게가 거의 350리브르4) 가까이 나갔다. 그녀는 이 육중함으로 사람들의 찬탄을 불러일으켰고 그보다 훨씬 더 존경받는 품격으로 가문을 명예롭게 만들었다. 그녀의 딸 퀴네공드5)는 열일곱 살로, 우아하면서도 발랄하며 통통하고 탐스러운 아가씨였다. 남작의 아들은 모든 면에서 그 아버지의 판박이였다. 가정교사인 팡글로스6)의 말은 이 가문에서 신탁(神託)이라 할 만큼 절대적 권위를 지녔고 어린 캉디드는 이 선생의 수업을 제 나이에 걸맞은 선의와 품성으로 귀담아 들었다.

---

3) monseigneur. '전하, 각하' 등을 뜻하는 이 말은 군주와 공작 및 지방의 총독을 부르는 말이었다. 귀족 중 지위가 가장 낮은 남작을 지칭하지는 않았다.
4) livre. 옛날 프랑스의 화폐 단위이자 질량 단위이다. 1리브르는 약 500그램 정도이다.
5) Cunégonde. 1012년 이 이름을 가진 어떤 공주가 종교 재판의 불 시험을 견뎌 내고 성녀(聖女)가 되었다.
6) Pangloss. 그리스어 'pan-(모든)'과 'glossa(혀 또는 언어)'를 조합하여 만든 이름이다. 이 작품에서 팡글로스는 이 세상 모든 것에 대해 논하고 자신의 논리를 정당화하는 박식함을 자랑한다.

팡글로스는 형이상학적·신학적·우주론적 바보학[7]을 가르쳤다. 그는 원인이 없는 결과란 절대로 존재할 수 없다는 것, 가능 세계들 중에서 가장 좋은 이 세계[8]에서 남작의 성이 가장 훌륭하며 툰더텐트론크 남작 부인이 이 세상 모든 남작 부인 중 가장 훌륭하다는 것을 멋지게 증명했다.

그는 이렇게 말하곤 했다. "세상이 지금의 모습과 다를 수 없다는 건 증명된 사실입니다. 그도 그럴 것이 모든 것은 어떤 목적을 위해 만들어지는데, 그 모든 것은 필연적으로 가장 좋은 목적을 위해 존재하고 있기 때문입니다.[9] 우리들의 코는 안경을 쓰기 위해 만들어진 것이고 그렇기 때문에 우리에게 안경이라는 게 있음을 아셔야 합니다. 다리는 바지를 입기 위해 만들어진 것이고 그렇기 때문에 우리에게 바지라는 게 있는 것이지요. 돌들은 깎여서 아름다운 성이 되려고 만들어진 것이고 그렇기 때문에 몽세뇌르께서 이토록 아름다운 성을 갖고 계신 겁니다. 이 지방에서 가장 위대한 남작은 당연히 가장 훌륭한 곳에서 사셔야 하니까요. 돼지는 사람들이 잡아먹으라고 만들어졌기 때문에 우리는 1년 내내 돼지고기를 먹습니다. 따라서 모든 것이 좋다고 주장하는 이들은 어리석은 말을 하는 거예요. '모든 것이 더할 나위 없이 좋다'고 말해야죠."

캉디드는 선생님의 말을 주의 깊게 듣고서는 순진하게 이를 믿었다.

---

7) métaphysico−théologo−cosmolonigologie. 'cosmologie'란 우주론이라는 의미이지만 여기에서는 라이프니츠(Leibniz, 1646~1716)의 단자론(monadologie)에 빗대 그의 이론을 비꼬기 위해 쓰였다. 예수회 수도사이자 수학자였던 카스텔(Castel, 1688~1757)은 라이프니츠의 철학을 '물리학적·기하학적 신학'이라고 칭하였는데, 볼테르는 'nigaud(어리석은)'를 조합한 단어를 만들어 카스텔의 표현을 패러디한 것이다.

8) dans ce meilleur des mondes possibles. 라이프니츠에 의하면 우리가 사는 세상은 '가능 세계들 중 최선의 세계(the best of all possible worlds)'이다. 완벽한 하나님이 만든 것이기 때문이다.

9) 팡글로스는 '모든 것은 그 본성 안에 있는 하나의 목적을 위해 생겨난다'는 아리스토텔레스의 목적인(causa finalis)을 낙관적으로 해석하고 있다.

왜냐하면 비록 한 번도 말할 용기를 내지는 못했지만, 캉디드는 퀴네공드 양이 너무나 아름답다고 생각하고 있었기 때문이다. 그는 세상에서 제일가는 행복은 툰더텐트론크 남작으로 태어나는 것이고 그다음 행복은 퀴네공드 양이 되는 것이며 세 번째는 그녀를 매일 볼 수 있는 것이고 네 번째는 이 지방에서 가장 위대한 철학자, 다시 말해 지구상에서 가장 위대한 철학자인 팡글로스 선생님의 말씀을 들을 수 있는 것이라고 결론 내렸다.

어느 날 퀴네공드는 성 주변을 산책하다가 정원이라고 불리는 곳의 작은 숲 덤불 사이로 팡글로스 박사의 모습을 보게 되었다. 그는 어머니의 하녀이자 예쁘고 온순하고 자그마한 갈색머리 아가씨에게 실험 물리학 수업[10]을 하고 있었다. 퀴네공드 양은 과학의 여러 분야에 재능이 많았기 때문에 자신이 목격하게 된 이 반복되는 실험을 숨 돌릴 틈도 없이 관찰했다. 그녀는 박사의 충족 이유율(充足理由律)[11], 그리고 원인과 결과를 명확히 목격했으며 그렇다면 자신이 젊은 캉디드의 충족 이유가 될 수 있고 또 그는 자신의 충족 이유가 될 수 있음을 되새겼다. 그녀는 박식해지고 싶다는 욕망으로 가득 찬 채 매우 흥분하는 동시에 깊은, 아주 깊은 생각에 빠져서 그곳을 떠났다.

---

10) leçon de physique expérimentale. 전기(電氣)에 관한 엽기적인 실험으로 유명했던 수도사 놀레(Nollet, 1700~1770)의 실험 물리학 강의를 왜곡한 표현이다. 영어 'physical'과 마찬가지로 프랑스어 'physique'에도 '물리학·자연학(의)'라는 뜻 외에 '육체적인'이라는 의미가 있다. 볼테르는 여기에서 라이프니츠의 주장은 놀레의 우스꽝스러운 실험보다도 못한 것이라고 비꼬고 있다.

11) raison suffisante. '일어나는 모든 것에는 반드시 이유가 있다'는 라이프니츠의 원리. 인간이 이해할 수 없는 우연적·상황적·역사적 상황이 일어나는 '충분한' 이유는 신만이 이해할 수 있으며 결국 인간이 보기에 불행하고 이해할 수 없는 세상의 일들을 신의 입장에서 다시 보면 다 그럴 만한 이유가 있다는 주장이다. 이 장면에서 볼테르는 충족 이유율을 물리 세계보다도 더 아래인 욕망의 세계로 추락시키고 있다.

그녀는 성으로 돌아오다가 캉디드를 만났고 얼굴을 붉혔다. 캉디드의 얼굴도 붉어졌다. 그녀가 떨리는 목소리로 인사를 하자 캉디드도 자기가 무슨 말을 하는지도 모르고 대답했다. 다음 날 저녁 식사 후 사람들이 자리를 떴을 때 두 사람만 병풍 뒤에 남게 되었다. 퀴네공드가 손수건을 떨어뜨리자 캉디드가 그것을 주웠다. 그녀가 순수하게 그의 손을 잡았고 청년도 순수하게 이 아가씨의 손에 격렬하면서도 다정다감하게, 그리고 아주 각별한 우아함을 갖추어 입을 맞췄다. 그들의 입술이 서로 만났고 그들의 눈은 서로 불타올랐으며, 그들의 무릎이 떨려 왔고 그들의 손은 갈 곳을 잃고 헤매었다. 툰더텐트론크 남작께서 병풍 주변을 지나다가 이 원인과 이 결과가 엮이는 것을 보고는 캉디드의 엉덩이를 힘껏 걷어차 그를 내쫓아 버렸다. 그러자 퀴네공드는 정신을 잃고 쓰러졌다. 그녀는 정신을 차리자마자 남작 부인에게 따귀 세례를 맞아야 했다. 이 세상에 존재할 수 있는 성 중에서 가장 아름답고 가장 살기 좋은 이 성의 모든 사람들은 크게 놀라 슬픔에 빠졌다.

⚓ 2장

캉디드는 불가리아인들 틈에서 어떻게 되었는가
Ce que devint Candide parmi les Bulgares.

지상 낙원에서 쫓겨난 캉디드는 정처 없이 걷고 또 걸었다. 그는 울다가 하늘을 쳐다보기를 반복했고, 세상에서 가장 아름다운 남작의 딸이 갇혀 있는, 세상에서 가장 아름다운 성을 자주 돌아보았다. 그는 드넓은 벌판 한가운데에서 저녁도 먹지 못하고 밭고랑 사이에서 잠을 청했는데 때마침 함박눈이 펑펑 쏟아졌다. 그리고 이튿날 그는 발트베르크호프 트라르프크 딕도르프[12]라 불리는 이웃 마을로 만신창이가 된 몸을 끌고 갔다. 온몸은 꽁꽁 얼어붙었고 돈 한 푼 없이 배고픔과 피곤에 절은 상태였다. 그가 처량하게 멈춘 곳은 한 선술집의 문 앞이었다. 푸른 옷을 입은

---

12) Valdberghoff-trarbk-dikdorff. 이 말 역시 볼테르가 독일어 'wald(숲), berg(산), hof(뜰, 마당), dorf(마을)' 등을 조합하여 만들어 낸 상상의 지명이다.

두 남자가 그를 눈여겨보았다.

"어이, 여기 키도 딱 들어맞고 제격인 젊은이가 있군." 그중 한 남자가 이렇게 말했다.

그들은 캉디드에게 다가와 아주 공손하게 저녁을 같이 하자고 청했다.

"나리들, 정말 영광입니다. 그렇지만 저는 제 밥값을 낼 수 없어요." 캉디드가 호감을 주는 겸손함을 보이며 그들에게 답했다.

"아! 당신 같은 풍모와 자질을 지니신 분들은 돈을 낼 필요가 없지요. 키가 5피에 5푸스[13]쯤 되지 않나요?" 푸른 옷 중 하나가 말했다.

"네, 맞아요." 캉디드는 절을 하며 말했다.

"어서 식탁에 앉으시지요. 돈은 우리가 내지요. 저희는 당신 같은 분께서 돈이 없다는 사실이 고통스러울 뿐입니다. 사람은 서로서로 돕고 살라고 만들어진 거지요."

"맞습니다. 팡글로스 선생님도 항상 그렇게 말씀하셨죠. 저도 이제 모든 것이 더할 나위 없이 좋다는 사실을 잘 알겠네요." 캉디드가 말했다.

그들은 캉디드에게 은화 몇 닢을 주며 받아 달라고 청했다. 캉디드는 돈을 받고 차용증을 써주려 했지만 그들은 한사코 손사래를 치다가 식탁에 앉았다.

"혹시 마음을 다해 사랑하는……?"

"네! 저는 퀴네공드 양을 마음을 다해 사랑합니다." 캉디드가 답했다.

"아뇨, 저희는 당신이 불가리아인의 왕[14]을 사랑하는지 묻고 있는 겁니

---

13) pied, pouce. 1피에는 32.5센티미터, 1푸스는 2.7센티미터 정도이다.

14) roi des Bulgares. 실제로 불가리아는 19세기에 이르러서야 독립했으므로 18세기에는 존재하지 않았다. 볼테르는 불가리아를 가공의 이름으로 이용하였으며 여기에서 말하는 이는 프로이센 왕국의 프리드리히 2세(Friedrich II, 1712~1786)이다. 프로이센은 1756년 오스트리아와 동맹 관계에 있던 작센 공국을 침략함으로써 7년 전쟁을 일으켰다.

다." 두 남자 중 한 사람이 말했다.

"전혀요, 저는 그 사람을 본 적도 없는 걸요."

"아니, 어떻게 그럴 수가! 그분은 왕 중에서도 가장 경애할 만한 왕이십니다. 그분의 만수무강을 위해 건배합시다."

"아! 기꺼이 들지요." 캉디드는 그들을 따라 건배했다.

"그만하면 됐습니다. 이제 당신은 불가리아인의 지지자이며 후원자, 수호자이자 영웅이 되었소. 당신에게 행운이 굴러 왔고 영광이 보장된 것이지요."

그들은 곧바로 캉디드의 발에 쇠사슬을 두르고 군대로 끌고 갔다. 사람들은 그에게 좌향좌 우향우를 시키고 탄약을 넣는 막대를 올렸다 내리게 하고 장총 조준과 사격 훈련을 시키고 빨리 걷기도 시키더니, 마침내는 곤장을 서른 대나 퍼부었다. 다음 날 그는 조금 덜 힘든 훈련을 받았고 곤장도 스무 대만 맞았다. 그다음 날은 열 대만 맞았다. 모두들 그를 신동이라고 생각했다.

어안이 벙벙해진 캉디드는 자신이 왜 영웅이 되었는지 이해할 수 없었다. 화창한 어느 봄날, 그는 산책[15]을 나가야겠다는 생각이 들었다. 곧장 앞으로 걸으면서 내키는 대로 자기 발을 사용하는 것이 인간과 동물의 특권이라고 생각했다. 2리외[16]도 가지 못했을 때 갑자기 키가 6피에 이르는 또 다른 영웅 넷이 나타나 그를 붙잡아 묶더니 지하 감옥으로 끌고 갔다. 캉디드는 재판에서 그가 속해 있던 연대의 모든 군인들에게 서른여섯 대씩 곤장을 맞는 것과 머리에 총알 열두 발을 맞는 것 중 하나를 선택하라는 질문을 받았다. 인간의 의지는 자유롭다는 것과 자신은 둘

---

15) promenade. 당시에 흔했던 탈영을 말한다.
16) lieue. 1리외는 약 4킬로미터 정도이다.

중 어느 것도 원치 않는다[17]는 것을 아무리 강변해도 소용없었다. 그는 선택해야 했다. 결국 그는 우리가 자유라 부르는, 하나님이 주신 선물을 근거로 곧장 서른여섯 대를 맞기로 결심했다. 군인들이 그의 앞으로 두 차례씩 지나갔다. 연대가 2천 명이었으니 두 차례씩 지나갔다는 것은 몽둥이를 4천 번 맞았다는 의미였고, 그러는 동안 그의 근육과 신경이 벗겨져 목덜미부터 엉덩이까지 드러났다. 세 번째 행진이 시작되려 할 때 더 이상 견딜 수 없었던 캉디드는 제발 자기 머리를 박살 내는 친절을 베풀어 달라고 간청했다. 그리고 곧 그는 호의를 받아 낼 수 있었다. 군인들은 그의 눈을 가리고 무릎을 꿇게 했다. 이 순간 불가리아인의 왕이 지나가다 사형수의 죄를 캐물었다. 이 왕은 통찰력이 뛰어난 사람이었기에, 캉디드에 대한 모든 것을 들은 뒤 그가 세상 물정을 전혀 모르는 젊은 형이상학자라는 사실을 알아차렸다. 그는 모든 신문에서뿐만 아니라 모든 시대가 칭송할 만한 자비와 은총을 캉디드에게 베풀었다.

선량한 외과 의사 하나가 디오스코리데스[18]의 고약을 처방하여 3주에 걸쳐 캉디드를 치료했다. 불가리아인의 왕이 아바르인의 왕[19]과 전투를 시작했을 때, 이미 캉디드는 상처에 살이 조금씩 돋아나고 있었고 걸을 수도 있었다.

---

17) 신학적 철학에서 말하는 '무관심의 자유'를 의미한다. 인간의 자유란 어떤 행동을 '무관심하게' 하거나 하지 않을 자유이다.
18) Dioscoride. 디오스코리데스(Dioscorides, ?~?)는 1세기경에 활약한 그리스의 약학자이다.
19) roi des Abares. 여기에서는 프랑스의 루이 15세(Louis XV, 1710~1774)를 말한다. 프로이센은 7년 전쟁 중 영국의 원조를 얻기 위해 프랑스와의 동맹을 깼고 프랑스는 전통적으로 적대 관계였던 오스트리아와 손을 잡았다.

🚢 3장

캉디드는 불가리아인들로부터 어떻게 도망쳤고
그다음에는 어떻게 되었는가
Comment Candide se sauva d'entre les Bulgares,
et ce qu'il devint.

두 왕의 군대보다 더 뛰어나고 더 탁월하며 더 민첩하고 질서 정연한 것은 세상에 없었다. 나팔과 피리, 백파이프와 북이 대포와 함께 만들어 내는 화음이 어찌나 기막히던지 일찍이 지옥에서도 이런 음악이 울린 적은 없었을 것이다. 대포가 먼저 양쪽 군인 대략 6천 명씩을 고꾸라뜨렸다. 그다음에는 화승총이 더할 나위 없이 좋은 세상의 표면을 더럽히고 있던 약 9천에서 1만 명의 불한당을 없애 버렸다. 총검 또한 수천 명의 인간이 죽는 충족 이유였다. 사망자가 총 3만여 명에 이르렀다. 이 영웅적인 도륙이 벌어지는 동안 캉디드는 철학자처럼 벌벌 떨면서 최선을 다해 몸을 숨겼다.

마침내 두 왕이 각자의 진영에서 〈테 데움〉[20]을 부르게 하는 사이, 그는 원인과 결과들을 따져 보기 위해 다른 곳으로 가기로 결심했다. 그는 수많은 시체와 죽어 가는 사람들을 넘어서 이웃 마을로 갔다. 원래 아바르인이 살던 마을이었지만 불가리아인들이 자신들의 공법(公法)에 따라 불태운 뒤라 이미 잿더미가 되어 있었다. 이쪽에서는 충격으로 온몸이 벌집이 된 노인들이 목이 잘려 죽어 가는 자신의 아내를 바라보고 있었고 그 아내는 아이들에게 피로 얼룩진 젖꼭지를 물린 채 부둥켜안고 있었다. 저쪽에서는 여러 처녀들이 몇몇 영웅들의 자연적인 욕망을 채워 준 뒤 배가 갈린 채 마지막 숨을 거두고 있었다. 반쯤 불에 탄 다른 이들은 죽여 달라고 애원하며 울부짖었다. 잘린 팔과 다리 옆에는 뇌수가 흩어져 있었다.

캉디드는 전속력으로 달려 다른 마을로 도망쳤다. 하지만 불가리아인들이 점령했던 이 마을은, 받은 것과 똑같은 대접을 베푼 아바르 영웅들에 의해 이미 쑥대밭이 된 뒤였다. 캉디드는 꿈틀거리는 사지와 폐허 위를 쉬지 않고 걸어 마침내 전쟁터를 벗어났다. 배낭 안에 남은 식량이 아주 조금뿐이었지만 그 와중에도 퀴네공드 양은 결코 잊지 않았다. 그가 네덜란드에 도착했을 때는 식량이 다 떨어진 뒤였다. 그러나 이 지역 사람들은 모두 부자이며 그리스도교인이라고 들었던 터라[21] 캉디드는 퀴네공드 양의 아름다운 눈 때문에 쫓겨나기 전까지 자신이 남작의 성에서

20) Te Deum. 라틴어로 '주여, 우리가 당신을 찬양합니다.'라는 뜻이다. 아침 기도 끝이나 주일, 축제일, 특히 가톨릭의 서품식, 왕이나 주교의 축성식, 전승 기념, 평화 협정 등 엄숙한 예식에서 하나님을 위한 찬가로 불렸다. 7년 전쟁이 한창이던 1758년, 조른도르프 전투에서 프로이센과 러시아가 맞붙었다. 양국은 각자 자국의 승리를 주장하며 자축했다.
21) 17세기 이후 네덜란드는 국제 무역과 종교적·지적 관용에 근거하여 크게 번성했다.

받았던 대우만큼 여기 사람들이 자신을 잘 대접하리라고 확신했다.

　그는 근엄해 보이는 몇몇 사람들에게 적선을 빌었다. 그러자 그들은 그가 이 일을 계속한다면 감화원에 가두어서 인생을 어떻게 살아야 하는지 가르쳐 주겠다고 응수했다.[22]

　그다음에 그가 온정을 구한 사람은 방금까지 수많은 군중들이 모인 연단 위에서 혼자 한 시간 내내 이웃 사랑에 대해 말한 이였다. 이 연사는 그를 삐딱하게 째려보며 말했다.

　"여기에서 뭘 하는 겁니까? 모두에게 이로운 일 때문에 여기 있는 겁니까?"

　"원인 없는 결과란 결코 있을 수 없습니다. 모든 것은 최선을 향해 필연적으로 연결되고 정돈되어 있습니다. 저는 퀴네공드 양 곁에서 쫓겨나기로 되어 있었고 곤장을 맞기로 예정되어 있었습니다. 그리고 지금은 빵을 구할 때까지 빌어야 합니다. 이 모든 것은 지금과 달라질 수 없었습니다." 캉디드가 겸손하게 대답했다.

　"친구여, 지금 교황이 적그리스도[23]라고 믿으십니까?" 연사가 물었다.

　"아직 그런 말을 들은 적은 없는데요. 그리고 그렇든 그렇지 않든 저는 지금 배가 고픕니다." 캉디드가 말했다.

　"너는 먹을 자격이 없어. 꺼져라, 이 망나니 같은 놈. 꺼져 버려, 이 비렁뱅이 같은 놈. 내 앞에 다신 나타나지 마." 연사가 말했다.

　연사의 아내가 창밖으로 머리를 빼꼼히 내놓고 있다가 캉디드가 교황이 적그리스도라는 사실을 의심한다는 것을 알고는 그의 머리 위로 똥을

---

22) 17세기 이후 유럽에서는 걸인과 떠돌이, 광인과 이교도들을 감금하기 시작하였다.
23) antechrist. 그리스도의 적이자 거짓 선지자이다. 그의 임무는 종말 이전에 그리스도교에 대립하는 종교를 세우는 것이다.

한가득 쏟아부었다. 오, 주여! 아주머니들의 종교적 열정이 이토록 넘치고 있습니다!

세례를 한 번도 받지 않은, 자크라는 선량한 재세례파(再洗禮派)[24] 한 사람이 자신의 형제인 한 인간을 사람들이 얼마나 잔인하고 치욕스러운 방식으로 대하는지 목격했다. 깃털 없이 두 발이 달린 존재, 영혼을 지닌 존재를 말이다. 그는 캉디드를 자기 집으로 데려가 씻긴 뒤 빵과 맥주를 주고 2플로린[25]을 선물하였으며 네덜란드에서 만드는 페르시아 직물 공장에서 일하는 법까지 알려 주려고 했다. 캉디드는 그의 앞에서 거의 엎드린 자세로 이렇게 외쳤다.

"이 세상의 모든 것은 더할 나위 없이 좋다고 말하신 팡글로스 선생님 말씀이 맞네요. 왜냐하면 저는 아까 그 검은 망토 씨와 그 부인의 몰인정함보다 당신의 더할 나위 없는 따스함에 무한한 감동을 받았으니까요."

이튿날 캉디드는 산책을 하다 온몸이 고름으로 뒤덮여 있고 눈은 흐리멍덩하고 코끝은 문드러지고 입은 삐뚤어지고 이가 시꺼먼 거지 하나와 마주쳤다. 그는 가래 끓는 목소리로 말했고 심한 기침으로 괴로워했는데, 힘들게 기침을 할 때마다 썩은 이빨 한 개씩을 내뱉었다.

---

24) anabaptiste. 당시 베스트팔렌과 네덜란드에 퍼져 있던 교파 중 하나로, 유아 세례를 인정하지 않고 분별이 생길 나이에 다시 세례를 받도록 했다.
25) florin. 네덜란드의 화폐 단위이다.

🚢 4장

캉디드는 옛 철학 스승 팡글로스 박사를 어떻게 만났고
그다음에는 무슨 일이 벌어졌는가
Comment Candide rencontra
son ancien maître de philosophie, le docteur Pangloss,
et ce qui en advint.

캉디드는 혐오감보다는 측은함에 더 이끌려 정직한 재세례파인 자크에게 받았던 2플로린을 이 끔찍한 거지에게 건넸다. 피골만 앙상한 이 거지는 캉디드를 뚫어지게 쳐다보더니 눈물을 흘리면서 그의 목을 끌어안았다. 캉디드는 소스라치게 놀라 뒤로 물러섰다.

"아이고! 자네는 어떻게 자네가 존경하는 팡글로스도 못 알아보시나?"
가련한 인간이 또 다른 가련한 인간에게 말했다.

"이게 도대체 무슨 말인가요? 당신이 내 선생님이라니요! 이토록 끔찍한 몰골을 한 당신이! 대체 무슨 불행이 닥친 건가요? 왜 세상에서 가장 아름다운 성에 머물러 계시지 않으시고요? 자연의 걸작이자 보배 중의 보배인 퀴네공드 양은 어떻게 되었나요?"

"힘들어서 더 이상은 못 가겠네." 팡글로스가 말했다.

캉디드는 즉시 그를 재세례파인의 외양간으로 데려가 빵을 조금 먹였다. 팡글로스가 기운을 차리자 캉디드가 다시 물었다.

"퀴네공드 양은요?"

"죽었다네." 팡글로스가 답했다.

캉디드는 이 말을 듣고 정신을 잃었다. 그의 친구가 때마침 외양간에 있던 질 나쁜 식초로 캉디드를 깨어나게 했다. 그러자 캉디드가 다시 눈을 떴다.

"퀴네공드가 죽다니요! 아! 가능 세계 중 가장 좋은 세계는 도대체 어디 있는 건가요? 그런데 그녀는 어떤 병으로 죽었죠? 자신의 아버지가 나를 아름다운 성에서 발로 걷어차 쫓아내는 것을 보고 그렇게 된 것은 아니었을까요?"

"아니야. 불가리아 병사들이 그녀를 실컷 욕보인 뒤 배를 갈랐지. 그녀를 살리려던 남작은 머리가 깨져 죽었고 남작 부인은 토막이 났어. 내 가엾은 제자인 남작의 아들도 그 누이와 똑같은 짓을 당했다네. 성은 흔적도 찾을 수 없이 파괴되었고 말이야. 곳간 한 채, 양 한 마리, 오리 한 마리, 나무 한 그루 남지 않았어. 그렇지만 우리도 원한을 되갚긴 했지. 아바르인들이 어떤 불가리아인 영주의 땅에 가서 우리가 당한 만큼 쑥대밭을 만들었으니까."

이 말을 들은 캉디드는 다시 정신을 잃었다. 그러나 곧 정신을 차린 뒤 이 상황에서 으레 하기 마련인 말을 하고서 팡글로스를 이토록 딱한 처지에 몰아넣은 원인과 결과, 그리고 충족 이유율에 대해 물었다.

"아! 이 모든 것이 사랑 때문이라네. 인류를 위로하고 우주를 보존하는 것, 감각이 있는 모든 존재들의 핵심, 저 다정한 사랑 말이네." 선생이 말했다.

"아! 전에는 저도 알았죠, 마음의 주권자이며 우리 영혼 중의 영혼인 이 다정스러운 사랑을. 하지만 사랑이 내게 가져다준 것은 입맞춤 한 번과 엉덩이로 받은 발길질 스무 번뿐이었어요. 그건 그렇고 어떻게 이 아름다운 원인이 선생님께 그토록 고약한 결과를 가져올 수 있었나요?" 캉디드가 말했다.

팡글로스는 다음과 같이 대답했다. "오, 사랑하는 나의 캉디드! 자네는 파케트가 기억나는가? 우리 고귀한 남작 부인의 예쁜 시녀 말일세. 나는 그녀 품에서 천국의 기쁨을 맛보았지. 자네도 지금 보고 있다시피 그 기쁨이 나를 집어삼킨 이 지옥의 고통을 낳은 거야. 그녀도 이 고통에 감염되어 있었으니 아마 그것 때문에 죽었을 거야. 그녀는 이 선물을 박식한 프란체스코회 수도사[26]에게 받았지. 그는 이 선물의 근원을 찾아 거슬러 올라갔다네. 어찌 된 일인가 보니 그는 이 원인을 한 늙은 백작 부인한테 얻었고 그녀는 어떤 기병대 대위한테, 이 대위는 어떤 후작 부인한테, 후작 부인은 어떤 시동(侍童)한테, 시동은 한 예수회 신부한테 얻었던 거야. 그런데 초짜였던 이 신부는 크리스토퍼 콜럼버스의 동료 중 한 명한테 직접 얻었지.[27] 이제 나는 이걸 그 누구에게도 주지 않을 셈이라네.

---

26) cordelier. 프란체스코회는 무소유와 청빈을 강조하며 설립된 수도회이다. 'cordelier'는 프란체스코회 수도사들이 매듭 달린 허리끈(cordelière)을 차고 다닌 데에서 유래한 표현이다. '박식하다'는 말은 프란체스코회 수도사의 방탕과 무식에 대한 반어적 표현이다.
27) 볼테르는 당시 의학서에 근거해 아메리카 대륙에서 시작된 매독의 계보를 보여 주고 있다. 그는 매독의 감염 경로를 충족 이유율의 예로 삼고 있다.

나는 죽어 가고 있으니까."

"오, 팡글로스! 정말 이상한 계보네요. 악마야말로 이 원인의 근원 아닐까요?" 캉디드가 외쳤다.

"전혀. 그것은 가능 세계 중 가장 좋은 세계에서는 없어서는 안 될 필수 요소지. 그도 그럴 것이 만일 콜럼버스가 아메리카의 어느 섬에서 생명의 근원을 오염시키고 생명 탄생을 자주 방해하기까지 하는, 자연의 위대한 목적[28]에 명백히 위배되는 이 병에 걸리지 않았더라면 우리에겐 초콜릿도 붉은 염료도 없었을 거야. 또 우리들이 살고 있는 이 대륙에서는 오늘날까지도 이 병이 종교적인 논쟁만큼이나 아주 특별하다네. 터키인이나 인도인, 페르시아인, 중국인, 태국인, 일본인들은 아직 이 병을 모르고 있어. 물론 몇백 년 안에는 그들이 이 병을 알게 될 충족 이유율이 존재하지. 그때를 기다리는 동안 이 병은 우리 대륙에서 놀라운 발전을 이루었어. 특히 올바르며 고결한 용병들로 구성된 군대 안에서 더욱 그렇다네. 이들이 지금 나라의 운명을 결정하고 있고 말이야. 어떤 전투에서 양 진영에 각각 3만의 군대가 있다면 그 안에 매독 환자가 대략 2만 명씩은 있을 거라고 확실히 말할 수 있네." 위대한 사람이 답했다.

"정말 대단하네요. 그래도 치료는 받으셔야죠?" 캉디드가 말했다.

"친구여, 어떻게 말인가? 나는 땡전 한 푼 없다네. 이 세상 어디에도 돈을 받지 않고 피를 흘리게 해주거나 관장을 해주는 곳은 없어.[29] 누가 대신 돈을 내준다면 몰라도."

마지막 이 말을 듣고 캉디드는 결심을 굳혔다. 그가 자비로운 재세례파인 자크의 발밑에 엎드려 자신의 친구가 처한 상황을 감동스럽게 묘사

---

28) 계몽주의자들이 볼 때 자연의 첫 번째 목적은 종(種)의 보존이다.

29) 당시에는 칼로 상처를 내 피를 내거나 관장을 하는 것이 표준적인 치료 방법이었다.

하자 이 어진 사람은 주저 없이 팡글로스 박사를 데려와 자신의 돈으로 치료를 받게 했다. 치료를 마친 팡글로스가 잃은 것은 눈 하나, 귀 하나 뿐이었다. 그는 글씨를 잘 썼고 계산을 완벽하게 할 줄 알았기 때문에 재 세례파인 자크는 그에게 장부를 맡겼다. 두 달이 지나 사업차 리스본으로 가야 했을 때 그는 이 두 철학자를 자신의 배에 태워 데려갔다. 팡글로스는 그에게 어떻게 이 모든 세상이 더할 나위 없이 좋은지 설명했다. 자크는 그의 의견에 동의하지 않았다.

"정말이지 인간은 본성을 잃고 타락한 게 틀림없습니다. 늑대로 태어나지 않은 인간이 늑대가 되었으니까 말입니다. 하나님은 인간에게 대포나 총검을 주지 않았는데 인간은 서로를 죽이기 위해 그런 것들을 만들었어요. 파산 제도도 그렇습니다. 법원은 파산한 이들의 재산을 독점해서 채권자가 받을 몫을 빼앗아 갑니다."

"이 모든 것은 필요 불가결한 것입니다. 특수한 불행들이 일반적 선을 만드는 것이거든요. 그러니까 특수한 불행들이 많으면 많을수록 모든 것은 더 좋게 되는 것이지요." 애꾸눈 박사가 말을 받았다.

팡글로스가 논증을 하는 동안 하늘이 어두워지고 사방에서 바람이 불어왔다. 리스본의 항구가 내다보이는 곳에서 배가 가장 끔찍한 폭풍우에 휩쓸린 것이다.

🚢 5장

폭풍우와 난파, 지진 그리고
팡글로스와 캉디드, 재세례파인 자크에게 닥친 일
Tempête, naufrage, tremblement de terre,
et ce qui advint du docteur Pangloss, de Candide,
et de l'anabaptiste Jacques.

승객 중 절반은 요동치는 배 때문에 오장육부가 뒤틀리는 어마어마한 고통에 시달렸다. 어찌나 기진맥진했는지 위험을 걱정할 겨를도 없었다. 나머지 절반의 사람들은 소리를 지르거나 기도를 했다. 돛은 찢어지고 돛대가 부러졌으며, 배에는 틈이 벌어졌다. 움직일 수 있는 사람들은 애를 썼지만 오합지졸의 상태에서 그 누구도 지휘를 내릴 수 없었다. 재세례파인은 상갑판에 올라가 어떻게든 배 조종을 도우려 애를 쓰고 있었다. 그때 갑자기 화가 머리끝까지 난 선원 하나가 그를 무자비하게 때려

바닥에 뻗게 만들었다. 그러나 선원 자신도 주먹을 날리다가 몸이 격렬하게 흔들리는 바람에 배 밖으로 튕겨 나가고 말았다. 그는 부러진 돛에 매달려 그것을 꽉 붙잡았다. 선한 자크가 달려가서 그를 다시 배 위로 끌어 올렸다. 그런데 이렇게 선원을 도우려 힘을 쓰던 자크는 그만 선원이 보는 앞에서 바다로 처박히고 말았다. 하지만 선원은 자크가 죽어 가는 동안 아무것도 하지 않았고 심지어 그에게 눈길 한 번 주지 않았다. 캉디드는 그쪽으로 가까이 다가가 자신의 은인이 잠시 떠올랐다 영원히 가라앉는 모습을 바라보았다. 그러고는 뒤따라 뛰어들려고 하였다. 그러자 철학자 팡글로스가 캉디드를 말리며 리스본 항은 이 재세례파인이 익사하도록 특별히 만들어진 것임을 증명하였다. 그가 이를 '선험적(先驗的)으로'[30] 증명하는 사이 배는 침몰했고 팡글로스와 캉디드, 그리고 고결한 재세례파인을 익사시킨 야만스러운 선원을 제외한 모든 사람이 죽었다. 팡글로스와 캉디드가 널빤지에 실려 해안까지 다다른 동안 이 악당은 헤엄쳐 오는 데 성공한 것이다.

그들은 약간이나마 기력을 회복한 뒤 리스본까지 걸어갔다. 폭풍우에서 빠져 나온 다음 조금 남아 있는 돈으로 허기를 달랠 생각이었다.

은인의 죽음을 슬퍼하며 리스본에 도착한 순간, 그들은 자신들의 발아래 땅이 흔들리는 것을 느꼈다. 항구에서는 바다가 부글거리며 솟아올라 정박해 있던 배들을 부쉈다. 불길과 재가 뒤섞인 회오리바람이 거리와 광장을 뒤덮었다. 집들이 무너져 뒤집힌 지붕이 땅 위로 떨어지고 바닥은 흩어져 버렸다. 남녀노소 할 것 없이 3만 명이나 되는 주민들이 폐허

---

30) à priori. '앞선 것으로부터'라는 뜻의 라틴어로 경험에 앞서서 대상에 대한 인식이 선천적으로 가능함을 밝히려는 태도를 말한다. 볼테르는 이 말을 '과학적 검증 없이 추상적으로'라는 뜻으로 쓰며 형이상학자들의 궤변을 넌지시 비판하고 있다.

에 깔려 죽었다.[31] 선원은 휘파람을 불고 욕을 섞어 가며 여기에서 분명 뭔가 챙길 수 있을 거라고 말했다.

"이 현상의 충족 이유는 무엇일까?" 팡글로스가 말했다.

"이것이 바로 세상의 종말이야!" 캉디드가 외쳤다.

선원은 곧장 잔해 한가운데로 달려가 죽음을 무릅쓰고 돈을 조금 찾아내서는 그 돈으로 취하도록 술을 마셨다. 술이 깨자 그는 무너진 집들의 폐허 위에서, 죽어 가는 사람들과 시체 더미 속에서 어느 처녀를 만나 그녀의 호의를 샀다. 그러자 팡글로스가 그의 소매를 잡아끌며 말했다.

"여보게, 친구. 이건 좋지 않아. 자네는 보편적 이성을 어기고 있어. 자네는 자네의 시간을 잘못 쓰고 있네."

"제길, 난 바타비아[32] 선원이라고! 내가 일본을 네 번 가는 동안 십자가도 네 번이나 밟고 지나갔지.[33] 당신이 말하는 보편적 이성에 맞는 인간 한번 제대로 봤군!" 선원이 답했다.

갑자기 떨어진 돌덩이에 캉디드가 상처를 입었다. 그는 파편으로 뒤덮인 채 길거리에 쓰러졌다.

"아이고! 포도주와 기름 좀 얻어다 주세요. 저 죽을 것만 같아요." 그가 팡글로스에게 말했다.

"새로울 것 없는 지진이네. 지난해 아메리카의 리마도 똑같은 진동을 느꼈지. 똑같은 원인에 똑같은 결과야. 리마부터 리스본까지 땅 아래에

---

31) 1755년 11월 1일에 발생한 리스본 대지진을 묘사한 것이다. 포르투갈 리스본에서 발생한 이 대지진은 희생자 수만 3만 명으로 추정되며 지금까지도 역사상 최악의 재해로 남아 있다. 실제 연대기와는 달리 1756년에 발발한 7년 전쟁보다 나중에 발생한 것으로 서술되어 있다.

32) Batavia. 오늘날 인도네시아의 수도이자 항구 도시인 자카르타의 옛 이름으로, 당시에는 네덜란드의 식민지였다.

33) 17세기 일본은 유럽에 문호를 닫았지만 나가사키에서 상업권을 지닌 네덜란드는 예외였다. 다만 상인들은 그리스도교에 대한 부정의 의미로 십자가를 밟고 지나다녀야 했다.

유황이 흐르고 있는 것이 틀림없어." 팡글로스가 대답했다.

"정말 그럴 수 있겠네요. 그런데 제발 부탁이니 기름하고 포도주 좀 얻어다 주세요."

"뭐라고, 그럴 수 있겠다고? 나는 이것이 증명되었다고 주장하는 바이네." 철학자가 반박했다.

캉디드는 의식을 잃었고, 팡글로스는 가까운 샘에서 물을 조금 떠다 주었다.

이튿날 그들은 잔해 여기저기를 슬그머니 비집고 들어가 식량을 찾아내 그것으로 기운을 조금 회복했다. 그런 다음 다른 이들과 함께 죽음을 모면한 주민들을 열심히 도왔다. 도움을 받은 몇몇 사람들은 이 끔찍한 재앙 속에서 준비할 수 있는 가장 좋은 저녁을 차려 그들에게 대접했다. 그래도 식사 시간은 슬펐다. 모두들 자신의 빵을 눈물로 적셨다. 이 와중에도 팡글로스는 이 모든 일이 그럴 수밖에 없었다고 단언하면서 그들을 위로했다.

"그도 그럴 것이 이 모든 것이 더할 나위 없이 좋기 때문이지요. 그도 그럴 것이 리스본에 화산이 있으면 이 화산이 다른 곳에는 있을 수 없기 때문이지요. 그도 그럴 것이 이 모든 것이 있는 곳에 그것들이 존재하지 않기란 불가능하기 때문이지요. 그도 그럴 것이 이 모든 것이 더할 나위 없이 좋기 때문이지요."

종교 재판의 색출 대원인 조그만 흑인이 그 옆에 있다가 예의를 갖춰 이렇게 말했다.

"선생께서는 분명 원죄(原罪)[34]를 믿지 않으시나 봅니다. 모든 것이 더

---

34) péché originel. 그리스도교의 중심 교리이다. 아담과 하와가 신의 명령을 어기고 금단의 열매를 먹었기 때문에 그전에는 존재하지 않던 악이 생겨났다는 것이다.

할 나위 없이 좋다면 인간의 타락도 하나님의 벌도 없을 테니까요."

"각하, 진정으로 겸허히 용서를 비는 바입니다. 그도 그럴 것이 인간의 타락과 하나님의 저주도 가능 세계 중 가장 좋은 세계에 이미 필연적으로 담겨 있으니까요." 팡글로스가 더 예의를 갖춰 대답했다.

"그러니까 선생께서는 인간의 자유를 믿지 않는다는 말씀이신가요?" 색출 대원이 물었다.

"저를 용서하십시오, 각하. 자유는 절대적인 필연과 함께 존재할 수 있습니다.[35] 그도 그럴 것이 우리가 자유로웠다는 것은 필연적인 것이었기 때문이지요. 그도 그럴 것이 결국 결정된 의지란……."

색출 대원이 자신에게 포르토인지 오포르토[36]인지 하는 포도주를 따르고 있던 무장 하인에게 고갯짓을 할 때, 팡글로스는 아직 그의 말을 끝내지 않고 있었다.

---

35) 라이프니츠의 주장이다.
36) Porto, Oporto. 유럽에서 아주 유명한 포도주로, 포르투갈의 도시 이름을 딴 것이다.

🚢 6장

지진을 막을 멋진 화형식[37]은 어떻게 진행되었고
캉디드는 어떻게 볼기를 맞게 되었는가
Comment on fit un bel auto-da-fé pour empêcher
les tremblements de terre, et comment Candide fut fessé.

지진이 리스본의 4분의 3을 파괴하자 이 고장의 현자(賢者)들은 도시
전체가 몰락하는 일을 막아 보려 했다. 그러나 그들은 민중에게 멋진 화
형식을 선사하는 것보다 더 효과적인 방법을 찾아내지는 못했다. 코임
브라 대학[38]은 성대한 의식으로 몇 사람을 불에 굽는 구경거리가 지진을

---

37) auto-da-fé. 중세 스페인과 포르투갈에서 행하던 종교 재판 의식을 칭하는 말로 문자 그대로는
가톨릭에서 행하는 신앙 고백 기도를 의미한다. 이 말이 '화형식'과 동일한 의미로도 쓰이는 이유는 이
단자로 선고받은 이들이 이 고백을 거부할 경우 곧바로 화형에 처해졌기 때문이다.
38) université de Coïmbre. 포르투갈에 있으며 당시 종교 재판의 중심지였다. 코임브라 외에 리스
본, 데보라, 고아에 종교 재판소가 있었다.

막을 수 있는 확실한 비책이라고 결론 내렸다.

이 결정에 따라 자신이 대부가 되었던 아이의 대모와 결혼한 것이 확실한 비스카야인[39] 한 명과 닭고기를 먹으면서 비계를 떼어 냈다는[40] 포르투갈인 두 명이 붙잡혔다. 저녁 시간이 지난 뒤에는 팡글로스 박사와 그의 제자를 잡아들였는데, 팡글로스의 죄목은 말을 했다는 것이었고 캉디드의 죄목은 동의하는 태도로 그 말을 들었다는 것이었다. 그 둘은 각각 아주 시원한 곳으로 옮겨졌다. 햇볕 때문에 성가실 일이 전혀 없는 곳이었다. 여드레가 지나자 사람들은 두 사람에게 산베니토[41]를 입히고 종이로 만든 뾰족한 모자를 씌웠다. 캉디드의 산베니토와 모자에는 거꾸로 서 있는 불꽃과 함께 꼬리와 발톱이 없는 악마들이 그려져 있었다. 그러나 팡글로스의 악마들에게는 발톱과 꼬리가 달려 있었고 불꽃은 똑바로 서 있었다.[42] 그들은 이런 차림으로 행진을 하고 난 뒤 눈물이 쏟아질 정도로 감동적인 설교를 들었다. 아름다운 가톨릭 성가가 그 뒤를 이었다. 성가가 계속되는 동안 캉디드는 이 노래의 박자에 맞춰 볼기를 맞았다. 비스카야인과 비계를 조금도 먹으려 하지 않은 두 사람은 화형을 당했고 팡글로스는 관례와는 달리 교수형에 처해졌다. 바로 그날, 땅은 다시 한 번 끔찍한 굉음과 함께 흔들렸다.

온몸이 피투성이가 된 캉디드는 소스라치게 놀라고 무서워서 어찌할 바를 몰라 벌벌 떨며 스스로에게 이렇게 물었다.

---

39) 당시 가톨릭에서는 한 아이의 대부(代父)와 대모(代母)가 결혼하는 것을 금지했다. 비스카야는 스페인 북부 지방의 중심 도시이다.

40) 당시 스페인과 포르투갈에서는 유대교를 엄격히 금지하였다. 유대인들은 돼지고기를 먹지 않는데 그와 동일한 것으로 여겨지는 닭고기의 비계를 떼어 낸 것으로 보아 이들을 숨어 사는 유대인이라고 추정했다는 말이다.

41) san-benito. 화형을 앞둔 죄수가 입는 노란 옷을 말한다.

42) 똑바로 서 있는 불꽃은 이단을 고집하는 수형자를 나타내는 것으로 곧 죽음을 의미한다.

"가능 세계들 중에서 가장 좋은 세계가 이곳이라면 다른 세계는 도대체 어떻다는 거지? 내가 볼기를 맞은 건 그렇다고 치자. 볼기는 불가리아인들한테도 맞았으니까. 그래도, 오! 세상에서 가장 위대한 철학자이자 존경하는 나의 팡글로스 스승님이여, 당신 목이 매달려야 했다니! 당신이 왜 그런 일을 당해야 하는 건가요? 오! 세상에서 가장 선한 사람인 재세례파인이여, 당신이 왜 항구에서 물에 빠져 죽어야 했나요? 오! 세상에서 가장 아름다운 퀴네공드 양이여, 당신이 왜 배가 갈려 죽어야 했나요?"

캉디드는 설교를 듣고 볼기를 맞은 뒤 죄를 용서받고 축복을 받으며 풀려났다. 서 있는 것이 기적일 정도인 그의 앞에 한 노파가 다가와 이렇게 말했다.

"젊은이, 용기를 내고 나를 따라오세요."

⛵ 7장

노파는 캉디드를 어떻게 돌보았으며
캉디드는 사랑했던 여인을 어떻게 다시 만나게 되는가
Comment une vieille prit soin de Candide,
et comment il retrouva ce qu'il aimait.

용기는 전혀 나지 않았지만 그래도 캉디드는 노파를 따라 다 쓰러져
가는 어느 집으로 들어갔다. 노파는 상처에 바를 연고 단지와 함께 먹고
마실 거리를 주었다. 그러고는 작지만 꽤나 깨끗한 침대로 그를 안내했
다. 침대 옆에는 좋은 옷도 한 벌 놓여 있었다.

"끼니를 들고 술도 좀 마시고 잠을 좀 청해 보세요. 아토차의 성모와
파도바의 성 안토니오, 콤포스텔라의 성 야고보[43]가 젊은이를 돌봐 주시

---

43) 스페인 마드리드의 아토차 성모(聖母) 마리아 대성당에는 잉태한 동정녀 마리아상이 있다. 이탈
리아 파도바의 성(聖) 안토니오 대성당에는 잃어버린 물건이나 실종자를 지켜 준다는 성 안토니오의

길 빌겠어요. 전 내일 오지요." 노파가 말했다.

캉디드는 자신이 본 것과 겪은 것, 그리고 노파의 자비에 한층 더 놀라 그녀의 손에 입을 맞추려 했다.

"입을 맞춰야 할 손은 내 손이 아니지요. 내일 다시 오겠어요. 배도 좀 채우고 잠을 청해 봐요. 연고 바르는 것 잊지 말고요." 노파가 말했다.

이 모든 불행을 겪고도, 캉디드는 배를 채우고 잠을 청했다. 이튿날 노파는 아침을 가져왔고 캉디드의 등을 살피더니 손수 또 다른 연고를 발라 주었다. 그런 뒤에 점심을 가져왔고 밤이 되자 저녁을 챙겨 왔다. 그 이튿날도 같은 일이 반복되었다.

"대체 뉘신지요? 어쩌면 이렇게 어질 수 있나요. 제가 어떻게 이 은혜를 다 갚을 수 있을지 말씀해 주십시오." 캉디드는 계속해서 물었다.

선한 노파는 그 어떤 말도 하지 않았다. 그날 밤 노파가 방문했지만 이번에는 먹을 것을 가져오지 않았다.

"아무 말 하지 말고 나를 따라 오세요." 노파가 말했다.

그녀는 캉디드의 팔을 잡아 부축하고 들길을 4분의 1마일쯤 걸었다. 그들이 도착한 곳은 정원과 수로로 둘러싸인 어느 외딴 집이었다. 노파가 작은 문을 두드리자 문이 열렸다. 노파는 비밀 계단을 통해 금빛이 나는 작은 방으로 그를 인도한 뒤 비단 소파에 앉혔다. 문이 닫히고 노파는 떠났다. 캉디드는 마치 꿈을 꾸고 있는 것 같았다. 이제까지의 모든 삶이 악몽같이 여겨졌고, 지금은 행복한 꿈속에 있는 기분이었다.

얼마 후 노파가 다시 나타났다. 노파는 떨고 있는 한 여인을 힘들게 부축하고 있었다. 위엄 넘치는 풍모를 지닌 이 여인은 베일로 모습을 가리

무덤이 있으며, 성 야고보의 무덤이 있는 스페인 산티아고 데 콤포스텔라 대성당은 그리스도교 3대 순례지로 꼽힌다.

고 있었고 온몸은 휘감은 보석으로 빛나고 있었다.

"베일을 벗겨 보시지요." 노파가 캉디드에게 말했다.

청년은 다가가 머뭇거리는 손으로 베일을 들어 올렸다. 이런 순간이 오다니! 이렇게 놀라운 일이! 그는 자신이 퀴네공드 양을 보고 있다고 생각했다. 아니, 정말 그녀였다. 맥이 풀린 캉디드는 말문이 막혀 주저앉아 버렸다. 퀴네공드도 소파 위로 쓰러졌다. 그러자 노파가 이들에게 독한 술을 연거푸 먹였다. 이윽고 정신을 차린 그들은 이야기를 나누기 시작했다. 처음에는 앞뒤 잘린 말 몇 마디와 이런저런 두서없는 문답이 오갔고 한숨과 눈물, 울음소리가 이어졌다. 노파는 그들에게 소리를 조금 낮추는 게 좋겠다고 말했다가 이내 그만두었다.

"말도 안 돼! 정말 당신이군요. 당신이 살아 있다니! 내가 당신을 포르투갈에서 만나다니! 당신이 능욕당했다고 들었는데. 사람들이 당신 배를 가른 게 아니었나요? 철학자 팡글로스 선생님이 내게 확실하다고 했어요." 캉디드가 외쳤다.

"맞아요, 그랬죠. 그래도 그런 일을 당했다고 다 죽는 건 아니에요." 아름다운 퀴네공드가 말했다.

"그러면 당신 아버님과 어머님이 돌아가신 것은 맞나요?"

"유감스럽지만 그래요." 퀴네공드는 흐느끼면서 말했다.

"그럼 당신 오빠는요?"

"오빠도 죽었어요."

"그런데 당신이 어떻게 포르투갈에 있는 거지요? 어떻게 내가 여기 있다는 것을 알았나요? 또 어떤 기이한 우연으로 나를 이 집으로 데려오게 되었나요?"

"다 말해 드릴게요. 하지만 그 전에 당신이 겪은 모든 일들을 내게 말해 주세요. 당신이 내게 주었던 그 순수한 입맞춤 때문에 발길질을 당해 내쫓겼던 이후의 모든 일을." 귀부인이 말했다.

캉디드는 아주 정중히 그녀의 말을 따랐다. 어안이 벙벙하고 목이 메어 목소리가 떨렸고 등줄기는 여전히 아팠지만 그는 그들이 헤어진 순간부터 겪었던 모든 일들을 자세히 이야기해 주었다. 때때로 퀴네공드는 허공을 바라보았다. 그녀는 선한 재세례파인과 팡글로스의 죽음에 눈물을 흘렸다. 그런 뒤 그녀는 다음과 같이 말을 이었다. 그는 그녀의 말을 빠짐없이 귀담아 들었고 그녀의 눈을 삼킬 듯이 쳐다보았다.

🚢 8장

퀴네공드의 이야기
Histoire de Cunégoride.

"하나님께서 우리의 아름다운 성 툰더텐트론크에 불가리아인들을 보내고자 하셨을 때, 나는 침대에서 깊이 잠들어 있었어요. 그들은 아버지와 오빠의 목을 자르고 어머니를 조각냈지요. 이 광경을 보고 내가 기절하니까 키가 6피에나 되는 커다란 불가리아인 한 사람이 나를 능욕하기 시작했어요. 그 바람에 제정신이 들기 시작한 나는 비명을 지르며 발버둥을 치고, 깨물고, 할퀴고, 그 커다란 불가리아인의 눈을 뽑아 버리려고 했지요. 내 아버지의 성에서 일어나고 있는 이 모든 일들이 이 세상에서는 흔히 있는 일이란 것도 몰랐거든요. 그 야만인은 내 왼쪽 옆구리를 칼로 찔렀어요. 아직도 그 상처가 남아 있지요."

"맙소사! 내가 좀 봤으면 좋겠어요." 눈치 없는 캉디드가 말했다.

"나중에요. 이야기 먼저 하고요." 퀴네공드가 말했다.

"계속 해요." 캉디드가 말했다.

그녀는 다음과 같이 이야기를 계속 풀어 나갔다.

"한 불가리아 대위가 들어와서 피범벅이 된 나를 보았어요. 상관을 보고도 그자는 아랑곳하지 않았지요. 대위는 자기 부하가 자신에게 예의를 갖추지 않자, 내 위에 있던 그 짐승 같은 놈을 죽여 버렸어요. 그리고 나서 나를 붕대로 싸매 주고 자기 막사에 전쟁 포로로 데려갔지요. 나는 그가 갖고 있는 몇 장 안 되는 옷을 빨아 주고 요리도 해주었어요. 사실대로 말하자면 그는 나를 아주 예쁘다고 생각했나 봐요. 나도 그 사람이 아주 잘생겼고 피부가 하얗고 부드러웠다는 것을 부인하지는 않겠어요. 하지만 그는 재치도 철학도 없었어요. 팡글로스 선생님한테 배우지 않았다는 것이 분명한 사람이었지요. 석 달쯤 지나니 갖고 있던 돈도 다 써 버리고 나한테도 질렸는지 나를 돈 이사카르[44]라는 유대인에게 팔아 버렸어요. 네덜란드와 포르투갈에서 암거래를 하던 그는 여자를 광적으로 밝혔지요. 그는 나에게 굉장히 집착했지만 나를 가질 수는 없었어요. 내가 불가리아 군인 놈 때보다 더 성공적으로 반항했거든요. 정조를 지키는 여자가 한 번 능욕을 당할 수는 있다 해도, 그 절개가 약해지는 것은 아니랍니다. 이 유대인은 나를 길들이려고 이 전원의 저택으로 데려온 거예요. 이제껏 툰더텐트론크의 성보다 더 아름다운 것은 이 지상에 없다고 믿었는데 내가 잘못 알고 있었더군요.

어느 날 대종교 재판관이 미사에서 나를 봤어요. 그는 한참을 내 쪽으로 곁눈질을 하더니 나한테 은밀하게 할 말이 있다는 거예요. 나는 그의

---

44) don Issachar. 성경의 인물 '이삭'에서 온 이름이다. '돈(don)'은 궁정 은행가로 일하는 데 따른 작위이다. 유대인 은행가의 돈은 종교적 탄압으로부터 유대 민족을 지켜 주었다.

궁전으로 안내되었지요. 그리고 그에게 내가 어떤 가문 출신인지 알려 주었더니 그는 내가 유대인 남자에게 매어 있는 것이 얼마나 내 신분에 걸맞지 않는 일인지 일깨워 주더군요. 그러고는 돈 이사카르에게 사람을 보내 나를 자기에게 양보하라고 제안했어요. 궁정 은행가이자 재력가인 돈 이사카르는 아무런 행동도 하지 않았어요. 그러자 종교 재판관은 그를 화형에 처하겠다고 위협했지요. 결국 겁을 집어먹은 제 유대인 주인은 이 저택과 나를 두 사람이 공동 소유하기로 계약을 맺었어요. 이에 따라 나는 월요일, 수요일, 안식일은 유대인 소유가 되고 나머지 요일은 종교 재판관 소유가 되었지요. 이런 합의가 지속된 지 6개월이 되었네요. 싸움이 없었던 것은 아니에요. 왜냐하면 토요일 밤부터 일요일까지가 옛날 율법에 속하는지 새로운 율법에 속하는지 대개는 확실하지 않았으니까요.[45) 지금까지도 나는 이 둘을 거부하고 있는데, 아마 그래서 내가 아직도 이들에게 사랑받고 있는 것 같아요.

결국 지진의 재앙도 피하고 돈 이사카르도 겁줄 요량으로 종교 재판관은 화형식을 거행하기로 했어요. 그는 친절하게도 나를 거기에 초청했지요. 나는 화형식이 아주 잘 보이는 곳으로 안내를 받았어요. 미사가 끝나고 형이 집행되기 전에 부인들은 음료수도 제공받았어요. 사실 나는 그때 유대인 두 명과 자신의 대모와 결혼한 비스카야인을 불태우는 장면을 보고 나서 공포에 사로잡혀 있었어요. 그러다 산베니토와 뾰족한 모자 밑으로 팡글로스 선생님 닮은 얼굴을 보았을 때 어찌나 놀라고 무서워서 부들부들 떨었는지! 눈을 비비고 다시 주의 깊게 바라보니까 팡글로스 선생님의 목이 매달리는 모습이 보였어요. 나는 기절하고 말았지

---

45) 유대교의 안식일은 토요일 해가 진 뒤부터 일요일 해가 질 때까지이고 그리스도교에서는 일요일 하루이다. 그러므로 토요일 밤부터 일요일까지 이 두 종교 간 안식일의 경계가 애매해진다.

요. 가까스로 정신을 차리자마자 홀딱 벗은 당신이 보였어요. 공포와 경악, 고통과 절망의 절정이었죠. 솔직히 말할게요. 당신의 살결은 불가리아 대위보다 훨씬 더 하얗고 좀 더 완벽한 선홍빛이었어요. 그 살결을 보니 나를 짓누르고 집어삼키던 모든 감정들이 더 격렬해졌어요. 나는 '멈춰, 이 야만인들아!'라고 소리치고 싶었지만 목소리가 나오지 않았어요. 외쳐 보았자 소용없었겠지만 말이에요. 당신이 흠씬 볼기를 맞고 난 뒤 나는 이렇게 생각했어요. '아니 어떻게 이런 일이. 사랑스러운 캉디드와 현명한 팡글로스 선생님이 리스본에서, 나한테 빠져 있는 종교 재판관의 명령으로 한 사람은 채찍질을 1백 번이나 당하고, 또 다른 한 사람은 목이 매달리다니. 세상 모든 것은 더할 나위 없이 최선으로 돌아간다던 팡글로스 선생님의 말은 끔찍한 거짓말이었구나.'

불안하고 당황스럽고, 때로는 정신이 나갔다가 때로는 거의 실신할 것 같았어요. 머릿속에 지난 일들이 가득 떠올랐지요. 아버지와 어머니, 오빠가 살해당한 일, 천박한 불가리아인 병사의 무례함과 그가 나를 칼로 찌른 일, 내가 노예가 되어 식사를 대령해야 했던 일, 추악한 돈 이사카르와 구역질 나는 종교 재판관, 팡글로스 선생님이 교수형을 당한 일, 당신이 볼기를 맞는 동안 들려오던 고귀한 찬송가, 특히 내가 당신을 마지막으로 보았던 날 병풍 뒤에서 당신에게 했던 입맞춤. 난 수많은 시련을 거쳐 당신을 내게 되돌려 주신 하나님께 찬송을 올렸어요. 노파에게 당신을 돌봐 주고 가능할 때 이곳으로 데려와 달라고 부탁했는데 그 일을 아주 잘해 주었네요. 이렇게 당신을 다시 보고 목소리를 듣고 이야기를 나누게 되다니 이루 말할 수 없이 기뻐요. 배가 많이 고프죠? 나도 그래요. 우리 먼저 식사부터 하죠."

그들은 식탁에 앉아 식사를 한 뒤 이미 언급한 그 고급 소파로 자리를 옮겼다. 이 집의 주인 중 한 사람인 돈 이사카르 나리가 당도했을 때도 그들은 그곳에 있었다. 그날은 안식일이었다. 그는 자신의 권리를 누리고 그녀에게 자신의 다정한 사랑을 이해시키러 온 것이었다.

9장

퀴네공드와 캉디드, 대종교 재판관과 유대인에게 벌어진 일
Ce qui advint de Cunégonde, de Candide,
du grand-inquisiteur, et d'un Juif.

이 이사카르라는 사람은 바빌론 유수[46] 이래 이스라엘에서 가장 화를 잘 내는 히브리인[47]이었다.

"아이고! 갈릴리의 개[48] 같은 년, 종교 재판관으로는 충분하지 않더냐? 내가 이 불한당하고도 너를 나눠 가져야 하느냐?"

이렇게 말하면서 그는 자신이 늘 가지고 다니던 장검을 뽑아 들었다.

---

46) captivité en Babylone. 유수(幽囚)란 '잡아 가둔다'는 뜻이다. 기원전 586년 바빌론의 왕 네부카드네자르 2세(Nebuchadnezzar II, B.C.605?~B.C.562)는 유대 왕국을 병합한 뒤 저항을 봉쇄하기 위해 유대인들을 강제로 바빌론에 이주시켰다.

47) Hébreu. 유대인의 다른 이름이다.

48) 예수는 갈릴리 나사렛에서 자랐다. 결국 이 말은 그리스도교를 모욕적으로 지칭하는 표현이다.

그는 상대방이 무기를 지니고 있으리라고는 짐작도 하지 못한 채 캉디드에게 달려들었다. 그러나 우리의 선한 베스트팔렌인은 노파에게 옷을 받을 때 훌륭한 검 한 자루도 함께 받았었다. 너무도 온순한 품성을 지니고 있었지만 그는 자신의 검을 뽑아 들었고 곧 유대교도는 돌처럼 뻣뻣해져서 퀴네공드의 발아래로 쓰러졌다.

"성모 마리아여! 우리는 이제 어쩌죠? 내 집에서 살인이 나다니! 경찰이 오면 우린 끝이에요." 퀴네공드가 소리쳤다.

"팡글로스 선생님이 교수형을 당하지 않았다면 이렇게 궁지에 몰렸을 때 좋은 충고를 해주셨을 텐데. 위대한 철학자셨으니까 말이오. 아쉬운 대로 노파에게라도 물어봅시다." 캉디드가 말했다.

노파는 아주 신중했다. 그녀가 자신의 의견을 말하기 시작할 때 다른 쪽 작은 문 하나가 열렸다. 그때는 자정이 지난 1시로, 일요일이 시작된 시간이었다. 일요일은 종교 재판관에게 속한 날이었다. 그가 들어와 보니 볼기를 맞던 캉디드는 손에 검을 들고 있고 시체가 바닥에 뻗어 있고 퀴네공드는 새파랗게 겁에 질려 있고 노파는 충고를 하는 중이 아닌가.

이 순간 캉디드의 머릿속에는 다음과 같은 생각이 스쳐 갔다.

'이 성인(聖人)이 사람을 부르면 나는 분명 화형당하겠지. 퀴네공드도 똑같은 일을 당할 테고. 그는 가차 없이 나에게 채찍질을 했어. 내 연적이기도 하지. 사람은 이미 죽이지 않았는가. 망설여 봐야 소용없어.' 그의 생각은 명확하고 신속했다. 그는 놀란 종교 재판관이 정신을 차릴 새도 없이 그를 검으로 찔러 유대인 옆에 내던졌다.

"사람이 또 죽었네! 이제 더 이상 죄를 용서받을 수는 없어요. 우리는 이제 파문당할 거예요. 모든 게 끝났어요. 당신처럼 온순한 사람이 어떻게 유대인과 성직자를 순식간에 죽일 수가 있죠?" 퀴네공드가 말했다.

"내 아름다운 이여. 사람이 사랑에 빠지고 질투에 사로잡히고 종교 재판으로 채찍을 맞게 되면 자신이 누군지 모르게 된다오." 캉디드가 대답했다.

이때 노파가 말을 이으며 이렇게 충고했다.

"마구간에 안달루시아산(産) 말이 세 필 있어요. 안장도 있고 고삐도 있지요. 용감한 캉디드 님은 말을 준비하세요. 부인에게는 돈과 보석이 있지요. 나는 한쪽 궁둥이로만 타야 하지만 얼른 말에 올라 카디스[49]로 갑시다. 오늘 날씨가 정말 좋군요. 선선한 밤에 떠나는 여행은 정말 즐거운 일이지요."

캉디드는 곧장 말에 안장을 얹었다. 그런 다음 그는 퀴네공드, 노파와 함께 300마일을 단숨에 달렸다. 그들이 점차 멀어지는 동안 산타 헤르만다드[50]가 현장에 도착했다. 그들은 재판관을 아름다운 교회에 묻었고 돈 이사카르는 쓰레기장에 던져 버렸다.

캉디드와 퀴네공드, 노파는 이미 시에라모레나 산맥 한가운데에 있는 아바세나[51]의 자그마한 마을로 들어섰다. 그들은 어떤 술집에서 다음과 같은 대화를 나누었다.

---

49) Cadix. 스페인 이베리아 반도의 남서쪽에 위치한 항구 도시이다.
50) sainte hermandad. '신성한 형제들'이란 뜻으로 당시 치안을 맡았던 시민 경찰을 말한다.
51) Sierra-Morena, Avacéna. 시에라모레나는 스페인 남쪽의 산맥이다. 아바세나가 어디인지는 확인되지 않는다.

🚢 10장

캉디드와 퀴네공드, 노파는 어떤 곤경 속에서
카디스에 도착하여 배를 타게 되었는가
Dans quelle détresse Candide, Cunégonde, et la vieille,
arrivent à Cadix, et leur embarquement.

"도대체 누가 내 돈과 다이아몬드를 훔쳐 간 거지? 이제 우린 무엇으로 살죠? 어떻게 하면 좋아요? 돈과 다이아몬드를 줄 종교 재판관과 유대인을 또 어디서 찾아요?" 퀴네공드가 울면서 말했다.

"맙소사! 내 생각에는 어제 바다호스[52]에서 우리와 같은 여인숙에 묵었던 프란체스코회 수도사 짓이 틀림없는데. 주여, 제가 너무 섣부르게 판단하지 않도록 하소서! 어쨌거나 그놈이 우리 방에 두 번 들어왔었고,

---

52) Badajos. 포르투갈 국경에 자리한 스페인의 항구 도시이다.

우리보다 훨씬 먼저 출발했어요." 노파가 말했다.

"맙소사! 선한 팡글로스 선생님은 나에게 세상 모든 재산은 모든 이에게 공동으로 속한 것이고 각자가 그에 대해 동등한 권리를 갖는다는 사실을 자주 증명하셨지요. 그 신부도 이 원리에 따라 우리가 여행을 끝낼 수 있도록 무언가를 남겨 놓았을 거예요. 사랑하는 퀴네공드, 그 사람이 당신에게 아무것도 남겨 놓지 않았나요?" 캉디드가 말했다.

"단 한 푼도요." 그녀가 답했다.

"그럼 이제 어떻게 하죠?" 캉디드가 말했다.

"말 한 필을 팔도록 하죠. 나는 한쪽 궁둥이로만 타야겠지만 아가씨 안장 뒤에 타면 돼요. 그러면 우리는 카디스에 도착할 수 있을 거예요." 노파가 말했다.

그들과 같은 여인숙에 베네딕트회 수도원장이 묵고 있었다. 그는 아주 싼값에 이들의 말을 샀다. 캉디드와 퀴네공드, 노파는 루세나와 칠라스, 레브리하[53]를 거쳐 마침내 카디스에 도착했다. 그곳에서는 함대를 꾸리는 일이 한창이었는데, 파라과이의 예수회 수도사들을 진압하기 위해 군대를 모으고 있는 중이었다. 이들은 스페인과 포르투갈의 왕들에게 저항할 목적으로 산사크라멘토 부근에서 자신들이 선교하고 있던 부족들을 부추겨 반란을 일으켰다는 비난을 받았다.[54] 불가리아인들 틈에서 군인 노릇을 했던 캉디드는 소규모 군대를 거느린 장군 앞에서 아주 기품 있고 재빠르면서도 능숙하고 민첩하게 불가리아식 훈련을 시연해 보였다.

---

53) Lucena, Chillas, Lebrixa. 모두 실재하는 지명이지만 여정은 현실성이 없는 가상의 경로이다.
54) 1750년에 체결된 국경 조약에 따라 스페인은 산사크라멘토 지역을 포르투갈에 넘겼다. 이때 산사크라멘토에서 사역을 하던 예수회 수도사들은 이 결정에 반대하였고 이들은 곧 지역 주민을 선동해 폭동을 주도했다는 혐의를 받았다. 실제로 1755년에서 1756년 사이 실제로 카디스에서 군인을 파병했다는 기록이 있다.

그리고 곧바로 그에게 보병대의 지휘권이 주어졌다. 이제 그는 해군 대위가 된 것이다. 캉디드는 퀴네공드와 노파와 하인 두 명, 그리고 포르투갈의 대종교 재판관 것이었던 말 두 필과 함께 배에 올랐다.

바다를 건너는 동안 그들은 가련한 팡글로스의 철학에 대해 끝없이 따져 보았다.

"우리는 다른 세계로 가고 있어요. 아마도 모든 것이 잘 돌아가는 세계는 틀림없이 그곳일 거예요. 사실 우리가 있던 세계에서 일어난 일들 때문에 우리 모두 육체적으로나 정신적으로 조금 힘들었다는 것을 인정할 수밖에 없으니까." 캉디드가 말했다.

"나는 정말 진심으로 당신을 사랑해요. 그렇지만 내가 보고 겪은 일 때문에 난 완전히 겁에 질렸어요." 퀴네공드가 말했다.

"모든 게 잘될 거예요. 이 신세계의 바다는 이미 우리가 있던 유럽의 바다보다 더 낫네요. 더 고요하고 바람도 일정하고요. 가능 세계 중 가장 좋은 세계는 분명 이 신세계일 겁니다."

"제발 그랬으면 좋겠어요. 어쨌든 저는 우리 세계에서 너무나 불행했던 터라 희망에 대한 마음의 문은 거의 닫혀 버리고 말았어요." 퀴네공드가 말했다.

"맙소사! 그 정도로 불평을 하시다니. 당신들은 내가 겪은 고초에 대해 전혀 모르고 있잖아요." 노파가 말했다.

퀴네공드는 실소를 터뜨릴 뻔했다. 그녀는 자신보다 더 불행하다고 주장하는 이 선한 노파가 아주 재미있는 사람이라고 생각했다.

"저런! 할멈이 어떻게 나를 이길 수 있을지 모르겠네요. 당신이 불가리아인 둘에게 능욕을 당하고 배에 칼을 두 번 찔리고 당신의 성 두 채가 무너지는 것을 보고 아버지 두 명과 어머니 두 명이 당신이 보는 앞에서 목이 잘리고 당신의 애인 중 두 명이 화형식에서 매 맞는 모습을 보지 않았다면 말이에요. 아, 내가 72대에 걸친 남작 가문의 딸로 태어나서 부엌데기까지 했었다는 사실을 잊었네요." 퀴네공드가 말했다.

"아가씨, 아가씨는 제 출신을 모르시지요. 내 궁둥이를 보면 아가씨는 지금처럼 말하지 못할 거예요. 그리고 지금 그 판단을 후회하시겠죠."

노파의 이 말에 퀴네공드와 캉디드는 엄청난 호기심을 느꼈다. 노파는 다음과 같이 말했다.

🚢 11장

노파의 이야기
Histoire de la vieille.

"내 눈이 원래부터 이렇게 충혈되고 눈가가 벌겋던 것은 아니에요. 코가 원래부터 턱까지 닿았던 것도, 또 원래부터 하녀였던 것도 아니지요. 나는 교황 우르바노 10세와 팔레스트리나 공주[55] 사이에서 난 딸이랍니다. 열네 살까지는 어떤 궁전에서 자랐는데, 비교하자면 아마 당신네 독일 남작의 성들 따위는 그 궁전의 마구간보다 못할 거예요. 내 옷 중에는 베스트팔렌의 모든 보물들을 다 합친 것보다 값이 더 나가는 드레스도 있었지요. 나는 기쁨과 존경, 희망 속에서 아름답고 기품 있고 재능 있

---

55) pape Urbain X, princesse de Palestrine. 교황 우르바노 10세는 실존 인물이 아니다. 로마 근교의 소도시 팔레스트리나는 교황 우르바노 8세(Urbanus VIII, 1568~1644)가 출생한 바르베르니 가문의 소유였다.

는 처녀로 자랐어요. 이미 나를 보는 남자들마다 사랑에 빠졌죠. 가슴도 봉긋해지고 있었어요. 얼마나 예뻤는지! 뽀얗고 탄탄해서 메디치의 비너스[56]처럼 조각된 듯했지요. 눈은 또 얼마나 아름다웠던지! 눈꺼풀과 새까만 눈썹은 어땠고요! 두 눈동자에서 빛나던 찬란한 광채는, 가문의 시인들이 노래했듯이 별빛까지 무색하게 했죠. 시중들던 여인들이 옷을 입히고 벗길 때마다 내 앞모습과 뒤태를 보면서 황홀경에 빠졌었는데 아마 사내라면 모두들 그 여인들이 되고 싶었을 거예요.

나는 마사카라라[57]의 왕자와 약혼했어요. 정말 멋진 왕자였지요! 그는 나 못지않게 아름다운 외모에, 다정함과 멋으로 가득 차 있었고 재치가 넘쳤죠. 그는 정열적인 사랑을 내게 보여 주었어요. 첫사랑을 할 때 누구나 그렇듯이 나는 그를 우상 대하듯 격정적으로 사랑했어요. 결혼식이 준비되었어요. 이제껏 본 적이 없는 성대함과 화려함의 극치였지요. 축제와 기마 곡예, 희가극(喜歌劇)이 끊임없이 이어졌어요. 또 온 이탈리아가 나를 위해 시를 지었는데 모두 훌륭했어요. 나는 정말 행복했지요. 왕자의 정부였던 늙은 후작 부인이 그를 자신의 집으로 불러 코코아차를 주기 전까지는 말이에요. 그는 채 두 시간도 지나지 않아 끔찍한 발작을 일으키며 죽어 버렸어요. 그러나 여기까지의 사건도 하찮은 일에 불과해요. 절망에 빠지기는 했지만 나보다는 훨씬 덜 괴로워했던 어머니는 얼마간 그 침통한 곳을 떠나고 싶어 하셨어요. 어머니는 가에타[58] 부근에 아주 아름다운 대지를 소유하고 계셨거든요. 우리들은 로마의 성 베드로 성당에 있는 제단처럼 금빛으로 번쩍이는 배에 올랐어요. 그런데 갑자기

---

56) Vénus de Médicis. 피렌체의 메디치 가문이 사들인 유명한 그리스의 조각상을 말한다.
57) Massa-Carrara. 토스카나 지방에 있던 공국이다.
58) Gaïete. 로마 남쪽에 위치한 항구이다.

살레[59]의 해적들이 우리를 공격하며 다가왔어요. 우리 군인들은 교황의 병사들답게 스스로를 지켰어요. 그러니까 그들은 무기를 버리고 무릎을 꿇으며 죽음의 순간에 갖게 되는 진심으로 해적들에게 죄 사함을 빌었죠.

해적들은 곧바로 병사들을 원숭이처럼 홀딱 벗겼어요. 나와 어머니, 시녀들도 발가벗겨졌지요. 그들이 사람들 옷을 벗기는 데 얼마나 열심이던지 정말 감탄스러웠어요. 그런데 내가 더 놀랐던 점은, 우리 여자들이 보통 관장할 때 작은 관(管) 정도만을 지나가게 하는 곳에 그들이 모두 손가락을 넣었다는 것이에요. 이 의식이 내게는 아주 이상해 보였어요. 이게 바로 자기가 살던 나라를 떠나 본 적 없는 사람들이 생각하는 방식이죠. 나는 곧 그 행동이 우리가 몸속에 다이아몬드를 숨기고 있는지 확인하기 위한 것임을 알게 되었지요. 그런 행동은 바다에서 생활하는 문명국 사이에서는 아주 오래전부터 이어 오던 관습이랍니다. 그러니까 몰타 기사단[60]도 터키인을 붙잡았을 때 남녀를 불문하고 이렇게 했지요. 반드시 행해야 하는 공법이랍니다.

어린 공주가 어머니와 같이 모로코에 노예로 끌려간다는 게 얼마나 가혹한 일인지 말할 필요는 없겠죠. 우리가 노예선에서 어떤 고통을 겪었을지는 여러분도 충분히 짐작하실 수 있을 거예요. 어머니는 여전히 아주 아름다웠어요. 우리 시녀와 하녀들도 아프리카 전역에서 찾을 수 있는 그 무엇보다 더한 매력을 지니고 있었지요. 그때의 나로 말할 것 같으면, 나는 아주 매혹적이었고 아름다움과 매력 그 자체인 데다 숫처녀였어요. 하지만 나는 오래지 않아 정조를 잃었지요. 마사카라라의 멋진 왕

59) Salé. 모로코의 항구로 당시 해적들의 소굴이었다.
60) chevaliers de Malte. 1530년 몰타에 세워진, 군사와 종교 기능을 함께 수행하는 단체이다. 귀족들로 구성되었으며 이슬람교에 맞서 그리스도교인을 보호하는 것을 목적으로 한다.

자를 위한 것이었던 이 꽃을 해적 선장이 억지로 **빼앗아** 갔으니까요. 그는 혐오스러운 검둥이였는데 자기가 나에게 영광을 베풀었다고 생각했어요. 분명 우리 모녀는 모로코에 도착할 때까지 겪은 모든 고통을 이겨낼 수 있을 만큼 아주 강했어요. 좌우간 이 이야기는 그만두기로 하죠. 이런 일들은 누구에게나 벌어지는 것들이라 말할 필요도 없으니까요.

우리가 도착했을 때 모로코는 피로 젖어 있었어요. 물라이 이스마일 황제의 아들들 50명이 각자 자신들의 군대를 이끌고 있었지요. 실제로 그들 사이에서 50번의 내전이 생겨났고요. 검둥이와 검둥이 사이, 검둥이와 갈색 피부 사이, 갈색 피부와 갈색 피부 사이, 또 흑백 혼혈과 흑백 혼혈 사이. 온 제국에서 끊임없이 살육이 벌어지고 있었죠.[61]

우리가 배에서 내리자마자 이 해적들과 적대 관계에 있는 또 다른 검둥이 무리가 전리품을 **빼앗으러** 나타났어요. 우리는 다이아몬드와 금 다음으로 값진 물건이었죠. 나는 여러분이 사는 유럽에서는 결코 볼 수 없는 전투를 보았어요. 북쪽 사람의 피는 그렇게 뜨겁지 않죠. 그들은 아프리카인들처럼 여자를 밝히지도 않고요. 당신네 유럽인들[62] 혈관에 우유가 흐른다면 아틀라스 산과 그 인근 거주민들의 혈관에는 황산과 화염이 흐르죠. 그들은 우리를 누가 차지하느냐를 두고서 그 지역의 사자나 호랑이, 뱀처럼 맹렬히 싸웠죠. 무어인[63] 하나가 어머니의 오른팔을 끌어당겼고 우리를 잡아 온 해적 선장은 왼팔을 끌어당겼어요. 무어인 병사가 어머니의 다리 하나를 붙잡았고 해적들은 다른 쪽 다리를 붙잡았죠.

---

61) 술탄 물라이 이스마일(Moulay Ismail, 1634~1727)은 실제로 1672년부터 1727년까지 모로코를 통치했지만 아들 50명을 두지는 않았다. 그의 통치 기간에 여러 내전이 있었던 것은 사실이다.
62) Européans. 볼테르가 이 작품을 쓰던 당시에 '유럽인'이라는 단어는 아직 널리 쓰이는 말이 아니었다.
63) Maure. 북아프리카의 이슬람교도를 가리킨다. 이들은 8세기경 이베리아 반도를 정복했다.

우리 여자들 거의 모두가 이런 식으로 병사들에게 붙잡혀 있었어요. 나를 태워 온 해적 선장이 자기 뒤로 나를 숨겨 주었어요. 그는 손에 언월도(偃月刀)를 쥐고 자신의 광기에 저항하는 모든 자들을 죽였어요. 결국 나는 우리 이탈리아 여자들과 어머니가 자신들을 차지하려 싸우던 괴물들 손에 사지가 찢기고 잘리는 모습을 보았어요. 포로들, 나와 동행했던 사람들, 그들을 붙잡은 이들, 병사, 선원, 검둥이, 누렁이, 흰둥이, 그리고 내 해적 선장까지 모두 죽었죠. 나도 시체 더미 위에서 죽어 가고 있었고요. 아시다시피 이와 비슷한 장면들이 300리외 넘게 펼쳐지고 있었어요. 그래도 사람들은 무함마드가 명한 하루 다섯 번의 기도는 거르지 않았답니다.

나는 피로 물든 채 켜켜이 쌓인 시체 더미에서 겨우 빠져나와 근처 시냇가에 있는 커다란 오렌지 나무 밑으로 몸을 끌고 갔어요. 그러고는 두려움과 피로, 공포와 절망, 허기를 이기지 못하고 쓰러졌지요. 곧 나는 아무것도 느낄 수 없는 상태가 되어 휴식이라기보다는 기절에 가까운 잠이 들었어요. 내 몸 위에서 무언가가 버둥거리며 나를 짓누르고 있다는 느낌을 받았을 때, 나는 실신해서 무감각한 상태로 생사를 오가고 있었어요. 눈을 떴을 때 혈색 좋은 백인 하나가 보였는데 그는 이렇게 중얼거렸지요, '오 체 치아구라 데세레 센자 크…….(내게 고환이 없다니 이 얼마나 큰 불행이란 말인가.)'[64]라고 말이에요."

---

[64] 'O che sciagura d'essere senza c……'. 문맥상 생략된 'c……'는 이탈리아어 'coglioni(고환)'으로 추정된다.

🚢 12장

계속되는 노파의 불행 이야기
Suite des malheurs de la vieille.

"나는 모국어가 들려서 너무 놀라고 기뻤어요. 이 남자가 하는 말에도 마찬가지로 놀랐지요. 그렇지만 나는 그에게 그가 지금 불평하는 일보다 더 큰 불행이 존재한다고 대답해 주었어요. 나는 내가 겪은 끔찍한 일들을 그에게 몇 마디 말로 설명하고 다시 정신을 잃었어요. 그는 근처에 있는 집으로 날 데려가서 침대에 눕히고 나에게 먹을 것을 주고 내 시중을 들고 나를 위로해 주고 내 비위를 맞춰 주면서, 나처럼 아름다운 것을 본 적이 없으며 그 누구도 되돌려 줄 수 없는 그것이 지금처럼 아쉬운 적이 없다고 말했어요.

그는 저에게 이렇게 말했지요. '나는 나폴리에서 태어났답니다. 그곳에서는 매해 2천에서 3천 명의 아이들을 거세해요. 그것 때문에 어떤 아이들은 목숨을 잃고 또 다른 어떤 아이들은 여자보다도 더 아름다운 목소리를 얻게 되지요. 또 다른 아이들은 나라를 통치하러 가기도 하죠. 나는 수술이 아주 잘된 경우여서 팔레스트리나 공주의 소성당에서 음악가로 일했었죠.'

'제 어머니의 성당에서요!' 내가 소리쳤습니다.

'어떻게 이럴 수가! 당신 어머니의 성당이라니요!' 그도 울면서 소리쳤습니다. '그렇다면 당신이 내가 여섯 살까지 키웠고, 그때 이미 훗날 지금의 당신만큼 아름다울 것 같던 그 어린 공주란 말인가요?'

'맞아요, 내가 그 어린 공주예요. 어머니는 여기서 멀지 않은 곳에 사지가 잘린 채 시체 더미와 함께 계시답니다……'

나는 그에게 내가 겪은 모든 일을 이야기했고 그도 나에게 자신이 겪은 일들을 이야기했죠. 그는 자신이 어떻게 그리스도교 권력자에 의해 모로코 왕에게 파견되었는지 알려 주었어요. 그 일은 모로코 왕과 협정을 맺기 위한 것으로, 파견 내용은 왕에게 화약과 대포와 선박을 제공하면 그가 모로코에서 이루어지는 다른 그리스도교인들의 무역을 뿌리 뽑는다는 것이었지요. 그러면서 그 선한 고자는 내게 말했어요.

'내 임무는 끝났어요. 나는 세우타[65]에서 배를 탈 거예요. 내가 당신을 이탈리아로 다시 데려갈게요. 오 체 치아구라 데세레 센자 크……!'

나는 감격의 눈물을 흘리며 그에게 고마워했어요. 그런데 그는 나를 이탈리아가 아닌 알제로 데려가서는 그 지방 관리한테 팔아넘겼지요. 내가 가자마자 아프리카와 아시아, 유럽을 돌았던 흑사병이 알제에 창궐했어요. 아가씨는 지진은 경험해 보셨지만 흑사병은 겪은 적이 없으시죠?"

---

65) Ceuta. 스페인 남단의 지브롤터 해협을 마주하고 있는 항구이다. 모로코에 있는 스페인의 고립 영토이다.

"전혀요." 남작의 딸이 대답했다.

"만약 흑사병에 걸려 봤다면, 이 병이 지진보다 한 수 위라는 것을 인정하게 될 거예요. 아프리카에서는 흑사병이 아주 흔하지요. 나도 걸렸었어요. 이런 상황이 열다섯 살 먹은 교황의 딸에게 어떻게 다가왔을지 생각 좀 해보세요. 석 달이라는 짧은 시간 만에 가난을 겪고 노예가 되고 거의 매일같이 겁탈당하고 어머니가 사지가 잘려 죽는 모습을 목격하고 배고픔과 전쟁을 겪고 이제는 알제에서 흑사병에 걸리다니. 그래도 난 죽지 않았어요. 나를 데리고 있던 고자와 지방관, 그리고 알제 성의 거의 모든 사람들은 흑사병으로 죽었지만요.

이 끔찍한 흑사병의 재앙이 지나가자 사람들은 지방관의 노예들을 팔기 시작했어요. 상인 하나가 나를 사서 튀니스로 데려가더니 거기서 나를 다른 상인에게 되팔았고 그 상인은 트리폴리에 나를 또다시 팔았어요. 트리폴리에서 알렉산드리아로, 알렉산드리아에서 스미르나로, 스미르나에서 콘스탄티노플로 계속 팔려 갔지요. 그러다 결국 나는 터키 국왕 근위대 보병 대장의 소유가 되었는데 그는 곧 러시아가 포위하고 있던 아조프[66]를 방어하러 가라는 명을 받았어요.

명예를 중시했던 보병 대장은 자신과 함께 모든 궁정 사람들을 데려가서 내시 두 명과 병사 스무 명이 지키고 있는 팔루스메오티드[67]의 작은 요새에 우리를 묵도록 했어요. 그들은 러시아인을 엄청나게 많이 죽였고 러시아인들도 그에 못지않게 앙갚음을 했지요. 아조프는 불과 피의 바다가 되었고 사람들은 남녀노소를 불문하고 냉혹하게 죽어 갔지요. 결국

---

66) Azof. 흑해의 항구이다. 흑해 북부의 크림 반도와 러시아 사이에 위치한 아조프 해에 면해 있다. 표트르 대제는 1696년부터 1697년까지 터키인들에게서 이곳을 빼앗아 차지했다.
67) Palus-Méotides. 18세기에 사용되던 아조프 해의 옛 이름이다.

우리의 작은 요새만 남게 되었어요. 적들은 우리를 굶겨서 함락할 작정이었죠. 스무 명의 근위 보병은 절대 항복하지 않기로 맹세했어요. 굶주림이 극에 달하자 그들은 내시 둘을 잡아먹을 수밖에 없었지요. 자신들이 한 맹세를 어기지 않기 위해서였어요. 며칠이 지나자 그들은 여자들까지 잡아먹기로 했어요.

우리 중에는 이맘[68] 하나가 있었는데, 아주 경건하고 자비심이 많은 사람이어서 병사들이 우리를 죽이지 않도록 그들을 설득하는 훌륭한 설교를 했어요.

'이 부인들의 궁둥이 한쪽씩만 자르시오. 그래도 맛있는 식사가 될 겁니다. 게다가 또다시 배가 고프면 며칠 후엔 남은 다른 쪽을 자를 수도 있고요. 이 자비로운 행동에 하늘도 감복하여 여러분을 구하실 겁니다.'

그는 아주 기가 막힌 말로 병사들을 설득했죠. 어쨌든 그들은 우리에게 끔찍한 짓을 했어요. 이맘은 할례를 받은 아이들이 바르는 것과 똑같은 연고를 우리에게 발라 줬어요. 우리는 모두 거의 죽기 직전이었어요.

우리가 재료를 제공한 식사를 근위 보병들이 마치자마자 바닥이 평평한 배를 타고 온 러시아인들이 들이닥쳤어요. 근위 보병들은 단 한 명도 도망치지 못했죠. 러시아인들은 우리 상태는 신경 쓰지 않았어요. 하지만 세상 어느 곳에나 있기 마련인 프랑스 외과 의사들 가운데 솜씨 좋은 한 사람이 우리를 돌봐 주었어요. 그는 우리를 낫게 해주었죠. 상처가 아물었을 때 그가 나에게 수작을 부린 일은 평생 기억이 날 거예요. 게다가 그는 우리 모두에게 기운을 내라고도 했어요. 모든 진지에서 이런 일들이 일어났고 또 이것이 전쟁의 법칙이라고 우리를 안심시켰답니다.

---

68) iman(imam). 이슬람 성직자 가운데 신앙 생활 및 의식에서 모범적인 지도자를 가리키는 말이다.

나와 함께 있던 이들이 걸을 수 있게 되자마자 우리는 모스크바로 가야 했어요. 나는 어떤 러시아 귀족의 몫이 되어서 그의 정원에서 일했고 매일 그에게 스무 대씩 채찍질을 당했어요. 그러나 이 주인도 2년이 채 지나지 않아 이런저런 궁정 일에 휘말리더니 다른 귀족들 수십 명과 함께 마차에 치이는 형벌로 죽었어요. 나는 이를 틈타 도망친 뒤 러시아 대륙을 가로질렀어요. 리가의 선술집에서 오랫동안 하녀로 일하다가 이후엔 로스토크, 비스마르, 라이프치히, 카셀, 위트레흐트, 라이덴, 헤이그를 거쳐 로테르담을 지났어요. 나는 가난과 치욕 속에서 늙어 갔지요. 한쪽 궁둥이만으로, 언제나 내가 교황의 딸이었다는 것을 떠올리면서 말이에요. 그동안 나는 수도 없이 죽으려고 했어요. 그래도 여전히 사는 것이 좋더라고요. 이 우스꽝스러운 연약함은 아마 우리 인간이 갖고 있는 가장 치명적인 성향 중 하나일 거예요. 땅바닥에 내팽개쳐 버리고 싶은 이 무거운 짐을 계속 지려는 것보다 더 바보 같은 짓이 어디 있겠어요. 자신의 존재를 끔찍이도 싫어하면서 그것에 집착하다니요. 결국에는 우리를 집어삼키고 있는 뱀을 어루만지는 꼴이지요, 그것이 우리의 심장을 먹을 때까지요!

나는 운명에 이끌려 돌아다닌 여러 지역과 내가 일하던 선술집에서 자신의 삶을 증오하는 사람을 엄청나게 많이 보았어요. 그렇지만 그중에서 자신의 가련한 삶을 자발적으로 끝낸 이는 겨우 열두 명뿐이었죠. 흑인 세 명, 잉글랜드인 네 명, 제네바인 네 명, 그리고 로베크라 불리던 독일인 교수였어요. 그러다가 결국 나는 유대인 돈 이사카르의 하녀가 되었고 그가 나를 당신 곁에 둔 거랍니다, 아름다운 아가씨. 나는 당신의 운명에 끌렸고 내 자신의 일보다 당신이 겪은 일에 빠져 있었어요. 당신이 나를 자극하지 않았다면, 또 배 안에서 지루함을 덜기 위해 이야기하는 관례가 없었다면 나는 내 불행에 대해 결코 말하지 않았을 거예요. 좌우간 아가씨, 나는 많은 것을 겪었고 세상을 알아요. 재미 삼아 배를 탄 이 모든 사람들에게 자기 이야기를 말해 달라고 하세요. 자기 인생을 거의 매일 저주하지 않는 사람, 자신이 인간들 중에서 가장 불행하다고 스스로 되뇌지 않는 사람이 단 한 사람이라도 있다면 나를 머리부터 처박히게 바다에 내던져도 좋아요."

13장

캉디드는 왜 아름다운 퀴네공드, 노파와 헤어질 수밖에 없었는가
Comment Candide fut obligé de se séparer de la belle Cunégonde et de la vieille.

이야기를 다 들은 아름다운 퀴네공드는 고귀한 신분과 공덕이 있는 분에게 갖춰야 하는 모든 예의를 다해 노파를 대했다. 그리고 그녀는 노파의 제안을 받아들여 배에 타고 있는 모든 이들에게 한 사람씩 자신이 겪은 일들을 이야기하도록 했다. 그리고 그녀와 캉디드는 노파의 말이 맞았다는 것을 인정해야 했다.

"정말 유감이네요. 현자 팡글로스 선생님이 화형식의 관습에 어긋나는 교수형을 당하시지만 않았다면 좋았을 텐데. 선생님은 세상을 뒤덮고 있는 인간의 마음이 일으키는 악과 자연이 일으키는 악에 대해 감탄할 만한 말씀을 해주셨을 테고, 나는 공손한 마음으로 감히 몇몇 이견을 제기할 수 있었을 텐데 말이죠." 캉디드가 말했다.

사람들이 각자 자신의 이야기를 하는 사이 배는 계속 나아가 부에노스아이레스에 도착했다. 퀴네공드와 캉디드 대위, 노파는 돈 페르난도 디바라 이 피게오라 이 마스카레네스 이 람푸르도스 이 수자 총독[69]에게 갔다. 이 귀족은 그렇게 긴 이름을 가진 인물에게 걸맞은 오만함을 풍기고 있었다. 그는 우아한 척을 하면서도 경멸하는 태도로 코를 한껏 쳐들고 목소리를 심하게 높이면서 무척이나 위압적인 어조로 말을 했다. 그러면서 부자연스럽게 도도한 표정을 지었다. 그와 인사를 나누는 모든 이들은 그를 한 대 때려 주고 싶은 마음이 들곤 했다. 그는 여자를 굉장히 밝히는 사람이었는데 그의 눈에 퀴네공드는 이제껏 본 적이 없는 미인이었다. 그는 다짜고짜 그녀가 대위의 아내인지 물었다. 이 질문을 던지는 그의 태도에 캉디드는 불안해졌다. 그렇지만 캉디드는 감히 그녀가 자기 아내라고 말하지 못했는데, 실제로 그녀가 그의 아내는 아니었기 때문이었다. 또 그는 그녀가 자기 누이라고도 말하지 못했는데, 그녀가 자기 누이도 아니었기 때문이었다. 이런 선의의 거짓말은 옛날 사람들 사이에서는 아주 유행했고[70] 요즘 사람들 사이에서도 매우 유용한 것이었지만, 그의 영혼은 진실을 저버리기에는 너무 맑았다.

"퀴네공드 양은 저와 결혼할 사이입니다. 청컨대 각하께서 우리의 결혼식을 거행해 주십시오." 그는 이렇게 대답했다.

돈 페르난도 디바라 이 피게오라 이 마스카레네스 이 람푸르도스 이

---

69) 자신이 통치하는 영토를 모두 나열한 이름이다. 스페인 귀족의 풍습을 과장하여 표현하고 있다.
70) 성경에서 아브라함은 자신의 아내 사라를 누이라고 속였다. 그 결과 사라는 파라오와 아비멜렉 왕의 첩이 되었다. 그의 아들 이삭도 아내 레베카를 두고 같은 행동을 했다.

수자는 수염을 쓸어 올리며 쓴웃음을 짓더니 캉디드 대위에게 그의 부대를 점검하러 가라는 명령을 내렸다. 캉디드는 그의 말을 따랐고 총독은 퀴네공드 양과 둘이 남게 되었다. 그는 그녀에게 자신의 뜨거운 감정을 고백하더니, 당장 이튿날 교회 앞에서 그녀와 혼인식을 올리거나 아니면 그녀의 매력에 걸맞은 방법으로 결혼을 하겠다고 우겼다. 퀴네공드는 자신도 생각해 보고, 또 노파와 상의해서 결정할 수 있도록 시간을 조금 달라고 말했다.

노파는 퀴네공드에게 다음과 같이 말했다.

"아가씨, 아가씨가 72대의 귀족 조상을 갖고 있지만 지금은 돈 한 푼 없지요. 멋진 수염을 가진, 남아메리카에서 으뜸가는 영주의 부인이 될 것이냐 아니냐는 오로지 아가씨 손에 달렸어요. 갖은 난관 속에서 정절을 지켰다고 뽐내는 것이 아가씨 일일까요? 아가씨는 이미 불가리아인에게 능욕을 당했고 유대인과 종교 재판관도 아가씨의 호의를 누렸어요. 불행은 행복할 권리를 준답니다. 내가 아가씨라면 거리낌 없이 총독 나리와 결혼해서 캉디드 대위를 성공시킬 거예요."

노파가 연륜과 경험에서 우러난 신중한 말을 이어 가는 동안 작은 배 한 척이 항구에 도착했다. 배에는 사법관 한 명과 경찰들이 타고 있었는데, 연유를 따지면 다음과 같았다.

퀴네공드가 캉디드와 서둘러 도망칠 때 바다호스 마을에서 그녀의 돈과 보석을 훔친 사람이 소매가 넓은 옷을 입은 프란체스코회 수도사일 것이라는 노파의 짐작은 사실이었다. 이 수도사는 한 보석상에게 훔친 보석의 일부를 팔려고 했는데, 그 보석이 대종교 재판관의 것임을 상인이 알아본 것이다. 목이 매달려 죽기 전에 이 수도사는 자신이 이 보석을 훔쳤음을 자백하면서 이것을 누구에게서 도둑질했는지, 그들이 어디로 도망쳤는지 알려 주었다. 퀴네공드와 캉디드의 도주는 이미 잘 알려진 일이었다. 사람들은 카디스로 두 사람을 쫓아갔고 지체 없이 그들을 추적하는 배 한 척을 파견했다. 이 배가 벌써 부에노스아이레스의 항구에 도착한 것이다. 사법관이 배에서 내린 뒤에 대종교 재판관을 살해한 자들을 추격할 것이라는 소문이 파다했다. 침착한 노파는 무엇을 해야 할지 즉각 알아차렸다.

"도망갈 필요 없어요. 아무것도 두려워 말아요. 재판관을 죽인 것이 아가씨는 아니잖아요. 그리고 아가씨를 사랑하는 총독이 아가씨가 가혹한 대접을 받는 걸 가만히 두고 볼 리가 없어요. 여기 가만히 계세요."

노파는 곧장 캉디드에게 달려갔다.

"어서 도망가세요. 그렇지 않으면 한 시간 안으로 화형당하고 말 거예요." 노파가 말했다.

머뭇거릴 시간이 없었다. 그런데 또 어떻게 퀴네공드와 헤어지며, 또 어디로 도망가야 한다는 말인가?

🚢 14장

파라과이의 예수회 수도사들은
캉디드와 카캉보를 어떻게 맞았는가
Comment Candide et Cacambo
furent reçus chez les jésuites du Paraguai.

사실 캉디드는 카디스에서 출발할 때 스페인 연안이나 그 식민지에서
흔히 볼 수 있는 하인 한 명을 데리고 왔었다. 이 하인은 투쿠만[71]에 살던
혼혈인의 아들로, 4분의 1은 스페인 혈통이었다. 소년 성가대와 성당 관
리인, 선원, 수도사, 판매원, 군인과 하인 등 두루두루 안 해본 일이 없는
사람이었다. 이름은 카캉보였고 자기 주인을 아주 좋아했다. 왜냐하면
그 주인은 정말 좋은 사람이었기 때문이다. 그는 신속하게 안달루시아산

---

71) Tucuman. 아르헨티나 안데스 산맥 동쪽 기슭에 위치한 도시이다. 16세기에 스페인 사람들이 볼
리비아의 광산을 연결하기 위해 건설하였다.

말 두 필에 안장을 얹었다.

"어서요, 주인 나리. 할멈의 충고를 따릅시다. 출발하자고요, 뒤도 보지 말고 달립시다."

캉디드는 눈물을 왈칵 쏟았다.

"오, 내 사랑 퀴네공드! 총독께서 우리들의 결혼식을 올려 주려는 이때 당신을 떠나야 하다니! 그렇게도 멀리서 퀴네공드 당신을 데려왔는데 당신은 이제 어떻게 되는 것이오?"

"그녀는 그녀대로 잘 살 거예요. 여자들이 자기 앞가림을 못해서 곤란해지는 법은 없어요. 하나님께서 잘 돌봐 주실 겁니다. 어서 달리자고요." 카캉보가 말했다.

"나를 어디로 데려가는 것인가? 우린 어디로 가는 거야? 퀴네공드도 없이 우리가 무엇을 하지?" 캉디드가 말했다.

"콤포스텔라 성 야고보의 가호 아래, 원래 나리는 예수회 수도사들과 싸우려고 왔지만 이제는 그들을 위해 싸우러 가야죠. 제가 길을 훤히 알아요. 그들이 사는 왕국으로 모셔다 드리죠.[72] 그들은 불가리아식 훈련을 하는 장수(將帥)를 얻게 돼서 좋아할 것이고, 나리는 어마어마한 출세를 하게 될 겁니다. 이쪽에 자리가 없으면 저쪽에서 찾아야죠. 새로운 것들을 보고 또 그것들을 해나간다는 것은 정말 큰 즐거움이니까요." 카캉보가 답했다.

"그렇다면 너는 이미 파라과이에 가본 적이 있다는 말이야?" 캉디드가 물었다.

---

72) 예수회 수도사들은 1609년부터 파라과이에 정치·경제적으로 독립된 작은 공동체를 만들어 이곳을 통치했다. 1755년경에는 파라과이 원주민이 한 예수회 수도사를 파라과이의 왕으로 선출했다는 소문도 떠돌았다. 1767년 스페인 왕가는 군대를 파견해 이들을 몰아낸다.

"아이고, 그럼요! 제가 아순시온[73] 예수회 학교의 사환으로도 일을 했었거든요. 로스 파드레스[74]가 지배하는 지역은 카디스 거리처럼 훤히 알아요. 정말 경탄할 만한 곳이죠. 왕국의 영토는 이미 직경이 300리외나 되고, 서른 개 교구로 분할되어 있어요. 로스 파드레스가 모든 것을 소유하고 있고 국민들한테는 아무것도 없어요. 이곳이야말로 이성과 정의의 걸작품이지요. 저는 로스 파드레스만큼 완벽한 사람들은 본 적이 없어요. 그들은 이곳에서는 스페인 왕과 포르투갈 왕에 대항해 전쟁을 벌이고 유럽에서는 이 왕들의 고해를 듣죠. 이곳에서는 스페인 사람들을 죽이고, 마드리드에서는 그들을 하늘나라로 보내 주는 거예요. 전 이게 정말 마음에 들어요. 어서 갑시다. 나리는 가장 행복한 사람이 될 거예요. 불가리아식 훈련을 할 줄 아는 장수가 온다는 걸 알면 로스 파드레스가 얼마나 기뻐하겠요!"

첫 번째 관문에 도착하자마자 카캉보는 최전방 보초에게 장수 하나가 사령관 나리를 뵙길 요청한다고 말했다. 이 소식이 전초 부대에 알려지면서 파라과이 장교 하나가 이 소식을 전하러 사령관에게 달려갔다. 캉디드와 카캉보는 먼저 무장 해제를 당했고 그들의 안달루시아산 말 두 필은 압류되었다. 두 이방인은 두 줄로 늘어선 군인들 사이로 인도되었다. 사령관은 그 끝에 있었는데, 그는 삼각모를 머리에 쓰고 걷어 올린 신부복을 입은 채 긴 칼을 옆에 차고 짧은 창을 손에 쥐고 있었다. 그가 신호를 하자 곧 스물네 명의 군인들이 두 신참을 둘러쌌다. 하사관 한 명이 그들에게 기다리라고 하면서 말하기를, 교구장 신부의 명에 따라 스페인 사람은 교구장 신부가 동석해 있을 때만 입을 열 수 있기 때문에 지

---

73) Assomption. '성모 승천'이라는 뜻으로 파라과이의 수도이다.
74) los padres. 예수회 수도사들을 가리키는 표현이다.

금은 사령관이 그들에게 직접 말할 수 없다고 했다. 또 스페인 사람은 이 지역에서 세 시간 이상 머물 수 없다고도 했다.

"그러면 교구장 신부님은 어디에 계신가요?" 카캉보가 말했다.

"신부님은 미사를 집전하신 다음 지금은 군대를 사열하고 계시오. 그리고 당신들은 세 시간 뒤에야 교구장 신부님의 발뒤꿈치에 입을 맞출 수 있소." 하사관이 말했다.

"그렇지만 나처럼 배가 고파 죽을 지경인 우리 대위님은 스페인 사람이 아니고 독일 사람인데요. 교구장 신부님을 기다리는 동안 우리가 뭘 좀 먹을 수 없을까요?" 카캉보가 대꾸했다.

하사관은 곧장 이 말을 사령관에게 전하러 갔다.

"잘됐군! 독일인이라니까 내가 말을 해도 괜찮겠네. 내 나뭇잎 숙소로 데려오도록 해라."

즉시 캉디드는 숙소로 안내되었다. 아주 아름다운 녹색과 금색 대리석으로 만든 기둥들이 늘어서 있고, 풀잎으로 엮은 격자무늬 새장 속에 앵무새, 벌새, 뿔닭 등 온갖 희귀한 새들이 종류별로 모여 있는 녹음(綠陰)의 숙소였다. 그곳에는 훌륭한 점심 식사가 황금 그릇 안에 준비되어 있었다. 파라과이인들이 햇볕이 따가운 들판 한가운데에서 나무 사발에 담긴 옥수수를 먹고 있을 때 사령관 신부가 숙소로 들어왔다.

그는 아주 잘생긴 젊은이였다. 동그란 얼굴은 하얗고 혈색이 좋았다. 추켜올라간 눈썹에다 눈에는 생기가 넘쳤으며 귀는 붉고 입술은 선홍빛이었다. 태도는 거만해 보였지만 이 오만함은 스페인 사람들이나 예수회 수도사들의 오만함과는 사뭇 달랐다. 캉디드와 카캉보는 압류당했던 그들의 무기와 안달루시아산 말 두 필을 되돌려 받았다. 카캉보는 말들이 혹시 놀라지 않을까 눈을 떼지 않은 채로 숙소 옆에서 귀리를 먹었다.

캉디드가 먼저 사령관이 입고 있는 신부복 끝자락에 입을 맞춘 뒤에 그들은 식탁에 앉았다.

"독일인이라고 들었는데." 예수회 신부가 그에게 독일어로 말했다.

"그렇습니다. 존귀하신 신부님." 캉디드가 답했다.

이들은 이런 대화를 나누다가 너무나 놀라고 주체할 수 없는 감정에 사로잡혀 서로를 바라보았다.

"독일 어디 출신인가?" 신부가 물었다.

"추잡한 베스트팔렌에서 왔습니다. 툰더텐트론크 성에서 태어났거든요." 캉디드가 답했다.

"이럴 수가, 어떻게 이럴 수 있지?" 사령관이 소리쳤다.

"이런 기적이!" 캉디드도 소리쳤다.

"정말 자네가 맞나?" 사령관이 물었다.

"말도 안 돼." 캉디드가 말했다.

이 둘은 땅바닥에 큰대자로 쓰러져 서로를 부둥켜안은 채로 시냇물 같은 눈물을 철철 흘렸다.

"이럴 수가! 신부님, 당신이 맞나요? 퀴네공드의 오빠가 맞느냐고요! 불가리아인들이 당신을 죽였는데! 남작 나리의 아들! 당신이 파라과이의 예수회 신부라니! 이 세상이 정말 이상하다는 걸 인정하지 않을 수 없네요. 오, 팡글로스! 팡글로스! 당신이 목이 매달려 죽지 않고 살아 있었더라면 정말 흡족해했을 텐데!"

사령관은 천연 수정 잔에 마실 것을 따르고 있던 파라과이인과 흑인 노예들을 물러나게 했다. 그는 하나님과 성 이그나티우스[75]에게 수없이

---

75) saint Ignace. 1534년에 예수회를 창립한 스페인의 성직자 이그나티우스 데 로욜라(Ignatius de Loyola, 1491~1556)를 말한다.

감사를 올리며 양팔로 캉디드를 꽉 끌어안았다. 눈물이 그들의 얼굴을 적셨다.

"배가 갈라져 죽었다고 믿고 있을 당신의 누이 퀴네공드 양이 멀쩡히 살아 있다는 말을 듣는다면 아마 당신은 정말 더 놀라고, 더 감격하고, 더 흥분하겠죠." 캉디드가 말했다.

"어디에?"

"가까이에 있어요. 부에노스아이레스 총독 관저에요. 원래 나는 당신들과 싸우려고 왔던 것이고요."

그들은 긴 대화에서 나눈 말들로 서로 놀라움에 놀라움을 더했다. 그들의 영혼 전체가 온전히 그들의 혀 위를 날고 있었다. 그들은 자신들의 귀에 온 정신을 기울이고 번득이는 눈으로 서로를 바라보았다. 그들은 교구장 신부를 기다리며 독일인답게 식탁에 아주 오랫동안 머물렀다. 그리고 사령관은 자신의 소중한 캉디드에게 이렇게 말했다.

15장

캉디드는 어떻게
사랑하는 퀴네공드의 오빠를 죽이게 되는가
Comment Candide
tua le frère de sa chère Cunégonde.

"나는 내 눈 앞에서 아버지와 어머니가 죽고 누이가 겁탈당한 날을 평
생 동안 생생히 기억할 걸세. 불가리아인들이 물러갔을 때 내 사랑스러
운 누이는 어디에서도 찾을 수 없었지. 사람들은 어머니와 아버지, 나,
하녀 둘과 목이 잘린 세 아이를 우리 가문의 성에서 2리외쯤 떨어진 예
수회 예배당에 묻으려고 짐수레에 실었어. 예수회 신부 하나가 우리에게
성수(聖水)를 뿌렸는데, 끔찍하게 짰다네. 몇 방울이 내 눈에 들어갔는데
그때 신부가 내 눈꺼풀이 꿈틀거리는 걸 알아차렸나 봐. 그는 내 가슴에
손을 얹고 심장이 뛰는 걸 확인했지. 나는 구조되어 3주가 지난 뒤 완쾌

했다네. 친애하는 캉디드, 자네도 알다시피 내 용모가 원래 빼어나지 않았나. 그런데 그 뒤로는 더 훌륭해졌다네. 그래서 수도원장이신 크루스트 신부께서 내게 아주 애정 어린 우정을 베푸셨지.[76] 그분은 내게 수련 수도사 옷을 입혀 주셨고 얼마 후 나를 로마로 보내셨다네. 총장 신부님께서 독일 출신의 젊은 예수회 신부를 필요로 하고 있었거든. 파라과이의 지배자들은 될 수 있는 한 스페인 예수회 수도사들을 받지 않는다네. 자신들이 마음대로 좌지우지할 수 있는 타국 신부들을 선호하기 때문이지. 그래서 총장 신부님은 내가 이 포도밭[77]에서 일하는 데 적임자라고 판단하셨다네. 나는 폴란드인 한 명, 티롤[78]인 한 명과 같이 파라과이로 떠났지. 그리고 도착하자마자 차부제(次副祭)[79]의 자리와 부관의 지위라는 영예를 누리게 되었네. 지금 나는 대령이자 신부라네. 우리는 스페인 왕의 군대를 씩씩하게 맞이하고 있네. 그들은 곧 파문당하고 패배할 걸세. 하나님께서 우리를 도와주라고 자네를 여기에 보내신 거야. 그런데 사랑하는 퀴네공드가 이 근처 부에노스아이레스의 총독 관저에 있다는 것이 사실인가?"

캉디드는 더할 나위 없는 사실이라고 맹세했다. 그들의 눈물이 다시 흐르기 시작했다.

남작은 캉디드를 내 형제, 내 구세주라고 부르며 지칠 줄 모르고 그를 끌어안았다.

"아! 친애하는 캉디드, 우리는 함께 승리자가 되고 나서 도시로 들어가

---

76) 예수회 신부들 사이의 동성애에 대한 명백한 암시이다.
77) vigne. 그리스도교에서 포도나무는 신앙 공동체에 속한 이들을 지칭한다. 여기에서는 예수회 신부들이 있는 파라과이를 가리킨다.
78) Tirol. 이탈리아 북부 지방이다.
79) sous-diaconat. 가톨릭 성직자의 위계 중 가장 낮은 품급으로, 오늘날에는 사라졌다.

내 누이 퀴네공드를 되찾을 수 있을 거야." 그가 말했다.

"저도 그것만 바라고 있어요. 왜냐하면 나는 그녀와 결혼할 생각이었고 지금도 그러니까요." 캉디드가 말했다.

"이런 무례한 놈 같으니! 자네가 염치도 없이 72대 내내 귀족 가문인 내 누이를 넘보다니! 그토록 무모한 생각을 나한테 감히 털어놓다니 정말 뻔뻔스러운 놈이로군!"

캉디드는 이 말에 아연실색했다.

"신부님, 세상에 있는 모든 귀족의 조상들이 한꺼번에 몰려와도 무슨 소용이 있나요? 유대인과 종교 재판관의 손아귀에서 당신 누이를 구해 낸 건 바로 나라고요. 그녀는 나한테 꽤 크나큰 은혜를 입었고 게다가 그녀도 나와 결혼하길 원해요. 팡글로스 선생님은 항상 모든 인간들은 평등하다고 말씀하셨어요. 난 반드시 그녀와 결혼할 겁니다."

"그거야 두고 보면 알게 되겠지, 이 막돼먹은 놈아!" 예수회 신부인 툰더텐트론크의 남작은 이렇게 말하는 동시에 칼등으로 캉디드의 얼굴을 세게 내리쳤다. 그 순간 캉디드 역시 칼을 뽑아 칼날이 보이지 않을 정도로 깊숙하게 남작의 배를 찔렀다. 하지만 그는 곧 김이 모락모락 나는 칼을 뽑으면서 울기 시작했다.

"아이고, 하나님! 제가 저의 옛 주인이자 제 친구, 제 처남을 죽였습니다. 저는 세상에서 가장 좋은 사람인데 벌써 세 사람이나 죽였어요. 그중 둘이 신부님입니다."

숙소 문 앞에서 보초를 서고 있던 카캉보가 달려왔다.

"이제 할 수 있는 것은 끝까지 싸우다 죽는 일뿐이구나. 틀림없이 이곳으로 사람들이 들이닥칠 거야. 용감히 싸우다 죽는 수밖에." 캉디드가 카캉보에게 말했다.

이미 온갖 고초를 다 겪은 바 있는 카캉보는 결코 냉정을 잃지 않았다. 그는 캉디드의 몸에 남작이 걸치고 있던 예수회 신부복을 입힌 다음, 그에게 신부의 삼각모를 주고 말에 오르게 했다. 모든 일은 눈 깜짝할 사이에 이루어졌다.

"빨리 달아납시다, 주인 나리. 모두들 주인 나리를 명령을 내리러 가는 예수회 신부라고 생각할 거예요. 추격을 당하기 전에 관문을 넘을 수 있을 거예요."

이 말과 함께 카캉보는 쏜살같이 내달렸다. 그러면서 동시에 스페인어로 다음과 같이 소리쳤다.

"저리 비켜라, 사령관 신부님 나가신다!"

🚢 16장

두 처녀, 두 마리 원숭이,
오레이용이라 불리는 야만인들과 함께 있던
두 여행자에게 일어난 일
Ce qui advint aux deux voyageurs avec deux filles,
deux singes, et les sauvages nommés Oreillons.

캉디드와 그의 하인이 여러 관문을 통과했지만 예수회 진영에서는 여전히 아무도 독일인 예수회 신부의 죽음에 대해 알지 못했다. 준비성이 철저한 카캉보는 봇짐에 빵과 초콜릿, 햄, 과일과 함께 포도주 몇 병까지 챙겨 넣었다. 그들은 그들의 안달루시아산 말과 함께 길도 없는 미지의 지역으로 접어들었다. 이윽고 군데군데 개울이 흐르는 아름다운 초원이 그들 앞에 펼쳐졌다. 우리의 두 여행자는 말에게 풀을 뜯게 했다. 카캉보는 주인에게 먹을 것을 권하고는 자신이 먼저 모범을 보였다.

"어찌 너는 내가 햄을 삼키기를 바라느냐? 내가 남작의 아들을 죽였으니 이제 아름다운 퀴네공드를 생전에 다시는 못 보게 되었는데 말이다. 이제 그녀와 떨어져 회한과 절망 속에서 하루하루 비참한 날들을 억지로 살아갈 텐데, 내가 더 살아 무엇하겠느냐? 〈트레부〉[80]는 또 뭐라고 떠들어 대겠느냐?"

캉디드는 이렇게 말하면서 먹을 것을 남기지는 않았다. 해가 지고 있었다. 이때 길 잃은 두 사람은 여자들이 지르는 듯한 작은 비명 소리를 들었다. 이 비명들이 고통에서 나오는 것인지 기쁨에서 나오는 것인지는 알 수 없었다. 어쨌거나 낯선 곳에서는 모든 것들이 걱정과 불안을 불러일으키는 법이었기에 그들은 황급히 몸을 일으켰다. 이 아우성은 벌거벗은 채 초원을 따라 경쾌하게 달리고 있던 두 처녀가 내는 소리였고 원숭이 두 마리가 그녀들의 엉덩이를 깨물며 그 뒤를 쫓아다니고 있었다. 캉디드는 동정심에 사로잡혔다. 그는 불가리아인에게 총 쏘는 법을 배운 덕에 덤불 속 개암 정도는 잎 하나 건드리지 않고 떨어뜨릴 만한 실력을 갖추고 있었다. 그는 스페인제 쌍열박이 총을 집어 들어 원숭이 두 마리를 쏘아 죽였다.

"친애하는 카캉보야, 정말 다행이구나! 내가 이 불쌍한 여자들을 커다란 위험에서 구한 거야. 내가 종교 재판관과 예수회 신부를 죽여서 지은 죄를 이 두 처녀를 구함으로써 깨끗하게 씻어 버렸어. 아마도 귀한 집 아가씨들인 듯한데. 이 일이 이곳에서 아주 커다란 행운을 가져다줄 수도 있겠어."

그는 말을 계속하려 했다. 그러나 두 처녀가 원숭이 두 마리를 다정하

---

80) Journal de Trévoux. 1701년 프랑스 남부의 소도시 트레부에 설립된 예수회 신문이다. 볼테르와 같은 계몽 철학자들에 대해 비판적이었다.

게 끌어안고 울음보를 터뜨리더니 세상에서 가장 고통스러운 외침으로 허공을 가득 채우는 모습을 본 순간 그의 혀는 얼어붙고 말았다.

"내 이토록 선한 영혼을 보게 될 줄은 몰랐다." 캉디드가 이렇게 말하자 카캉보가 대꾸했다.

"정말 훌륭한 일을 하셨어요, 주인 나리. 나리가 지금 이 아가씨들의 두 애인을 죽이신 거예요."

"애인이라고? 그게 가능해? 카캉보, 네가 나를 놀리는구나. 어떻게 그렇게 생각할 수 있느냐?"

"친애하는 주인 나리, 나리는 항상 모든 일에 놀라기만 하네요. 어떤 나라에서는 원숭이들이 여자들의 호의를 얻기도 한다는 게 그렇게 이상한가요? 제가 4분의 1은 스페인 사람인 것처럼 원숭이도 4분의 1은 사람이라고요." 카캉보가 답했다.

"맙소사! 이전에도 이런 일들이 있었다는 팡글로스 선생님의 말씀을 들은 기억이 난다. 이런 혼합으로 아이기판, 파우누스, 사티로스[81]가 생겨났고 고대의 수많은 인물들이 이를 지켜봤다는 걸 말이야. 하지만 난 그 말을 그저 우화라고만 생각했는데." 캉디드가 말했다.

"이제 그게 사실이라는 걸 확실히 믿으시겠네요. 적절한 교육을 받지 않은 사람들이 어떻게 행동하는지 아시게 된 거죠. 이제 저 처녀들이 우리에게 어떤 나쁜 짓을 하지나 않을까 걱정이네요."

카캉보의 이런 견고한 생각 덕에 캉디드는 초원을 떠나 숲으로 들어가기로 결심했다. 거기서 그는 카캉보와 저녁을 먹었다. 둘은 포르투갈 종교 재판관과 부에노스아이레스 총독, 그리고 남작을 저주한 뒤 이끼 위

---

81) égipan, faune, satyre. 그리스 로마 신화에 나오는 반인반수(半人半獸)들이다.

에서 잠이 들었다. 그런데 잠에서 깨어났을 때 두 사람은 꼼짝도 할 수 없었다. 아까 두 처녀가 이 지역 부족인 오레이용에게 캉디드와 카캉보가 한 일을 일러바치는 바람에 그들이 두 사람을 나무껍질 밧줄로 묶어 놓았기 때문이었다. 캉디드와 카캉보는 50여 명의 벌거벗은 오레이용족에게 둘러싸였는데 그들은 활과 몽둥이와 돌도끼로 무장하고 있었다. 몇몇은 커다란 가마솥을 끓이고 있었고 다른 몇몇은 꼬챙이를 다듬고 있었다. 모두가 이렇게 소리쳤다.

"예수회 놈이다, 예수회 놈! 복수하자. 맛있게 먹자, 예수회 놈! 맛있게 먹자, 예수회 놈!"

"이미 제가 말씀드렸었죠, 사랑하는 주인 나리. 그 두 처녀가 우리를 골탕 먹일 거라고요." 카캉보가 서글프게 소리쳤다.

가마솥과 꼬챙이를 본 캉디드가 이렇게 외쳤다.

"우리가 정말 꼬치구이와 탕이 되게 생겼구나. 아! 순수 자연이 어떻게 이루어졌는지 보면 팡글로스 선생님은 뭐라고 하실까? 모든 것이 좋다고? 그래 좋아. 그래도 퀴네공드 양을 잃고 또 오레이용족에게 잡혀 꼬챙이에 꿰이는 건 정말 끔찍하다고 말할 수밖에."

카캉보는 냉정함을 잃는 법이 없었다.

"너무 절망하지 말아요. 제가 이 사람들 말을 조금 알아듣거든요. 제가 한번 말해 볼게요." 그가 침통해하는 캉디드에게 말했다.

"사람을 굽는다는 게 얼마나 끔찍하고 비인간적인 짓인지, 얼마나 그리스도교도답지 않은 행동인지 말하는 걸 잊지 마라."

"여러분, 여러분은 오늘 예수회 놈 하나를 잡아먹을 작정이죠? 정말 생각 잘하신 거예요. 적을 그렇게 다루는 건 지극히 당연한 일이니까요. 자연법은 우리에게 이웃을 죽이라고 가르치고 세상 어디서나 사람들은 모두 그렇게 행동하죠.[82] 우리가 이웃을 잡아먹을 권리를 누리지 않는 것은 우리에게 맛있게 먹을 식사거리가 따로 있기 때문이에요. 그렇지만 여러분은 우리와 동일한 자원을 갖고 있지 않아요. 승리의 열매를 까마귀에게 던져 주느니 분명 직접 먹는 게 낫지요. 그러나 여러분, 여러분도 친구를 먹고 싶지는 않겠지요. 여러분은 지금 예수회 놈 하나를 꼬챙이에 꿰려는 거라고 생각하실 테지만 사실 여러분이 구우려는 것은 여러분의 보호자, 여러분의 적의 적입니다. 저는 여러분의 고장에서 태어났어요. 그리고 여러분이 보고 계신 이 분이 저의 주인인데 예수회 놈이긴커녕 예수회 놈을 방금 죽인 분이라고요. 주인 나리는 죽인 놈의 껍질을 쓰고 있는 거랍니다. 이것이 바로 여러분들이 지금 경멸하고 있는 사람의 정체입니다. 제가 한 말을 확인하시려면 로스 파드레스 왕국 국경의 첫 번째 관문 앞에 서서 나리의 신부복을 입어 보세요. 제 주인 나리가 예수회 장교를 죽였는지 알아보시라고요. 시간도 얼마 걸리지 않을 거예요. 제가 여러분에게 거짓말을 했다고 판단되면 그때 우리들을 잡아먹어도 늦지 않잖아요. 그렇지만 제가 사실을 말하고 있는 것이라면, 여러분은 공법의 원칙과 여러 풍속, 법률을 너무나 잘 알고 계신 분들이니 우리를 풀어 주시리라 믿습니다."

오레이용족은 카캉보의 이 말이 아주 그럴싸하다고 생각했다. 그들은 사실을 알아보기 위해 즉각 대표 중 두 사람을 선출했다. 이들은 부족의 임무를 재치 있게 완수하고 곧 좋은 소식을 가져왔다. 오레이용족은 두 포로를 풀어 주었고 그들에게 모든 경의를 표하는 동시에 여자와 마실

---

82) 인간이 제정한 법, 즉 실증법이 인간이 세운 사회를 규제하는 규칙이라면 이성의 추론이 전제하는 자연법은 사회적 규약 이전의 자연 상태(순수 자연)를 규제한다. 국가 성립 이전에 이미 존재하는 것으로 전제되는 자연법은 이웃을 사랑하기 전에 각자가 자신을 방어해야 한다고 가르친다.

것을 제공했다. 그들은 국경까지 이들을 배웅하면서 기쁘게 외쳤다.

"이놈은 예수회 놈이 절대 아냐, 이놈은 예수회 놈이 절대 아냐!"

캉디드는 자신을 풀어 준 이들을 지치지도 않고 계속해서 찬미했다.

"정말 대단한 민족이야! 정말 훌륭한 사람들이야! 정말 훌륭한 풍속이야! 퀴네공드 양 오빠의 몸을 칼로 꿰뚫는 행운이 없었다면 난 가차 없이 잡아먹혔겠지. 결국 순수 자연이란 선한 거야.[83] 이 사람들은 내가 예수회 신부가 아니란 걸 알자마자 나를 잡아먹는 대신 내게 갖은 예를 다했으니 말이지."

---

83) 루소(Rousseau, 1712~1778)는 《인간 불평등 기원론》(1755)에서 불평등의 기원이 사유 재산 제도에 있으며 자연 상태의 인간은 신체적인 차이를 제외하면 평등했다고 말한다. 자연 상태의 선(善)이란 타인이 내게 위해를 가하지 않은 한 나도 타인을 해롭게 하지 않는 일이다.

🚢 17장

엘도라도[84]에 도착한 캉디드와 카캉보,
그리고 그들이 그곳에서 본 것
Arrivée de Candide et de son valet au pays d'Eldorado,
et ce qu'ils y virent.

오레이용족의 국경을 지날 때 카캉보가 캉디드에게 말했다. "지구의
이쪽 반구도 저쪽 반구보다 나을 게 없네요. 저를 믿어요, 가장 빠른 길
을 통해 유럽으로 돌아가자고요."

"어떻게 말이냐? 유럽 어디로? 내 나라에서는 불가리아인과 아바르인
이 모두의 목을 치고 있고 포르투갈로 가면 화형당할 거야. 물론 우리가
여기에 남는다 해도 항상 꼬치구이가 될 위험이 도사리고 있겠지. 그렇

---

84) Eldorado. '황금의 나라'를 뜻한다. 스페인 정복자들은 아마존 강 어딘가에 있다고 알려진 이 전
설의 나라를 애타게 찾았다.

지만 퀴네공드 양이 살고 있는 이곳을 어떻게 떠날 수 있단 말이냐?" 캉디드가 말했다.

"그럼 카옌[85]으로 갑시다. 세계 여기저기 안 가본 데가 없다는 프랑스인을 그곳에서도 만날 수 있을 테니 그들이 우리를 도와줄 거예요. 하나님도 아마 우리를 불쌍히 여기실 거고요."

카옌으로 가는 일은 쉽지 않았다. 어느 쪽으로 가야 할지 방향은 대략 알고 있었다. 그러나 산과 강, 절벽과 산적, 야만인들이 여기저기서 끔찍한 장애물이 되어 나타났다. 말은 기진맥진하여 죽었고 먹을 것도 다 떨어졌다. 한 달 내내 야생 열매로 연명하던 그들은 마침내 야자나무가 늘어선 자그마한 강가에 도착하여 열매를 따먹고 원기와 희망을 회복했다.

항상 노파만큼이나 훌륭한 충고를 했던 카캉보가 캉디드에게 말했다.

"너무 많이 걸어서 더는 못 가겠어요. 저기 강가에 작은 배가 하나 보이네요. 야자열매를 가득 싣고 저 배에 몸을 맡긴 다음, 물결을 따라 가보자고요. 강물은 언제나 사람들이 사는 어딘가로 흘러가잖아요. 즐겁지는 않더라도 새로운 일은 있겠지요."

"그래, 하나님의 섭리에 몸을 맡기세." 캉디드가 말했다.

그들은 몇 리외를 노 저어 나갔다. 양옆으로 꽃이 가득 피어 있는가 하면 바싹 메마른 땅도 있었고, 때로는 평탄한 곳이었다가 때로는 깎아지른 벼랑이 나타나기도 했다. 강은 계속해서 넓어지더니 마침내는 하늘까지 솟구쳐 오른, 엄청나게 크고 둥근 바위 동굴 속으로 사라졌다. 두 여행자는 대담하게도 이 바위 지붕 아래로 흐르는 물결에 몸을 맡겼다. 이곳에서 좁아진 강은 굉음을 내며 무시무시한 속도로 그들을 실어 갔다.

---

85) Cayenne. 프랑스령 기아나에 있는 도시이다.

다시 빛을 보기까지 스물네 시간이 걸렸다. 그렇지만 곧 그들의 작은 배가 암초에 걸려 박살이 나고 말았다. 결국 그들은 꼬박 1리외를 이 바위에서 저 바위로 간신히 타고 넘어갔다. 마침내 그들은 도저히 접근할 수 없는 산들로 테를 두른 거대한 지평선과 맞닥뜨렸다. 그들이 마주한 이 땅은 필요에서뿐만 아니라 즐거움을 위해서도 경작되고 있었다. 어디에서나 유용한 것은 즐거운 것이었다. 길은 화려하고 번쩍이는 재질로 만들어진 마차로 뒤덮여 있었는데, 아니 더 정확히는 장식되어 있었는데, 마차 안에는 각기 독특한 아름다움을 뽐내는 남녀들이 타고 있었다. 몸집이 크고 붉은 양들이 안달루시아나 테투안, 메크네스[86]산 말들보다 더 빠른 속도로 이 마차들을 끌고 다녔다.

"베스트팔렌보다 더 좋은 고장이 여기 있구나." 캉디드가 말했다.

캉디드는 맨 처음 마주친 마을로 카캉보와 함께 들어갔다. 너덜너덜 찢어진 금빛 비단 옷을 두른 몇몇 아이들이 마을 어귀에서 원반을 던지며 놀고 있었다. 다른 세상에서 온 우리의 두 남자는 그들을 재미있게 바라보았다. 아이들이 가지고 노는 원반은 큼지막하고 둥근 모양이었는데 제각기 노랑, 빨강, 초록색의 독특한 빛을 내뿜고 있었다. 여행자들은 호기심에 원반 몇 개를 주워 들었다. 그것은 금, 에메랄드와 루비였는데 가장 작은 것도 무굴 제국[87] 황제의 옥좌를 장식하는 가장 커다란 보석만할 것 같았다.

"틀림없어요. 저 아이들은 원반던지기 놀이를 하는 이 나라 왕의 자제들일 거예요." 카캉보가 말했다.

---

86) Tétuan, Méquinez. 각각 모로코에 있는 도시 이름이다.
87) trône du Mogol. 1526년 몽고 제국의 바부르(Bābur, 1483~1530)가 인도를 침략한 뒤에 세운 이슬람 왕국이다.

그 순간 마을 학교의 교사가 아이들을 학교에 들여보내려고 나타났다.

"저기, 왕족을 가르치는 선생님이 오셨네." 캉디드가 말했다.

비단 누더기를 걸친 아이들은 곧 원반과 갖고 놀던 것들을 바닥에 내버려 둔 채 돌아갔다. 캉디드는 그것들을 주워 왕실 선생에게 달려가 겸손한 태도로 보여 주면서, 손짓 발짓을 해가며 왕족 자제들이 금과 보석들을 잊어버리고 갔음을 알리려 했다. 마을 학교 교사는 미소를 지으며 보석들을 아무렇지도 않게 땅바닥에 내던지더니 그다음에는 아주 놀란 표정으로 캉디드의 얼굴을 잠시 바라보다가 가던 걸음을 재촉했다.

여행자들은 잊지 않고 금과 루비와 에메랄드를 다시 주웠다.

"우리가 도대체 어디에 있는 것일까? 이 나라 왕실은 아이들을 참 잘 키웠구나. 금과 보석을 무시하도록 가르쳤으니까 말이다." 캉디드가 소리쳤다.

카캉보도 캉디드만큼이나 놀라 있었다. 마침내 그들은 마을의 첫 번째 집에 다다랐다. 그 집은 유럽의 여느 궁전과도 같은 모습이었다. 문 앞에서는 많은 사람들이 분주히 오갔으며 집 안에는 더 많은 사람들이 있었다. 듣기 좋은 음악이 흘러나왔고 맛있는 음식 냄새가 풍겼다. 카캉보가 문가로 다가가니 사람들이 페루어로 말하는 소리가 들렸다. 페루어는 그의 모국어였다. 모두가 알고 있듯이 카캉보는 투쿠만의 한 마을에서 태어났고 그곳 사람들은 이 말밖에 할 줄 몰랐다.

"제가 통역사 노릇을 해드리죠. 어서 들어갑시다. 술집이 따로 없네요." 카캉보가 캉디드에게 권했다.

곧 금으로 된 옷을 입고 리본으로 머리를 묶은 두 총각과 두 처녀가 그들을 손님 자리에 앉도록 안내했다. 먼저 앵무새 두 마리를 곁들인 네 가지 수프와 2백 리브르는 족히 나가 보이는 삶은 콘도르 한 마리, 맛이 기

막힌 구운 원숭이 두 마리, 그리고 접시 하나에는 벌새 3백 마리, 또 다른 접시에는 다른 종류의 벌새 6백 마리가 나왔다. 맛있는 스튜와 케이크가 뒤를 이었다. 모든 요리는 천연 수정 그릇에 담겨 있었다. 총각과 처녀들은 사탕수수로 만든 갖가지 음료를 따라 주었다.

손님들은 대부분 상인과 마부들이었는데, 모두 너무나 예의가 바른 사람들이어서 카캉보에게 질문을 할 때도 아주 조심스러웠고, 그의 질문에는 만족할 만큼 신경 써서 대답했다.

식사가 끝나자 카캉보는 캉디드를 따라 조금 전에 주웠던 큼지막한 금덩이 둘을 식탁 위에 던졌다. 그러고는 식사비를 그 정도면 잘 치렀다고 생각했다. 주인 부부는 웃음을 터뜨리더니 한참 동안이나 웃음을 참느라 옆구리를 붙들고 있었다. 마침내 그들이 정신을 차렸다.

"여러분. 여러분이 타지 사람들이란 것을 잘 알겠네요. 저희는 이런 행동에 익숙하지 않습니다. 여러분이 우리 마을 큰길에 있는 자갈로 음식값을 치르려는 모습에 웃음이 터지고 말았네요. 용서하십시오. 보아하니 우리 나라 돈이 없으신 것 같은데, 어쨌거나 이곳에서 식사를 하시는 데에는 필요하지 않습니다. 상업상 편의를 위해 지은 모든 여관의 유지비는 나라에서 지불하고 있답니다. 이곳의 음식이 변변치 못한 것은 여기가 가난한 마을이기 때문이랍니다. 그렇지만 다른 곳에서는 제대로 대접받으실 수 있을 거예요." 주인 남자가 말했다.

카캉보는 주인 남자가 한 모든 말을 캉디드에게 전해 주었고 캉디드는 그의 친구 카캉보가 했던 것과 똑같이 찬탄과 당황을 반복하며 그 말을 들었다.

"이 나라는 대체 어떤 나라인가? 세상 그 누구도 모르는, 모든 본성이 우리와는 다른 이 나라는 도대체 어떤 곳이란 말인가? 모든 것이 잘 돌아가는 곳이 바로 이 나라일지도 모르겠어. 그도 그럴 것이 이런 나라는 절대적으로 존재해야 하니까. 팡글로스 선생님이 뭐라 했던 간에, 베스트팔렌에서는 모든 것이 아주 안 좋게 돌아가고 있었다는 것을 나도 자주 느꼈었어." 그들은 서로에게 이렇게 말했다.

🚢 18장

엘도라도에서 그들이 본 것
Ce qu'ils virent dans le pays d'Eldorado.

카캉보는 여관 주인에게 온갖 호기심을 표현했다. 주인이 말했다.

"저는 정말 무식하답니다. 그래도 저는 그런 지금이 정말 좋아요. 어쨌거나 이 마을에는 궁정에서 일하시던 노인 한 분이 계신데 그 어르신은 이 왕국에서 가장 아는 게 많고 말씀도 잘하신답니다."

곧바로 그는 카캉보를 노인에게 데려갔다. 이렇게 일이 진행되는 동안 캉디드는 부차적인 인물일 뿐이었고 그저 그의 하인을 따라다닐 수밖에 없었다. 그들은 아주 소박한 어느 집으로 들어갔는데, 그도 그럴 것이 그 집은 문이 겨우 은으로만 되어 있었고 실내 장식은 금으로만 꾸며졌을 뿐이었다. 그래도 이 금 장식은 아주 정교하고 세련되게 다듬은 것이어서 제아무리 화려한 장식도 무색하게 만들 정도였다. 응접실은 루비와 에메랄드만으로 꾸며져 있었다. 그렇지만 모든 것이 적절히 정돈되어 있어서 이런 극단적 소박함을 충분히 덮고도 남았다.

노인은 벌새 깃털로 속을 채운 소파에 앉아 두 이방인을 맞이하고 다이아몬드 단지에 담긴 술을 내놓았다. 그러고 나서 그들의 호기심을 이런 말로 해소해 주었다.

"내 나이가 백일흔둘이야. 나는 왕의 마구간을 담당하는 관리였던 선친에게서 당신이 직접 겪은 페루의 놀라운 혁명 이야기를 전해 들었지. 우리가 살고 있는 이 왕국은 잉카인들의 옛 조국이라네. 잉카인들은 세계를 정복하겠다고 무모하게 밖으로 나갔다가 결국 스페인 사람들에게 멸망당했어.

고향에 남아 있던 군주들은 정복 나간 이들보다는 현명했어. 그들은 백성들의 동의를 얻어 거주민 중 그 누구도 우리의 이 작은 왕국에서 나갈 수 없다고 명령했다네. 우리가 순수함과 행복을 간직하고 있는 것은 바로 이 덕분이야. 어렴풋이 우리를 알게 된 스페인 사람들은 이 나라를 엘도라도라고 불렀지. 롤리 경이라는 한 영국인은 1백 년 전쯤에 이 근방까지 오기도 했었어.[88] 그렇지만 우리가 있는 곳이 험준한 바위와 절벽에 둘러싸여 있는 덕분에 우리는 지금까지 유럽 국가들의 탐욕을 피할 수 있었지. 그 나라들은 우리 땅에 있는 돌과 진흙에 상상도 할 수 없을 만큼 미쳐 있으니 그것을 갖기 위해서라면 마지막 한 사람도 남김없이 우리를 죽일 거야."

대화는 길게 이어졌다. 정부의 형태, 풍속, 여자, 구경거리, 예술에 대한 이야기였다. 항상 형이상학을 향한 관심이 가득했던 캉디드가 마침내

---

88) 영국의 군인이자 탐험가인 월터 롤리(Walter Raleigh, 1552?~1618) 경(卿)은 1595년 엘도라도를 찾아 아마존을 탐험했다.

카캉보를 통해 이 나라에 종교가 있는지 물었다.

노인은 얼굴을 약간 붉히더니 이렇게 답했다.

"어떻게 그것을 의심할 수가 있나? 자네들은 우리가 배은망덕한 사람이라고 생각하나?"

카캉보는 겸손하게 엘도라도의 종교가 무엇인지 물었다.

노인의 얼굴이 다시 붉어졌다.

"종교가 둘이 있을 수 있나? 내가 보기에 우리와 모든 사람들은 전부 같은 종교를 갖는다네. 우리는 저녁부터 아침까지 신을 경배하지." 그가 대답했다.

"단 하나의 신만 경배하나요?" 카캉보가 캉디드의 의심을 계속해서 통역했다.

"물론, 둘도 셋도 넷도 아니지. 자네들이 속한 세상 사람들은 정말 독특한 질문들을 하는구면." 노인이 답했다.

캉디드는 지치지도 않고 이 선한 노인에게 계속해서 질문했다. 그는 엘도라도에서는 신에게 어떻게 기도하는지 알고 싶었다.

"우리는 전혀 기도를 하지 않는다네. 우리는 그에게 요구할 것이 전혀 없지. 신께서는 우리에게 필요한 모든 것을 주셨어. 우리는 끊임없이 감사할 뿐이야." 선하고 존경스러운 현자가 대답했다.

캉디드는 사제들을 보고 싶은 호기심이 들었다. 그는 그들이 어디 있는지 물었다. 선한 노인은 미소를 지었다.

"친구들이여, 우리 모두가 사제라네. 매일 아침 왕과 집안의 모든 가장은 은총이 가득한 신의 행동을 찬양하기 위한 노래를 엄숙하게 부르지. 음악가 5천~6천 명이 이들과 같이 한다네."

"뭐라고요? 그러면 여기에는 가르치고 싸우고 지배하고 음모를 꾸미는 성직자들, 자신들과 의견이 다른 사람들을 불태워 죽이는 성직자들이 없단 말입니까?"

"아니, 미치지 않고서야 우리가 어떻게 그럴 수 있겠나? 여기서는 모두가 같은 생각을 하고 있다네. 자네들이 말하는 성직자라는 게 무엇인지 도통 이해할 수가 없군."

이런 말들을 듣고 황홀해진 캉디드가 혼잣말을 했다.

"모든 것이 베스트팔렌이나 남작님의 성과는 정말 다르군. 만일 우리의 친구 팡글로스 선생님이 엘도라도를 보셨다면 툰더텐트론크 성이 지상에서 가장 좋은 곳이라고 더 이상 말씀하실 수 없었을 거야. 확실히 사람은 여행을 해야 한다니까."

이 긴 대화가 끝나자 선한 노인은 양 여섯 마리를 맨 마차를 준비시키고 하인 열두 명을 두 여행자에게 주어 왕궁으로 안내하도록 했다.

"미안하네만, 내가 나이가 들어 자네들과 같이 갈 수 있는 영예를 누릴 수가 없군. 왕께서 자네들을 불편함 없이 맞아 주실 게야. 이 나라의 관습 중에 마음에 들지 않는 점이 있더라도 너그러이 용서하길 바라네." 노인이 말했다.

캉디드와 카캉보가 마차에 오르자 여섯 마리 양이 쏜살같이 달리기 시작했다. 네 시간도 채 지나지 않아 그들은 수도의 한쪽 끝에 위치한 왕의 궁전에 도착했다. 정문은 높이가 220피에, 폭은 100피에나 되었다. 이 문을 무엇으로 만들었는지 표현하기란 불가능했다. 그러나 우리가 흔히 금이나 보석이라고 부르는 돌멩이나 모래와 비교해 본다면 그것이 얼마나 경이롭고 우월한지는 충분히 느낄 수 있었다.

왕실 친위대의 아름다운 처녀 스무 명이 마차에서 내리는 캉디드와 카캉보를 맞이했다. 그리고 그들을 목욕탕으로 인도한 뒤 벌새 솜털로 짠

천으로 만든 옷을 입혔다. 그런 다음 왕실의 남녀 대신들은 일반적인 관례에 따라 양쪽에 악사 1천 명이 늘어서 있는 행렬 한가운데를 지나 그들을 왕의 거처로 데려갔다. 왕좌가 있는 곳 근처까지 갔을 때 카캉보가 대신 한 명에게 왕에게 어떻게 인사해야 하는지 물었다. 무릎을 꿇어야 하는지 넙죽 엎드려야 하는지, 손은 머리 위로 올려야 하는지 엉덩이에 두어야 하는지, 아니면 바닥의 먼지를 핥아야 하는 것인지, 한마디로 의식이 어떻게 이루어지는지 물은 것이다.

"관례는 왕을 끌어안고 양쪽 볼에 입을 맞추는 것입니다." 대신이 일러 주었다.

캉디드와 카캉보는 달려들어 폐하의 목을 끌어안았고 폐하는 갖은 친절을 다해 이들을 맞이하고 정중히 저녁 식사에 초대했다.

식사를 기다리는 동안 그들은 도시를 둘러보게 되었다. 그들은 구름 사이까지 치솟은 공공건물과 기둥 수천 개로 장식된 계단들, 그리고 맑은 물 분수, 장밋빛 물 분수, 사탕수수 술 분수를 구경했다. 이 분수들은 정향(丁香)과 계피향 비슷한 향이 나는 보석들로 포석을 깐 대광장 구석구석까지 흐르고 있었다. 캉디드는 법정과 의회를 보여 달라고 청했다. 그렇지만 사람들은 그런 것은 존재하지도 않으며, 지금까지 단 한 번도 소송이 벌어진 적은 없다고 답했다. 감옥이 있느냐고 물었지만 그런 것도 없다는 대답이 돌아왔다. 캉디드가 더욱 놀라고 가장 즐거웠던 것은 과학 궁전을 보았을 때로, 2천 걸음은 걸어야 지날 수 있는 회랑에는 물리학과 수학 기구가 가득했다.

일행은 도시의 1천 분의 1 정도를 오후 내내 둘러본 뒤 왕의 거처로 되돌아왔다. 캉디드는 왕과 하인 카캉보, 몇몇 귀부인과 함께 식탁에 앉았다. 음식은 이보다 더 맛있을 수 없었고 함께 저녁을 하기에 왕보다 더 재치 있는 사람은 없었다. 카캉보는 왕의 재치 있는 말을 전달했는데, 통역을 거쳐도 이 말들은 여전히 기지가 넘쳤다. 지금까지 많은 것에 놀랐지만 이 또한 못지않게 놀라운 일이었다.

그들은 이러한 환대를 받으며 한 달을 보냈다. 캉디드는 카캉보에게 끊임없이 이렇게 말했다.

"친구여, 자꾸 말하지만 사실 내가 태어난 성이 지금 우리가 있는 나라보다 못하다네. 그래도 결국 퀴네공드 양이 여기 없다는 사실은 변함이 없네. 틀림없이 자네도 유럽에 애인이 몇 명 있을 것 아닌가. 우리가 계속 여기에 머문다면 우리도 저 사람들처럼 살아가게 될 뿐이네. 반면 엘도라도의 돌멩이를 실은 양 열두 마리만 데리고 우리가 있던 세계로 돌아간다면, 우리는 유럽 모든 왕들을 합친 것보다 더 큰 부자가 될 거야. 그러면 더 이상 종교 재판관들을 두려워할 필요도 없을 테고 퀴네공드 양도 쉽게 되찾을 수 있을 거야."

카캉보는 이런 말이 마음에 들었다. 인간이란 모름지기 분주히 돌아다니길 좋아하고, 주변 사람들에게 돋보이길 좋아하고, 여행에서 본 것을 과시하길 좋아하는 법이다. 둘은 이곳을 떠나기로 결심하고 왕에게 작별을 고했다.

"어리석은 짓을 하시는군요. 이 나라가 별 볼 일 없다는 것은 저도 잘 압니다. 그래도 어딘가에서 그럭저럭 지낼 만하다면 그냥 그대로 머무는 것이 좋을 텐데요. 분명 제가 이방인들을 붙잡을 권리는 없습니다. 그것은 우리의 풍습이나 법에 맞지 않는 횡포입니다. 모든 인간은 자유로우니까요. 떠나고 싶으실 때 떠나십시오. 그렇지만 이곳을 나가기란 아주 힘든 일이랍니다. 여러분이 기적적으로 도착했던, 둥근 바위 지붕 아래로 흐르는 급류를 거슬러 오르기란 불가능합니다. 우리 왕국을 둘러싸고 있는 산들은 높이가 1천 피에에 이르는 데다가 거대한 벽처럼 곧추서 있습니다. 각 산의 폭만 해도 10리외가 넘는 데다가 내려가는 길은 모두 가파른 절벽입니다. 그래도 여러분이 꼭 떠나길 원하시니 제가 기계 담당관에게 지시해 여러분이 편하게 이동할 수 있는 기계 장치를 만들겠습니다. 일단 산의 반대쪽에 도착하면 그 누구도 여러분과 계속 같이 갈 수 없어요. 왜냐하면 내 신하들은 절대 그들의 울타리를 넘지 않기로 맹세했고 그 맹세를 깨지 않을 만큼 현명하니까요. 필요한 게 있으시면 망설이지 말고 말씀하십시오." 왕이 그들에게 말했다.

"폐하, 식량과 이 나라의 돌멩이와 진흙을 실은 양 몇 마리를 주셨으면 합니다." 카캉보가 말했다.

왕이 웃음을 터뜨렸다.

"유럽인들은 도대체 어떤 취향 때문에 우리의 노랑 진흙을 좋아하는지 이해할 수 없네요. 그래도 원하는 만큼 가져가도록 하세요. 아무쪼록 행운이 따르길 바랍니다."

그는 즉시 기술자들에게 이 이상한 두 사람을 들어 올려 왕국 밖으로 내보낼 기계를 만들도록 명했다. 훌륭한 과학자 3천 명이 이를 위해 열심히 일했다. 보름이 지나자 기계가 완성되었고 비용도 이 나라 화폐로 2천만 리브르 스털링[89] 이상 나가지는 않았다. 사람들은 캉디드와 카캉보를 기계에 태웠다. 그리고 산을 넘었을 때 두 사람이 탈 수 있도록 안장을 얹고 굴레를 씌운 커다란 붉은 양 두 마리, 식료품 짐을 끄는 양 스무 마리, 이 나라의 가장 진귀한 것들을 선물로 담은 양 서른 마리, 금과 보석, 다이아몬드를 실은 양 쉰 마리가 준비되었다. 왕은 두 방랑자를 다

---

89) livere sterling. 영국의 화폐 단위이다.

정하게 포옹해 주었다.

두 사람의 출발, 그리고 그들과 그들의 양이 산 정상까지 들어 올려지는 모습은 굉장한 구경거리였다. 그들을 안전하게 내려놓은 과학자들은 두 사람에게 작별을 고했다. 이제 캉디드에게는 퀴네공드 양에게 자신의 양을 보여 주러 가야 한다는 것 말고는 아무 바람도 없었다.

"만일 퀴네공드 양에게 몸값이 매겨진다 해도 우리는 충분히 그 돈을 부에노스아이레스 총독에게 지불할 수 있어. 카옌으로 가서 배를 타세. 그러면 우리가 어떤 왕국을 살 수 있을지 알게 되겠지."

🚢 19장

수리남에서는 무슨 일이 일어났으며
캉디드는 어떻게 마르탱을 알게 되었는가
Ce qui leur arriva à Surinam,
et comment Candide fit connaissance avec Martin.

우리의 두 여행자가 보낸 첫째 날은 아주 즐거웠다. 아시아와 유럽, 아
프리카의 온갖 보물을 모두 합친 것보다 더 많은 보물의 주인이 된다는
생각에 그들은 용기가 솟구쳤다. 흥분한 캉디드는 주변의 나무 여기저기
에 퀴네공드의 이름을 새겨 넣었다. 둘째 날에는 이들의 양 두 마리가 늪
에 처박혀 짐과 함께 사라졌다. 며칠 후에는 다른 두 마리가 탈진하여 죽
어 버렸고, 그다음에는 일고여덟 마리가 사막에서 굶주려 죽었다. 그리
고 며칠 뒤에는 또 다른 양들이 절벽에서 떨어져 죽었다. 결국 1백 일이
지나자 양은 두 마리만 남게 되었다. 캉디드가 카캉보에게 말했다.

"친구여, 이 세상의 부란 것이 얼마나 덧없는 것인지 알았겠지? 세상에서 변하지 않는 것이라고는 덕행과 퀴네공드 양을 다시 만난다는 행복뿐이야."

"과연 그렇군요. 그렇지만 아직 우리에게는 스페인 왕이라 해도 평생 갖지 못할 보물을 실은 양 두 마리가 있잖아요. 저 멀리 도시 하나가 보이네요. 아마 네덜란드령 수리남일 거예요. 이제 우리는 고생 끝, 행복 시작입니다." 카캉보가 말했다.

도시에 거의 다다랐을 때 그들은 땅바닥에 누워 있는 흑인 하나와 마주쳤다. 그는 옷을 반만, 그러니까 파란 천으로 만든 속바지 하나만 달랑 걸치고 있었다. 이 가엾은 사람에게는 왼쪽 다리와 오른쪽 손이 없었다.

"아이고, 이런! 친구여, 아니 이 몰골을 하고 여기서 뭘 하고 있나?" 캉디드가 네덜란드어로 그에게 말했다.

"유명한 상인이자 내 주인님인 반데르덴뒤르 씨를 기다리고 있는 중입니다." 흑인이 말했다.

"그러면 반데르덴뒤르 씨가 자네를 이렇게 만든 것인가?" 캉디드가 물었다.

"그렇습니다, 나리. 관례가 이래요. 우리에게 옷이라고는 1년에 딱 두 번씩 받는 질 나쁜 속옷 한 장이 전부이지요. 우리는 사탕수수 공장에서 일하다가 손가락이 맷돌에 끼면 손이 잘립니다. 도망가려 하면 다리가 잘리고요.[90] 나는 두 경우 모두에 해당하지요. 당신들이 유럽에서 설탕

---

90) 사탕수수 공장의 노예들은 맷돌에 사탕수수를 밀어 넣다가 손가락이 끼게 될 위험이 있었다. 이 경우 즉시 팔을 절단할 수 있도록 공장에 손도끼를 준비해 두기도 했다. 한편 1685년 루이 14세는 '검둥이법'을 공표했다. 이 법에서는 재차 도망치다 붙잡힌 노예의 뒷무릎 힘줄을 절단한다고 정했으며, 노예 주인의 재량으로 1년에 옷 두 벌 또는 옷감 약 5미터를 노예에게 지급해야 한다고 정했다.

을 먹을 수 있는 건 우리가 이런 희생을 치르기 때문입니다. 그렇지만 내 어머니는 기니 해안에서 10에퀴 파타곤[91]에 날 팔면서 이렇게 말했어요. '사랑하는 내 아들아, 우리가 모시는 신들을 축복하고 항상 경배해라. 신들께서 너를 행복하게 만드실 거야. 네가 우리들의 주인이신 백인들의 노예가 되는 영예를 얻은 덕분에 네 아버지와 어머니는 성공을 거두게 되었구나.' 맙소사! 내가 부모님에게 성공을 가져다주었는지는 모르겠지만, 부모님이 나를 성공시키긴 않았어요. 개나 원숭이, 앵무새도 우리보다 천배는 덜 불행할 겁니다. 나를 개종시킨 네덜란드 목사들은 매주 일요일마다 말하기를 검든 하얗든 우리 모두가 아담의 자식이라고 했어요. 내가 족보학자는 아닙니다만 이 설교자들이 사실을 말하는 것이라면 우리는 모두 한 부모에게서 태어난 한 가족이겠지요. 그렇다면 당신은 사람들이 자신의 형제를 지독히도 끔찍하게 이용해 먹고 있다는 걸 인정해야만 할 거예요." 흑인이 답했다.

"오, 팡글로스 선생님! 이런 끔찍한 일은 상상도 못 하셨을 거예요. 이젠 모두 끝입니다……. 결국 저는 선생님의 낙관주의를 버려야겠어요." 캉디드가 탄식했다.

"낙관주의라는 게 뭡니까?" 카캉보가 물었다.

"맙소사! 그건 나쁜데도 모든 게 좋다고 우기는 광기라네." 그는 흑인을 바라보며 눈물을 쏟더니, 울면서 도시로 들어갔다.

두 사람이 첫 번째로 한 일은 그들을 부에노스아이레스로 데려갈 배가 항구에 있는지 알아보는 것이었다. 그들이 말을 건 사람이 마침 스페인 선장이었는데 그는 두 사람과 정직한 거래를 하고 싶다면서 스스로 나섰

---

91) écus patagon. 18세기 스페인과 벨기에 플랑드르 지방에서 쓰던 은화이다.

다. 선장은 그들에게 한 선술집에서 만나자고 했다. 캉디드와 충실한 카캉보는 양 두 마리와 같이 그곳에서 그를 기다렸다.

거짓말을 모르는 캉디드는 선장에게 자신이 겪은 일들과 퀴네공드 양을 빼낼 계획에 대해 털어놓았다.

"당신을 부에노스아이레스로 데려갈 수 없겠네요. 그랬다가는 당신이나 나나 목이 매달릴 테니까요. 아름다운 퀴네공드 양은 총독 각하가 가장 아끼는 정부라오." 선장이 말했다.

캉디드에게 이 말은 청천벽력과도 같았다. 그는 한참을 울더니 마침내 울음을 그치고 카캉보를 따로 불렀다.

"친애하는 나의 친구여, 자네가 일을 하나 해주어야겠네. 우리에게는 각자 5백만~6백만 냥이 나가는 다이아몬드가 있지 않은가. 나보다는 자네의 재주가 더 좋으니 퀴네공드 양을 데리러 부에노스아이레스로 가주게. 총독이 방해하면 그에게 1백만을 주게. 그래도 말을 안 들으면 2백만을 더 주게. 자네가 종교 재판관을 죽인 것은 아니니까 자네를 경계하지는 않을 거야. 나는 다른 배를 꾸려 베네치아로 가서 자네를 기다리겠네. 그곳은 불가리아인도 아바르인도 유대인도 종교 재판관도 두려워할 필요가 없는 자유로운 곳이니까."

카캉보는 이 현명한 결정을 박수 치며 환영했다. 그는 친한 친구가 된 선한 주인과 헤어지는 것이 싫었지만 주인에게 도움을 줄 수 있다는 즐거움이 이별의 고통보다 먼저였다. 그들은 눈물을 흘리며 서로를 끌어안았다. 캉디드는 선한 노파를 잊지 말라고 당부했다. 카캉보는 그날로 출발했다. 그는 정말 좋은 사람이었다.

캉디드는 얼마간 수리남에 더 머무르면서 자신과 양 두 마리를 이탈리아로 데려다 줄 다른 선장을 찾았다. 그는 하인들을 고용하고 긴 여행에 필요한 모든 것을 구입했다. 마침내 큰 배의 주인인 반데르덴뒤르 씨가 그의 앞에 나타났다.

"나를 곧장 베네치아로 데려가는 대가로 얼마를 원하십니까? 여기 있는 나와 내 사람들, 내 짐, 양 두 마리 모두 말이오." 캉디드가 선장에게 물었다.

선장은 1만 피아스터[92]를 요구했다. 캉디드는 망설이지 않고 승낙했다. '오, 오! 이 이방인은 단번에 1만 피아스터를 내놓는군! 엄청난 부자인 게 틀림없어.' 용의주도한 반데르덴뒤르가 이렇게 생각했다.

얼마 후 되돌아온 그는 2만 피아스터를 주지 않으면 떠날 수 없다고 말했다.

"좋습니다. 그렇게 하죠." 캉디드가 말했다.

'이것 봐라! 이놈이 2만을 1만처럼 아무렇지도 않게 내주네.' 상인은 속으로 생각했다.

또다시 되돌아온 그는 이번에는 3만이 아니면 베네치아로 갈 수 없다고 말했다.

"그럼 그렇게 하지요." 캉디드가 답했다.

'아! 아! 이놈한테는 3만 피아스터가 아무것도 아닌가 보군. 저 양 두 마리는 굉장한 보물을 싣고 있는 게 틀림없어. 더 달라는 건 그만두자. 일단 3만을 받고, 그다음을 노리자.' 네덜란드 상인은 또 생각했다.

캉디드는 자그마한 다이아몬드 두 개를 팔았는데 그중 작은 것도 선장이 요구한 액수보다 값이 훨씬 더 많이 나갔다. 그는 돈을 미리 지불했다. 그러고 나서 캉디드는 양 두 마리를 먼저 정박지에 있는 배에 태운

---

92) piastre. 스페인의 은화이자 아메리카 대륙 식민지의 화폐 단위였다.

다음, 자신도 배에 오르기 위해 작은 배를 타고 뒤쫓아 갔다. 그런데 선장이 때는 지금이라는 듯 닻을 올리더니 그대로 출발해 버렸다. 때마침 순풍이 불었다. 캉디드가 경악하여 잔뜩 당황한 사이 배는 곧 그의 시야에서 사라졌다.

"맙소사! 이게 바로 낡은 세계가 하는 짓이로구나." 그가 외쳤다.

해안으로 되돌아온 캉디드는 고통으로 만신창이가 된 상태였다. 그도 그럴 것이 그는 순식간에 군주 스무 명의 재산과 맞먹을 정도의 보물을 잃어버린 처지였다. 캉디드는 네덜란드 판사를 찾아갔다. 조금 흥분해 있었던 터라 거칠게 문을 두드렸다. 그는 집으로 들어가서 자신이 겪은 일을 이야기하며, 예의에 조금 어긋날 정도로 크게 소리쳤다. 판사는 먼저 캉디드에게 그가 일으킨 소란에 대해 1만 피아스터의 벌금을 물렸다. 그런 다음 그는 캉디드의 말을 참을성 있게 듣더니 상인이 돌아오는 대로 이 사건을 조사하겠노라 약속했고, 면담 비용으로 또다시 1만 피아스터를 지불하게 했다.

이러한 일들로 마침내 캉디드는 절망하고 말았다. 사실 그는 이보다 천배는 더한 불행도 경험했었다. 그렇지만 냉정한 판사와 재산을 빼앗아 간 뻔뻔한 선장 때문에 캉디드는 울화가 치민 나머지 그만 깊은 우울증에 빠지고 말았다. 사람들의 악함이 적나라한 모습으로 그의 마음에 그려졌다. 그의 머릿속은 침울한 생각으로 가득 차 버렸다. 그러던 중 다행히 보르도로 막 떠나려는 프랑스 배가 하나 있어서, 더 이상 다이아몬드를 가득 실은 양도 없어진 캉디드는 적당한 값을 치르고 선실을 하나 빌렸다. 그런 다음 이 지역에서 가장 불행하며 자신이 처해 있는 상황을 극도로 혐오하는 정직한 사람이 자신과 함께 여행하기를 원한다면 여행 경비 전부와 먹을 것, 그리고 2천 피아스터를 지불한다는 조건의 광고를 온 마을에 냈다.

함대 한 척으로도 다 싣지 못할 만큼의 지원자들이 몰려왔다. 가장 품격을 갖춘 사람들을 선택하려고 했던 캉디드는 충분히 사교성이 있어 보이고 주어진 조건에 자신들이 적격이라고 주장하는 이들 중에서 스무 명을 골랐다. 그는 이들을 모두 선술집으로 부른 다음 각자 자신의 이야기를 솔직히 털어놓겠다는 맹세를 하는 조건으로 음식을 대접했다. 그러면서 그가 보기에 가장 불쌍해 보이고 정당한 이유로 스스로의 처지에 가장 불만인 사람을 뽑을 것이며, 다른 이들에게도 상여금을 조금씩 주겠다고 약속했다.

모임은 새벽 4시까지 계속되었다. 지원자들이 겪은 일들을 들으면서 캉디드는 부에노스아이레스로 가는 동안 노파가 자신에게 했던 말과 배에 타고 있는 사람 중에 큰 불행을 당하지 않았던 사람은 정말 단 한 명도 없을 거라던 그녀의 장담이 다시 떠올랐다. 이야기를 하나하나 들을 때마다 그는 팡글로스를 생각하며 홀로 되뇌었다.

"팡글로스 선생님이 이 자리에 있었다면 당신의 이론을 증명하려다 아주 당황하셨을 거야. 여기 계셨으면 좋았을 텐데. 모든 것이 정말 잘 돌아가고 있다는 말은 분명 엘도라도에서나 그렇지 나머지 세상에 해당되는 말은 아냐."

결국 캉디드는 10년 동안 암스테르담의 출판사 여기저기에서 일했다는 가난한 학자 한 사람을 골랐다. 그는 세상에 이보다 더 혐오스러운 직업은 없으리라고 판단한 것이다.

선한 사람이었던 이 학자는 아내에게 재산을 빼앗기고 아들에게 매를 맞았으며, 포르투갈 남자를 따라 달아난 딸에게 버림받았다. 얼마 전부터는 생계 수단이었던 일자리에서도 쫓겨났다. 게다가 수리남의 목사들이 그를 박해했는데, 이들이 그를 소치니파(派)[93]라고 여겼기 때문이다. 물론 다른 사람들 또한 그 학자 못지않게 불행했다는 것도 사실이었다. 그렇지만 캉디드는 여행하는 동안 이 학자가 자신의 심심함을 달래 줄 것으로 기대했다. 다른 경쟁자들은 캉디드가 아주 부당한 결정을 내렸다고 생각했다. 그렇지만 캉디드는 이들 모두에게 1백 피아스터를 주어 마음을 달랬다.

---

93) socinien. 이탈리아의 사상가 소치니(Sozzini, 1539~1604)의 사상을 따르는 이들로 삼위일체나 예수의 신성 같은 그리스도교의 일부 교리를 부정하였다.

⛵ 20장

바다 위에서 캉디드와 마르탱에게 일어난 일
Ce qui arriva sur mer à Candide et à Martin.

이렇게 해서 마르탱이라는 늙은 학자는 캉디드와 함께 보르도로 가는 배에 올라탔다. 이 둘은 모두 많은 것을 보고 많은 고통을 겪은 사람들이었다. 배가 수리남에서 희망봉을 거쳐 일본까지 간다고 해도 이들은 인간의 마음이 일으키는 악과 자연이 일으키는 악에 대해 끊임없이 말할 수 있었을 것이다.

그렇지만 캉디드가 마르탱에 비해 훨씬 나은 것이 하나 있었다면 그것은 바로 그가 퀴네공드 양과의 재회를 항상 바라고 있었던 반면, 마르탱에게는 희망을 걸 만한 일이 아무것도 없었다는 점이다. 게다가 그에게는 금과 다이아몬드도 있었다. 비록 세상에서 가장 큰 보물들을 실은 붉은 양 1백 마리를 잃어버렸고 또 네덜란드 선장에게 사기당한 일이 여전히 가슴에 남아 있었다고는 해도 주머니 속에 있는 것을 생각하고 퀴네공드에 대해 말할 때, 특히 식사가 끝나 갈 때쯤이면 그의 마음은 다시 팡글로스의 이론으로 기울어져 있었다.

"그런데 마르탱 씨, 이 모든 것에 대해 어떻게 생각하십니까? 인간의 마음이 일으키는 악과 자연이 일으키는 악에 대한 당신의 생각은 어떤가요?" 캉디드가 학자에게 말했다.

"선생, 신부들은 나를 보고 소치니파라고 비난합니다만 사실 나는 마니교도[94]입니다." 마르탱이 대답했다.

"저를 놀리시는군요. 이제 마니교도는 더 이상 이 세상에 없습니다." 캉디드가 말했다.

"내가 있잖습니까. 어쩔 도리가 없네요, 난 다르게 생각할 수가 없습니다." 마르탱이 반박했다.

"당신 몸속에 악마가 있는 게 분명해요." 캉디드가 말했다.

"악마는 이 세상일에 아주 강력하게 개입하고 있으니 세상 어디에나 있을 수 있고 당연히 내 몸에도 있을 수 있어요. 이 지구를, 아니 이 자그마한 구슬을 한번 둘러보면 나는 하나님이 이 구슬을 몇몇 악한 존재들에게 넘겨주신 것이 아닌가 하는 생각이 듭니다. 물론 엘도라도는 빼고요. 나는 이웃 도시의 멸망을 바라지 않는 도시를 거의 보지 못했고 다른 가문들이 몰살되기를 바라지 않는 가문은 하나도 보지 못했어요. 세상 어디에서나 힘없는 자들은 힘센 자들 앞에서 굽신거리면서도 그들을 증오합니다. 힘센 자들은 힘없는 자들을 고기와 털을 팔려고 기르는 양떼 취급을 하고요. 살인자들이 군대처럼 뭉쳐서는 유럽 이쪽 끝부터 저

---

94) manichéen. 마니교는 3세기에 페르시아인 마니(Mani, 216~276?)에 의해 창시된 종교이다. 이분법적 세계관에 근거하여 세상이 서로 대립적인 선과 악, 빛과 어둠의 투쟁으로 전개된다고 보았다.

쪽 끝까지 몰려다니면서, 돈벌이를 위해 조직적으로 살인과 강도를 일삼지요. 먹고살기 위해 그들이 정직하게 할 수 있는 일은 그것뿐이니까요. 언뜻 평화로워 보이고 예술이 꽃피는 듯한 도시에 사는 사람들은 재앙이 덮친 도시에 사는 이들보다 더한 시기와 걱정, 불안에 사로잡혀 있습니다. 말할 수 없는 마음의 비애는 공공연한 비참함보다 훨씬 더 잔인한 것이지요. 한마디로 말해 나는 너무 많은 것을 보고 당해 봐서 마니교도가 된 것입니다."

"그렇지만 선도 존재하잖아요." 캉디드가 반박했다.

"그럴 수도 있습니다만, 나는 그것을 아직은 잘 모르겠네요." 마르탱이 말했다.

이렇게 논쟁을 하고 있을 때 대포 소리가 들려왔다. 소리는 점점 더 커졌다. 두 사람이 망원경을 들고 보니 대략 3마일 정도 떨어진 곳에서 전투를 벌이고 있는 배 두 척이 보였다. 때마침 바람이 이 배들을 프랑스 배 쪽으로 아주 가까이 데려와서 그들은 아주 편하게 전투를 구경할 수 있었다. 결국 두 척 중 하나가 측면 대포로 일제히 사격을 가했고 밑동을 정확히 맞은 다른 배는 침몰하고 말았다. 가라앉고 있는 배의 갑판 위에 있던 1백여 명의 사람들이 캉디드와 마르탱의 눈에 또렷하게 보였다. 그들은 모두 손을 하늘로 쳐들고 끔찍한 아우성을 지르고 있었다. 바다는 순식간에 모든 이들을 삼켜 버리고 말았다.

"저런! 저것이 바로 사람들이 서로를 대하는 방식입니다." 마르탱이 말했다.

"이 싸움에 악마적인 무언가가 있다는 것은 정말 맞는 말입니다." 캉디드가 말했다.

이렇게 말하는 동안 정체불명의 물체 하나가 붉은 빛을 내며 배 근처에서 헤엄치는 모습이 보였다. 사람들은 그것의 정체를 알아보려고 작은 배를 내렸다. 그것은 캉디드가 잃어버린 양 두 마리 중 하나였다. 캉디드에게는 엘도라도의 다이아몬드를 가득 실은 양 1백 마리를 잃어버렸던 슬픔보다 이 양을 되찾은 기쁨이 훨씬 더 컸다.

프랑스 배의 선장은 다른 배를 침몰시킨 배의 선장이 스페인 사람이고 침몰한 배의 선장은 네덜란드 해적임을 곧 알아챘다. 캉디드의 재물을 훔쳐 간 바로 그 해적이었다. 이 불한당이 갈취한 막대한 재물은 그와 함께 바닷속에 매장되었고 이제 구출된 양 한 마리만 남은 것이다.

"보세요. 범죄가 가끔은 처벌받는다는 걸 이제는 아시겠네요. 저 못된 네덜란드 선장 놈은 받아 마땅한 저주를 받았으니까요." 캉디드가 마르탱에게 말했다.

"그렇지요. 그런데 그놈 배를 탔던 사람들까지 모두 죽어야 했습니까? 하나님이 이 사기꾼을 벌하신 것이고 악마는 다른 사람들을 물에 빠뜨려 죽게 한 겁니다." 마르탱이 말했다.

그동안에도 프랑스 배와 스페인 배는 항해를 계속했고 캉디드는 마르탱과 대화를 이어 나갔다. 그들은 15일을 계속해서 논쟁했고 15일 뒤에도 첫날과 같은 주장을 여전히 되풀이했다. 어쨌거나 그들은 계속해서 말을 했고 각자의 생각을 소통했으며 서로를 위로했다. 캉디드는 자신의 양을 쓰다듬었다.

"내가 너를 되찾았으니까 퀴네공드 양도 되찾을 수 있을 거야."

21장

프랑스 해안에 도착한 캉디드와 마르탱이
계속해서 서로 이치를 따지다
Candide et Martin approchent des côtes de France,
et raisonnent.

마침내 프랑스 해안이 보이기 시작했다.

"프랑스에 가본 적이 있나요, 마르탱 씨?" 캉디드가 말했다.

"네, 나는 여러 지역을 돌아다녔어요. 거주민 태반이 미쳐 있는 곳도 있고 사람들이 너무 약아빠졌거나 반대로 너무 유순하고 바보 같은 곳도 있고 아주 재기 넘치는 곳도 있지요. 그런데 어디에나 제일의 관심사는 사랑이고 두 번째는 다른 사람 헐뜯기, 세 번째는 바보 같은 짓 하기랍니다." 마르탱이 대답했다.

"그럼 파리도 가봤나요?"

"그럼요, 가봤습니다. 파리에는 내가 말한 모든 종류의 사람들이 살고 있지요. 뒤죽박죽이고 콩나물시루 같은 곳이에요. 모두가 쾌락을 좇지만 그 누구도 그것을 찾지 못하는 곳입니다. 적어도 내 눈에는 말이에요. 파리에는 오래 있지 않았습니다. 도착하자마자 갖고 있던 것을 모두 도둑 맞았거든요. 생제르맹 시장에서 소매치기들한테요. 게다가 나는 도둑으로 몰려서 8일 동안 감옥에 있었어요. 그러고는 네덜란드에 걸어 돌아갈 여비를 벌려고 인쇄소의 교정자가 되었지요. 거기서 나는 글 쓰는 불한당들과 음모를 꾸미는 불한당들, 경련을 일으키는 불한당들[95]을 알게 되었지요. 이 도시에는 아주 예의 바른 사람들이 있다고들 하던데 저도 그렇게 믿고 싶을 따름입니다."

"나는 프랑스를 구경하고 싶은 생각이 전혀 없어요. 쉽게 짐작이 가시겠지만 엘도라도에서 한 달을 보내고 나니 이 세상에서는 퀴네공드 양 말고는 생각나는 것이 전혀 없네요. 나는 베네치아에서 그녀를 기다릴 거예요. 이탈리아에 가려고 프랑스를 거치는 겁니다. 나와 같이 가지 않겠어요?" 캉디드가 말했다.

"기꺼이 함께 가지요. 베네치아는 베네치아 귀족들에게만 살기 좋은 곳이라지요.[96] 그렇지만 돈만 많으면 이방인도 아주 잘 대접한다더군요. 나는 한 푼도 없고 당신은 부자니까 나는 어디라도 당신을 따라가겠소." 마르탱이 말했다.

---

95) 차례대로 언론인, 성직자, 얀선파 교도를 지칭한다. 얀선파는 네덜란드의 신학자 얀선(Jansen, 1585~1638)의 학설을 지지하는 교파이다. 얀선파에서 추앙하던 부사제인 파리스가 죽자 그의 장례식에 사람들이 몰려들었는데, 그곳에서 치유의 기적이 일어났다는 소문이 퍼졌다. 이후 그의 무덤은 몸을 괴상하게 뒤틀거나 소리를 지르는 얀선파 광신도들로 넘쳐 났다고 한다. 여기에서 얀선파 교도를 지칭할 때 '경련을 일으킨다'는 표현이 생겨났다.
96) 당시 베네치아는 귀족들의 공화국이었다.

"그건 그렇고 선장이 갖고 있는 두꺼운 책에 분명히 쓰여 있듯이 육지가 원래는 바다였다고 생각하나요?" 캉디드가 물었다.

"전혀요. 얼마 전부터 사람들이 말하는 허황된 이야기들도 나는 마찬가지로 전혀 믿지 않아요." 마르탱이 답했다.

"그러면 이 세상은 도대체 왜 만들어진 걸까요?"

"우리들 울화통을 터뜨리려고요."

"내가 말한 모험 이야기 중 오레이용 부족의 나라에서 그 두 처녀가 두 원숭이를 사랑했다는 사실에 놀라진 않았나요?" 캉디드가 계속해서 말을 이었다.

"전혀요. 그 열정이 왜 이상한지 모르겠네요. 나는 놀라운 것들을 하도 많이 봐서 이젠 놀랄 일이 없어요."

"사람들이 요즘처럼 항상 서로를 학살해 왔다고 생각하나요? 늘 그렇게 거짓말만 하고 교활하고 배신을 밥 먹듯 하고 배은망덕하고 강도짓을 일삼고 심약하고 변덕스럽고 비겁하고 질투하고 탐욕스럽고 술주정뱅이에다 인색하고 주제넘고 잔인하고 모함을 좋아하고 허랑방탕하고 광신적이고 위선적인 데다 어리석었을까요?" 캉디드가 물었다.

"매들이 원래부터 비둘기를 보면 항상 잡아먹어 왔다고 생각하지 않나요?" 마르탱이 말했다.

"물론 그렇죠." 캉디드가 답했다.

"저런! 매들은 항상 같은 본성을 갖고 있는데, 왜 사람은 그 본성을 바꾸길 원하나요?" 마르탱이 물었다.

"아! 그건 큰 차이가 있어요. 그러니까 인간에게는 자유 의지란 게……."

이렇게 이것저것 따져 보는 사이 그들은 보르도에 도착했다.

🛶 22장

프랑스에서 캉디드와 마르탱에게 일어난 일
Ce qui arriva en France à Candide et à Martin.

캉디드는 엘도라도에서 가져온 돌멩이를 몇 개 팔고 품격 있는 2인용 마차에 적응하는 데 필요한 시간만큼만 보르도에 머물렀다. 그도 그럴 것이 그는 이제 그의 철학자 마르탱 없이는 지낼 수 없었기 때문이었다. 단지 그는 보르도의 과학 학술원에 넘겨주느라 자신의 양과 헤어지게 된 것이 아주 유감스러웠다. 학술원은 '이 양의 털이 왜 붉은지 밝혀라'를 올해의 논문 주제로 제시했다. 대상은 북부 지역의 한 학자에게 돌아갔는데, 그는 A 더하기 B 빼기 C 나누기 Z라는 공식을 대입해 이 양이 붉을 수밖에 없고 또한 곧 천연두에 걸려 죽을 것임을 증명했다.

그사이 캉디드가 여행하는 도중 여러 선술집에서 만난 여행객들은 "우리는 파리로 갑니다."라는 말을 많이 했다. 사람들의 이러한 일반적인 열정 덕분에 캉디드는 결국 그 도시를 구경하고 싶다는 욕구가 생겼다. 더구나 도중에 파리를 경유한다고 베네치아로 가는 길에서 크게 벗어나는 것은 아니었다.

그는 파리 교외에 있는 생마르소를 통해 파리로 들어갔는데, 그 마을은 마치 베스트팔렌에서 가장 천박한 마을을 보는 것 같았다.

캉디드는 숙소에 짐을 풀자마자 피로가 몰려와 몸살을 앓게 되었다. 그의 손가락에는 엄청나게 큰 다이아몬드 반지가 끼워져 있었고 그의 짐 사이로는 굉장히 묵직한 보석 상자가 보였기 때문에, 곧 그의 곁에는 부르지도 않은 의사 두 명과 곁을 떠나지 않는 친한 친구 몇 사람, 수프를 데워 주는 헌신적인 신자 두 명이 모여들었다.

"첫 파리 여행에서 나도 아팠었는데, 그때 나는 무척 가난했지요. 그래서 내 곁에는 친구도, 헌신적인 신자도 의사도 없었어요. 그래도 병은 나았지요." 마르탱이 말했다.

그사이 사람들이 정체 모를 약을 먹이고 나쁜 피를 뽑는다며 몸 여기 저기를 찔러 대는 통에 캉디드의 병세는 더 나빠졌다. 그 마을의 보좌 신부가 상냥한 기색으로 다가와서 다른 세상으로 갈 때 필요한 수표를 내라고 했다. 헌신적인 신자들은 그것이 새로운 유행이라고 그를 안심시켰다. 하지만 캉디드는 그렇게 하고 싶은 생각이 조금도 없었기에 자신은 유행을 따르는 사람이 전혀 아니라고 대답했다. 마르탱은 신부를 창밖으로 던져 버리고 싶은 심정이었다. 신부는 캉디드가 죽어도 절대 묻어 주지 않겠다며 으름장을 놓았다. 그러자 마르탱도 신부에게 계속 자신들을 귀찮게 하면 땅에 묻어 버리겠노라고 으름장을 놓았다. 말싸움이 격해졌고 마르탱은 신부의 어깨를 잡아 거칠게 쫓아 버렸다. 이 일이 커다란 소동을 불러일으킨 바람에 그들은 조사까지 받아야 했다.

캉디드는 점차 병이 나았다. 회복되는 동안 많은 사람들이 그의 거처에서 저녁을 먹고 판돈이 제법 큰 도박판도 벌였다. 캉디드는 자신에게 단 한 번도 에이스 패가 들어오지 않는 것에 대해 매우 놀랐지만 마르탱은 그렇지 않았다.

이 도시에서 캉디드를 환대한 사람들 중에 페리고르[97]에서 온 작은 사제가 있었다. 그는 늘 열성적이고 늘 민첩하고 친절하며, 늘 뻔뻔스럽게 입에 발린 말을 잘하고 늘 타협적인 사람들 중 하나였다. 이런 사람들은 외지인이 지나가는 것을 몰래 살피고 있다가 그들에게 도시의 온갖 추문을 알려 주고 갖가지 쾌락을 제공하는 법이다. 이 사제는 먼저 캉디드와 마르탱을 극장으로 데려갔다. 그곳에서는 새로운 비극을 상연하고 있다. 캉디드는 품격 있고 학식 있는 사람들 곁에 앉았지만 완벽한 공연을 보고 울음을 참을 수 없었다. 옆에 있던 따지기 좋아하는 사람 하나가 막간을 틈타 그에게 이렇게 말했다.

"그렇게 우는 것은 잘못된 일입니다. 여배우가 아주 형편없어요. 함께 연기하는 남자 배우는 더 형편없고 대본은 배우들보다 더욱더 형편없어요. 작가는 아랍어를 한마디도 모르면서 배경을 아라비아로 했군요. 게다가 이자는 본유 관념(本有觀念)[98]을 믿지 않는 작자네요. 내일 저 작가에 대한 혹평이 실린 책자를 스무 부는 가져다 드릴 수 있습니다."

"저기, 프랑스에는 희곡이 몇 편이나 있습니까?" 캉디드가 페리고르의 사제에게 물었다.

---

97) périgourdin. 프랑스 남서부 지방이다.
98) idées innées. 프랑스의 철학자 데카르트(Descartes, 1596~1650)의 주장이다. 인간이 태어날 때부터 갖고 있는 선천적 관념들을 말한다. 일례로 신이나 무한(無限)과 같이 우리 삶에서 경험할 수 없는 것이다. 볼테르가 신봉한 로크(Locke, 1632~1704)는 이 이론을 비판하였다.

"5천 내지 6천 편쯤 있죠."

"참 많네요, 그럼 그중 좋은 작품은 얼마나 되죠?" 캉디드가 물었다.

"열다섯이나 열여섯쯤이죠." 사제가 답했다.

"많은 편이네요." 마르탱이 말했다.

캉디드는 때때로 상연하는 아주 진부한 비극에서 엘리자베스 여왕을 연기하는 여배우가 무척이나 마음에 들었다.

"저 여배우, 내 마음에 쏙 들어요. 어딘지 모르게 퀴네공드 양과 많이 닮았네요. 그녀와 인사를 나눌 수 있으면 정말 좋을 텐데." 그가 마르탱에게 말했다.

페리고르의 사제가 그를 그녀의 집에 데려가 주겠다고 나섰다. 독일에서 자란 캉디드는 예절을 어떻게 갖추어야 하는지, 프랑스에서는 영국의 여왕들을 어떻게 대하는지 물었다.

"잘 구별할 필요가 있습니다. 보통 지방에서는 선술집에 데려갑니다. 파리에서는 예쁘면 존중을 해주고 죽으면 쓰레기장에 갖다 버린답니다." 사제가 말했다.

"여왕들을 쓰레기장에 버린다고요?" 캉디드가 말했다.

"정말 그래요. 사제님 말씀이 맞아요. 모님 양이, 사람들이 흔히 말하듯 이승에서 저승으로 갈 때 내가 파리에 있었거든요. 그녀는 이 사람들이 '매장의 영광'이라고 부르는 것, 그러니까 더러운 묘지에서 지역의 모든 더러운 인간들과 함께 썩을 수 있는 권리를 박탈당했어요.[99] 그녀는 그녀가 속해 있던 무리에서 떨어져 부르고뉴 모퉁이에 홀로 외로이 묻혔

---

99) 당시 프랑스의 인기 여배우인 아드리엔 르쿠브뢰르(Adrienne Lecouvreur, 1692~1730)에 대한 언급이다. 그녀는 희곡 〈미트리다트〉의 모님(Monime) 역으로 데뷔해 큰 인기를 얻지만 그녀가 죽은 뒤 가톨릭 교회는 이 여배우를 파문했고 결국 그녀는 제대로 된 장례를 치르지 못했다.

습니다. 그녀는 분명히 아주 고통스러웠을 거예요. 아주 고결한 사람이었거든요." 마르탱이 말했다.

"정말 무례하기 그지없군요." 캉디드가 말했다.

"이 사람들이 그렇게 생겨 먹은 것을 어쩌겠습니까. 이 상상 가능한 모든 모순과 부조화를 생각해 봐요. 바로 이런 사람들이 정부에, 법정에, 교회에, 국가라는 이 우스꽝스러운 구경거리 속에 있는 거예요." 마르탱이 말했다.

"파리 사람들은 항상 웃는다는 게 사실입니까?" 캉디드가 물었다.

"맞습니다. 그런데 울화통을 터뜨리면서 웃지요. 크게 웃으면서 불평을 표현하거든요. 가장 가증스러운 일도 웃으면서 하죠." 사제가 답했다.

"나를 그토록 펑펑 울린 연극과 그토록 즐겁게 한 배우들에 대해 그토록 험담을 했던 그 커다란 돼지는 어떤 사람이죠?" 캉디드가 물었다.

"아주 고약한 놈입니다. 모든 연극과 책에 대해 험담을 해서 벌어먹고 살죠. 고자가 멀쩡한 이들을 미워하듯 성공한 모든 사람들을 미워하는 놈이에요. 흙탕물과 독으로 사는 문학계의 독사들 중 한 마리죠. 그놈은 싸구려 글쟁이[100]에요." 사제가 답했다.

"싸구려 글쟁이요?" 캉디드가 물었다.

"프레롱[101]처럼 흰 종이에 먹물 채워서 먹고사는 놈들 말이에요." 사제가 대답했다.

캉디드와 마르탱, 페리고르의 사제는 연극을 보고 사람들이 줄지어 나

---

100) folliculaire. 'follicule(인쇄된 종이, 광고지, 작은 신문)'에 '-aire(~하는 사람)'를 붙인 말이다. '의미 없이 인쇄된 종이를 만드는 사람' 정도의 의미로 볼테르가 만든 말이다. 오로지 명성이나 돈벌이만을 위해 대중을 선동하는, 양심도 없고 재능도 없는 질 낮은 언론인을 지칭한다.
101) Fréron. 당시 한 문학 비평지의 편집장이었던 엘리 프레롱(Élie Fréron, 1718~1776)을 말한다. 계몽주의 철학자들을 끈질기게 비판한 것으로 유명하다.

오는 것을 보며 계단에서 이런저런 대화를 나눴다.

"내가 정말 퀴네공드 양이 그립기는 하지만 클레롱[102] 양과 저녁을 한 번 먹었으면 좋겠군요. 그녀는 정말 놀라웠거든요." 캉디드가 말했다.

사제는 클레롱 양을 가까이할 만한 사람이 못 되었는데, 그도 그럴 것이 그녀는 품격 있는 사람들하고만 어울렸기 때문이다.

"오늘 저녁에는 그녀가 다른 약속이 있다고 하네요. 그렇지만 대신 저에게 당신을 상류층 귀부인 댁으로 모실 영광을 주셨으면 합니다. 그곳에 가시면 한 4년은 살았던 것처럼 파리를 훤히 알게 되실 겁니다." 사제가 말했다.

원래 호기심이 많았던 캉디드는 사제 손에 이끌려 파리 교외의 포부르생토노레에 있는 귀부인의 저택으로 갔다. 그곳에 있던 사람들은 파라오 게임을 하느라 정신이 없었다. 서글픈 투자자 열두 명은 각자 손에 귀퉁이가 접힌, 그들이 겪을 불행의 장부인 작은 카드 패를 들고 있었다. 깊은 침묵이 흐르고 있었다. 투자자들의 이마에는 창백함이, 은행가의 이마에는 걱정이 내비쳤다. 냉혹한 은행가 곁에 앉은 안주인은 하이에나 같은 눈으로 돈을 두 배로 건 사람들과 일곱 배로 건 사람들을 째려보고 있었다.[103] 노름꾼들은 각자 자기 카드의 귀퉁이를 접어 놓았다. 그러면 안주인은 매우 엄하지만 예의를 갖추어 접힌 패를 펴게 했다. 단골을 잃을까 봐 짜증은 전혀 내지 않았다. 그녀는 자신을 파롤리냑 후작 부인이라 부르게 했다. 열다섯 살 먹은 그녀의 딸은 투자자들 틈에 섞여서 잔인

---

102) Clairon. 볼테르의 친구이자 그의 연극에 다수 출연했던 프랑스의 여배우 클레롱(Mlle Clairon, 1723~1803)을 말한다.
103) 파라오 게임은 '투자자'들이 '은행가'와 한편이 되어 도박을 하는 카드놀이의 일종이다. 패를 돌리기 전에 돈을 두 배나 일곱 배로 걸고 내기를 한다.

한 운명을 고쳐 보려는 이 가련한 작자들의 속임수를 눈짓으로 알려 주었다. 페리고르의 사제와 캉디드, 마르탱이 들어갔을 때 그 누구도 일어서거나 인사를 하거나 쳐다보지 않았다. 모두 자기 카드에 완전히 정신이 팔려 있었다.

"툰더텐트론크의 남작 부인도 이 사람들보다는 예의가 있었는데……." 캉디드가 말했다.

그사이 사제가 다가가 후작 부인의 귀에 대고 뭐라고 속삭이자 그녀가 몸을 반쯤 일으켜 캉디드에게 우아한 미소를 지었고, 마르탱에게는 고상하게 머리를 끄덕였다. 그녀는 캉디드에게 자리 하나와 카드 한 벌을 내주었고 그는 단 두 판 만에 5만 프랑을 잃었다. 그런 다음 사람들은 아주 즐겁게 저녁 식사를 했는데, 모든 이들이 캉디드가 많은 돈을 잃고도 흥분하지 않은 데에 놀라워했다. 하인들은 모여서 자기들끼리 쓰는 말로 이렇게 말했다.

"그 사람은 영국 귀족이 틀림없어."[104]

저녁 식사는 파리의 여느 저녁과 별반 다름없었다. 처음에는 침묵이 흘렀지만 곧 알아들을 수 없는 웅성거림이 들려왔고 그러고 나서는 대부분 따분한 농담들을 지껄였다. 확인할 수 없는 소문들과 말도 안 되는 논리들이 난무했으며 약간의 정치 토론과 수많은 비방이 쏟아져 나왔다. 그들은 새로 나온 책들에 대해 말하기까지 했다.

"신학 박사인 고샤[105] 씨의 소설은 읽어 보셨나요?" 페리고르의 사제가 질문을 꺼냈다.

---

104) 유럽에서 영국 귀족들은 침착함과 냉정함으로 유명했다.
105) Gauchat. 신학 박사이자 볼테르를 비롯한 백과전서파에 적대적이었던 가브리엘 고샤(Gabriel Gauchat, 1709~1777)를 가리킨다.

"네. 그렇지만 다 읽을 수는 없었어요. 요즘 엉뚱한 글들이 많지만 그걸 다 모아도 고샤 씨의 엉뚱함을 따라갈 수는 없죠. 나는 엄청나게 넘쳐나는 이 끔찍한 책들에 질려서 파라오한테 돈을 걸었다고요." 손님 중 한 사람이 대답했다.

"T부주교[106]가 쓴 《논문집》은 어떻게 생각하십니까?" 사제가 물었다.

"얼마나 끔찍하게 지루하던지! 누구나 알고 있는 걸 이상야릇하게 늘어놓는 꼴이라니! 언급될 만한 가치도 없는 걸 그토록 무겁게 논하고! 다른 사람들이 써놓은 걸 아무 생각도 없이 자기 걸로 내세우죠! 자신이 훔쳐 와서는 또 그걸 얼마나 망쳐 놓던지! 정말 역겨워요! 그래도 부주교가 날 더 역겹게 할 일은 없겠네요. 그 사람이 쓴 글은 충분히 읽었으니까 말이죠." 파롤리냐 후작 부인이 대답했다.

같이 저녁을 들던 사람들 중 박식하면서도 안목을 갖춘 한 사람이 후작 부인의 말을 지지했다. 이후 사람들은 비극에 대해 말하기 시작했다. 부인은 이따금 무대에는 올라가는 비극들이 왜 희곡으로는 읽히지 않는지 그 이유를 물었다. 안목을 갖춘 그 사람은 희곡 한 편이 무대에서는 이럭저럭 흥미를 끌 수는 있지만 읽기에는 부족한 점이 너무나 많다는 것을 아주 잘 설명했다. 그는 몇 마디 말로 이렇게 증명해 보였다. 무대 위의 희곡은 모든 소설에서 흔히 찾아볼 수 있는 상황 중 한둘만 가져와도 관객을 매번 매혹시킬 수 있지만 그것이 읽을 만한 것이 되려면 이상하지 않으면서 새로워야 하고 대체로 숭고하고 언제나 자연스러워야 하며, 인간의 마음을 속속들이 알아서 그 마음이 스스로 말하도록 해야 한다. 또 작가는 작중 인물 그 누구도 시인처럼 보이지 않게 하면서도 자신

---

106) archidiacre Trublet. 고샤와 마찬가지로 볼테르와 백과전서파의 논적이었던 니콜라스 트리블레(Nicolas Trublet, 1697~1770)를 말한다.

은 시인이 되어야 한다. 그는 모국어에 대해 완벽하게 알고 있어서, 운율이 의미를 결코 해치지 않도록 하면서도 지속적인 조화 속에서 순수한 언어를 구사할 수 있어야 한다.

"누구든 이 규칙들을 전부 지키지 않아도 무대 위에서 박수를 받을 수 있는 비극 한둘은 만들 수 있습니다. 그러나 그가 훌륭한 작가의 반열에 오를 수는 없지요. 진짜 좋은 비극은 정말 드물거든요. 어떤 것들은 운율을 잘 맞추어 쓴 대화체의 전원시일 뿐이고 또 어떤 것들은 졸음을 부르는 정치적 견해나 진력나게 하는 사족이죠. 또 어떤 것들은 부정확한 문체로 쓴 광신적인 몽상이거나 끝없는 장광설(長廣舌), 혹은 인간에게 말할 줄 몰라 신들이나 길게 불러 대는 소리, 가짜 격언, 과장되고 진부한 이야기들 뿐입니다." 그는 또 이렇게 덧붙였다.

캉디드는 이 말들을 주의 깊게 들었고 이 떠버리가 썩 훌륭하다고 생각했다. 후작 부인이 신경 써서 캉디드를 자기 옆자리에 앉힌 덕분에 그는 실례를 무릅쓰고 그녀에게 귓속말로 저토록 말을 잘하는 사람이 누구인지 물었다.

"저 사람은 학자예요. 한 번도 카드를 친 적은 없는데, 가끔 사제가 저녁 식사에 데려오지요. 그는 여러 비극과 책에 완벽히 정통한 사람이에요. 그는 관객들의 야유를 받은 비극 한 편, 그리고 나에게 헌정한 것을 빼고는 출판업자의 상점 밖으로 단 한 부도 나가지 않은 책 한 권을 썼어요." 부인이 말했다.

"위대한 사람! 그야말로 또 다른 팡글로스로군요."

그러더니 그를 향해 캉디드가 이렇게 말했다.

"틀림없이 선생님은 물질적 세계와 정신적 세계에서는 모든 것이 최선의 상태이고 그 어떤 것도 지금과 다를 수 없다고 생각하시죠?"

"나는 전혀 그렇게 생각하지 않습니다. 우리가 사는 세계에서는 모든 것이 잘못 돌아가고 있어요. 자신의 신분과 그에 따른 책임이 무엇인지, 자기가 무엇을 하는지 또 무엇을 해야 하는지 제대로 아는 사람이 단 한 명도 없어요. 아주 유쾌하고 충분히 단합이 잘 되는 것 같아 보이는 저녁 식사 때를 빼면 다른 모든 시간은 바보 같은 논쟁으로 전부 허비합니다. 얀선파는 몰리나파[107]와 싸우고 의회 사람들은 교회 사람들과, 문인들은 자기들끼리, 신하들은 다른 신하들과, 은행가는 서민들과, 아내는 남편과, 친척들은 다른 친척들과 싸우지요. 이건 영원한 전쟁입니다." 그 학자가 대답했다.

"나는 더 끔찍한 것을 봤답니다. 그렇지만 나중에 목이 매달려 죽은 불행을 겪은 한 학자가 모든 것이 더할 나위 없이 좋다는 사실을 알려 주었어요. 그런 좋지 않은 일들은 훌륭한 그림 속에 있는 그림자일 뿐이라고요." 캉디드가 그의 말을 받아쳤다.

"목이 매달린 당신 친구가 세상을 조롱한 것입니다. 당신들의 그림자는 끔찍한 얼룩이에요." 마르탱이 대꾸했다.

"얼룩을 만드는 건 바로 인간들이에요. 그런데 그들도 어쩔 수 없이 그러는 것이고요." 캉디드가 말했다.

"그러니까 그 얼룩이 인간들 잘못은 아니군요." 마르탱이 말했다.

이런 말에 전혀 관심이 없는 투자자들은 계속 술을 들이켰다. 마르탱은 학자와 논쟁했고 캉디드는 자신이 겪은 일 중 일부를 그곳의 안주인에게 이야기했다.

저녁 식사가 끝난 뒤 후작 부인은 캉디드를 자신의 방으로 데려가 소

---

107) moliniste. 16세기에 스페인 신부 몰리나(Molina, 1535~1600)가 주장한 학설을 따르는 이들로 신의 은총은 인간의 협력이 이루어지는 곳에서만 성립한다고 주장했다.

파에 앉혔다.

"그래, 그러니까 당신은 툰더텐트론크의 퀴네공드 양을 여전히 미친 듯이 사랑한단 말이죠?" 그녀가 이렇게 물었다.

"그렇습니다, 부인." 캉디드가 대답했다.

후작 부인이 부드러운 미소를 지으며 캉디드의 말에 응수했다.

"베스트팔렌의 젊은이다운 대답이네요. 프랑스인이었다면 아마 '내가 퀴네공드 양을 사랑하는 것은 사실입니다. 그렇지만 지금 이렇게 당신을 보고 있자니 내가 그녀를 더 이상 사랑하지 않을까 봐 두렵군요.'라고 말했을 거예요."

"아아! 부인, 원하시는 그대로 대답하겠습니다." 캉디드가 말했다.

"그녀에 대한 열정은 그녀가 떨어뜨린 손수건을 주우면서 시작됐다고 했죠? 이제 내 스타킹 밴드 좀 주워 줬으면 하는데……."

"저의 온 마음을 다해……." 캉디드는 이렇게 말하며 밴드를 주웠다.

"그것을 원래 있던 곳에 매주시겠어요?" 부인이 말했다. 그리고 캉디드는 밴드를 다시 매주었다.

"뭐, 당신은 외국인이니까……. 원래 난 파리의 내 애인들한테는 한 보름 정도 애간장이 끓게 만들거든요. 그렇지만 베스트팔렌에서 온 젊은이에게는 그의 조국에 영광을 돌릴 필요가 있으니 첫날이지만 나를 당신에게 허락할게요."

아름다운 부인은 이국 청년의 두 손에 낀 엄청나게 큰 다이아몬드를 발견했다. 부인이 어찌나 성의 있게 칭찬을 했던지 그 반지들은 곧 캉디드의 손가락에서 후작 부인의 손가락으로 옮겨 갔다.

페리고르의 사제와 돌아가는 길에 캉디드는 퀴네공드 양을 두고 바람을 피운 것 같아 약간 후회가 되었다. 사제는 사제대로 씁쓸했다. 캉디드가 카드로 잃은 5만 리브르와 자의 반 타의 반으로 넘긴 다이아몬드 반지 두 개에서, 그의 몫으로 돌아오는 것은 얼마 되지 않았다. 그의 의도는 캉디드를 알게 된 것을 이용하여 최대한 많은 수익을 얻어 내는 것이었다. 사제는 캉디드에게 퀴네공드 양에 대해 계속 이야기를 꺼냈고 캉디드는 사제에게 베네치아에서 아름다운 퀴네공드 양을 만나게 되면 자신의 잘못에 대해 용서를 빌겠다고 말했다.

페리고르의 사제는 캉디드에게 두 배로 더 예의 바르게 대하고 주의를 기울였다. 그는 캉디드가 말하는 모든 것, 행하는 모든 것, 행하려는 모든 것에 극진한 관심을 보였다.

"그러니까 당신은 베네치아에서 그녀를 만나기로 약속했다는 거죠?"

"네, 사제님. 무슨 일이 있어도 퀴네공드 양을 되찾을 거예요."

이때 캉디드는 사랑하는 사람에 대해 말하는 즐거움에 한껏 들떠서는 늘 하던 대로 저 유명한 베스트팔렌의 처녀와 있었던 일 중 몇 가지를 털어놓았다.

"제 생각에는, 퀴네공드 양은 똑똑해서 매력적인 편지도 잘 썼겠네요." 사제가 말했다.

"나는 그녀에게 편지를 받아 본 적이 없는 걸요. 생각해 보세요. 그녀를 사랑한 죄로 성에서 쫓겨났으니 그녀에게 편지를 쓸 수도 없었어요. 얼마 후 곧 그녀가 죽었다는 소식을 들었고 그 뒤에 그녀를 다시 만났지만 또다시 그녀를 잃었고, 지금은 여기서 500리외나 떨어진 곳에 있는 그녀에게 특사를 보내 대답을 기다리는 중이란 말입니다."

사제는 캉디드의 말을 주의 깊게 들었는데 뭔가를 골똘히 생각하는 듯이 보였다. 그는 곧 두 이방인을 다정하게 껴안더니 작별을 고했다. 다음 날 잠에서 깨었을 때 캉디드는 다음과 같은 편지를 받았다.

너무나 사랑하는 내 애인이여, 나는 이 도시에 와서 여드레 전부터 아파 누워 있어요. 어쩌다 당신이 여기 있다는 걸 알게 되었어요. 내가 움직일 수만 있었다면 당신 품속으로 날아갔을 텐데. 당신이 보르도를 거쳐 간 것도 알고 있어요. 나는 그곳에 충성스러운 카캉보와 노파를 두고 왔는데 그들도 곧 나를 따라올 거예요. 부에노스아이레스의 총독이 내게서 모든 것을 빼앗아 갔지만 내게는 아직 당신의 사랑이 남아 있어요. 빨리 오세요. 당신이 오시는 것이 나를 살리는 것이고, 그러면 나는 너무 기뻐서 죽을지도 모르겠어요.

예상하지 못했던 이 매력적인 편지를 받고 캉디드는 말할 수 없는 기쁨에 사로잡혔다. 그러나 사랑하는 퀴네공드가 병을 앓고 있다는 사실은 무척 고통스러웠다. 두 가지 감정을 동시에 느끼면서 그는 금과 다이아몬드를 챙겨 마르탱과 함께 퀴네공드 양이 머무르고 있다는 호텔로 향했다. 그는 감격에 겨워 떨면서 안으로 들어갔다. 심장은 터질 듯이 뛰었고 목소리는 울먹이고 있었다. 그는 침대에 쳐진 커튼을 걷고 등을 환하게 밝히려고 했다.

"조심해 주세요. 불빛 때문에 돌아가실 수도 있어요." 하녀가 이렇게 말하면서 서둘러 커튼을 다시 닫았다.

"사랑하는 퀴네공드, 몸은 좀 어때요? 날 볼 수 없다면 말이라도 해줘요." 캉디드가 울면서 말했다.

"아가씨는 말을 하실 수 없답니다." 하녀가 말했다. 아픈 귀부인은 침대에서 오동통한 손 하나를 내어놓았다. 캉디드는 눈물로 오랫동안 그 손을 적신 후 다이아몬드로 그 손을 가득 채우고 금으로 가득한 가방 하나를 의자 위에 놓았다.

캉디드가 이렇게 흥분해 있을 때 장교 하나가 페리고르의 사제를 동반

하고 분대원 한 무리와 같이 들어왔다.

"그 수상하다는 외국인이 바로 이놈들이요?" 그는 즉시 두 사람을 체포하도록 한 뒤에 자신의 용감한 분대원에게 이들을 감옥으로 끌고 가라고 명령했다.

"엘도라도에서는 여행자들을 이렇게 대하지 않소." 캉디드가 말했다.

"나는 지금 그 어느 때보다도 더 마니교를 믿게 되었소." 마르탱이 말했다.

"그런데 당신들은 우리를 어디로 데려가는 거요?" 캉디드가 말했다.

"지하 감옥의 제일 밑바닥으로." 장교가 말했다.

냉정을 되찾은 마르탱은 스스로를 퀴네공드라고 했던 여자가 사실 사기꾼이고 캉디드의 순진함을 아주 재빠르게 이용한 페리고르의 사제란 자와 이 장교 역시 사기꾼임을 알아차렸다. 그는 장교를 아주 간단히 처리할 수 있다고 생각했다.

마르탱의 충고를 들어 모든 상황을 파악하고, 또 여전히 진짜 퀴네공드가 못 견디게 보고 싶었던 캉디드는 법적 절차들을 따르는 대신 장교에게 하나에 3천 피스톨[108] 정도씩 나가는 작은 다이아몬드 세 개를 주겠다고 제안했다.

"아! 나리. 설사 당신이 상상할 수 있는 모든 범죄를 저질렀다고 해도 당신은 세상에서 가장 정직한 사람입니다. 다이아몬드 세 개라니! 하나에 3천 피스톨씩 나가는! 나리! 당신을 지하 감옥에 데려가느니 차라리 내가 죽겠습니다. 지금 외국인을 모조리 잡아들이는 중이지만 나한테 맡기세요. 제 동생이 노르망디 지역 디에프에 살고 있으니 나리를 그리로

---

108) pistole. 약 10리브르에 해당하는 프랑스의 옛 화폐이다.

모셔다 드리겠습니다. 나리가 제 동생에게도 다이아몬드를 좀 주신다면 동생 역시 나리를 저처럼 잘 돌봐 드릴 겁니다." 상아로 만든 지팡이를 든 장교가 말했다.

"그런데 외국인들은 왜 잡아들이는 겁니까?" 캉디드가 이렇게 묻자 페리고르의 사제가 답해 주었다.

"아드레바티 지역 출신의 거지 하나가 바보 같은 소리를 들었기 때문이죠. 그 말에 속아 넘어가 그놈이 왕을 죽이려고 했어요. 1610년 5월에 있었던 일이 아닌, 1594년 12월에 있었던 일처럼 말입니다. 또 다른 해, 다른 달에 바보 같은 말을 듣고 거기에 깜박 속은 또 다른 거지가 대역죄를 저질렀던 것처럼 말이죠."[109]

그리고 장교가 사제의 말을 더 자세히 설명해 주었다.

"아! 저런 괴물들 같으니라고! 춤추고 노래하는 민족이 이렇게 끔찍한 일을! 원숭이들이 호랑이들을 성가시게 하는 이 나라를 내가 조금이라도 더 빨리 떠날 수는 없을까요? 내가 살던 곳에서는 곰들만 있었으니, 결국 사람을 볼 수 있는 곳은 엘도라도뿐이었군. 하나님의 이름으로 부탁하건대 장교 나리, 나를 베네치아로 데려다 줘요. 거기에서 퀴네공드 양을 기다려야 하니까." 캉디드가 말했다.

"저는 당신을 남부 노르망디까지만 데려갈 수 있어요."

장교는 이렇게 말하며 즉시 캉디드의 쇠사슬을 풀어 주고 사람을 잘못 보았다고 말했다. 그리고 부하들을 되돌려 보낸 뒤 캉디드와 마르탱을 디에프까지 데려가서 그의 동생에게 그들을 넘겼다.

---

109) 1757년 1월 5일, 프랑스 아르투아(아드레바티)에서 다미앵이라는 하인이 루이 15세를 시해하려다 실패했다. 1610년에는 라바이야크라는 광신도에 의해 앙리 4세(Henri Ⅳ, 1553~1610)가 암살당했으며, 그 이전인 1594년에는 장 샤텔이라는 자가 앙리 4세를 공격하여 상처를 입힌 사건이 있었다.

그곳에는 작은 네덜란드 배가 정박하고 있었다. 다이아몬드 세 개로 세상에서 가장 친절한 사람이 된 그 노르망디 동생은 캉디드와 그 일행을 영국 포츠머스로 향하는 배에 태웠다.

물론 그 방향은 베네치아로 가는 길이 아니었다. 그러나 캉디드는 지옥에서 풀려나는 것이라 여기며 기회가 생기는 대로 다시 베네치아를 향해 떠나기로 마음먹었다.

23장

캉디드와 마르탱이 영국 해변으로 가서 본 것
Candide et Martin vont sur les côtes d'Angleterre;
ce qu'ils y voient.

"아, 팡글로스! 팡글로스! 아, 마르탱! 마르탱! 아, 사랑하는 퀴네공드! 이 세상이란 도대체 무엇인가요?" 네덜란드 배 위에서 캉디드가 물었다.

"완전히 미쳐 돌아가는 것, 정말 혐오스러운 것입니다." 마르탱이 대답했다.

"영국은 잘 아세요? 거기도 프랑스만큼 미친 곳인가요?"

"또 다른 광기가 있는 곳이죠. 알다시피 이 두 나라는 캐나다 근처의 눈 덮인 땅 몇 뙈기 때문에 싸움을 벌이고 있어요.[110] 게다가 이 대단한

_____
110) 실제로 프랑스와 영국의 다툼은 1741년 이후 캐나다가 아닌, 노르망디 지역 생로랑의 소유권 주장에서부터 시작되었다.

전쟁에 캐나다 전체의 값어치보다도 더 많은 돈을 들이붓고 있지요. 묶어 놔야 할 미친 사람들이 두 나라 중 어디에 더 많은가를 정확히 말하기엔 제 지식이 부족하네요. 그래도 우리가 곧 보게 될 사람들이 대체로 아주 우울하다는 것만은 알고 있어요."

이렇게 말하는 동안 그들은 포츠머스에 도착했다. 수많은 사람들이 해안을 뒤덮고 있었는데 그들은 선단 어느 배의 갑판 위에서 눈을 가린 채 무릎을 꿇고 있는, 덩치가 아주 큰 남자 하나를 유심히 보고 있었다. 이 남자의 맞은편에 서 있던 군인 네 명은 각자 세상에서 가장 평온한 기색으로 그의 머리에 총알을 세 발씩 쐈다. 모여 있던 사람들은 모두 아주 만족해서 돌아갔다.

"이게 다 뭐지? 어딜 가나 악마가 다스리고 있다는 말인가?" 캉디드가 말했다.

그는 제대로 갖춘 의식 속에서 죽은 저 덩치 큰 남자가 누구인지 물었다. 그러자 사람들은 그가 해군 제독이라고 답했다.[111]

"그런데 왜 그를 죽인 거요?"

"그가 사람들을 충분히 죽이지 않았으니까요. 그는 프랑스 제독과 맞붙어 전투를 벌였는데 사람들은 그가 적에게 충분히 접근하지 않았다고 판단했지요."

"아니, 영국 제독이 프랑스 제독에게서 그렇게 멀리 떨어져 있었다면 프랑스 제독도 마찬가지로 멀리 떨어져 있었다는 말이잖소!" 캉디드가 외쳤다.

"두말하면 잔소리죠. 그래도 이 나라에서는 사람들의 용기를 북돋기

---

111) 7년 전쟁 중 프랑스 함대에 맞서 싸웠지만 '전의 부족'이라는 이유로 군사 재판을 받고 처형당한 영국의 존 빙(John Byng, 1704~1757) 제독을 가리킨다.

위한 방법으로 가끔 제독을 한 명씩 죽이는 게 좋다고 생각한답니다." 사람들이 말했다.

캉디드는 자신이 보고 들은 것에 어안이 벙벙하고 너무나 충격을 받아서, 배에서 내리고 싶은 마음조차 들지 않았다. 그는 네덜란드 선장(수리남에서 당한 것처럼 이 선장에게 똑같이 당하더라도)과 거래를 해 즉시 베네치아로 자신을 데려가 달라고 부탁했다.

이틀이 지나자 선장은 출항 준비를 마쳤다. 배가 프랑스 해안을 따라 돌아서 리스본이 보이는 곳을 지났을 때 캉디드는 몸서리를 쳤다. 배는 해협 사이로 들어가 지중해에 이르렀고 마침내 베네치아에 도착했다.

"하나님께 영광을! 이제 이곳에서 퀴네공드 양을 볼 수 있을 거야. 나는 나만큼이나 카캉보를 믿으니까. 모든 것이 좋아, 모든 것이 잘 돌아가고 있어, 모든 것이 있을 수 있는 것 중에서는 가장 좋아." 캉디드는 마르탱을 껴안으며 이렇게 말했다.

⛵ 24장

파케트와 수도사 지로플레에 대하여
De Paquette, et de frère Giroflée.

베네치아에 도착하자마자 캉디드는 카캉보를 찾아다녔다. 사람을 동원하여 모든 선술집과 카페, 유곽을 샅샅이 훑었지만 허사였다. 그는 항구로 크고 작은 배가 들어올 때마다 매일같이 사람을 보냈으나 카캉보에 대한 그 어떤 소식도 들을 수 없었다.

"말도 안 돼! 내가 수리남에서 보르도까지, 보르도에서 파리까지, 파리에서 디에프까지, 디에프에서 포츠머스까지, 포르투갈과 스페인을 돌고 지중해를 건너 베네치아까지 와서 몇 달을 보냈는데 아름다운 퀴네공드 양이 이곳에 없다니요! 그녀 대신 뻔뻔스러운 여자와 페리고르의 사제만 만났을 뿐이로군요! 퀴네공드 양은 죽은 게 틀림없으니 이제 나도 죽을 일만 남았어요. 아! 이 저주받은 유럽에 오느니 천국 엘도라도에 그냥 남는 건데. 친애하는 마르탱 씨, 정말 당신 말이 옳아요. 모든 것이 허상이고 재앙일 뿐이네요." 캉디드가 마르탱에게 말했다.

그는 너무도 우울해진 나머지 유행하는 오페라나 카니발의 유흥, 심지어 매력적인 여자에게도 심드렁해졌다.

"솔직히 말하자면 당신이 참 순진한 거지요. 혼혈 하인이 주머니 속에 5백만~6백만 냥이나 되는 다이아몬드를 가지고 지구 끝까지 당신의 애인을 찾아 베네치아에 있는 당신에게 데려다 줄 거라고 생각하다니요. 만약 찾았다고 해도 자기 것으로 만들었을 겁니다. 못 찾았다면 다른 여자를 찾았을 거고요. 당신의 하인 카캉보와 당신의 애인 퀴네공드는 잊는 게 좋을 거예요."

그러나 마르탱의 말은 위로가 되지 않았다. 캉디드의 우울함은 더 심해졌고, 마르탱은 이 지상에서 미덕과 행복은 아무도 갈 수 없는 엘도라도에서가 아니라면 존재하지 않는다는 사실을 캉디드에게 끊임없이 증명해 보였다.

퀴네공드를 기다리며 이런 중대한 문제에 대해 논쟁을 벌이는 동안 캉디드는 생마르크 광장에서 한 아가씨의 팔짱을 끼고 있는 테아토회[112]의 젊은 수도사를 보게 되었다. 그는 풋풋하고 통통하며 생기가 넘쳐 보였다. 눈은 빛이 났고 태도는 당당했으며 우아한 얼굴에 거동은 자신에 차 있었다. 아가씨는 굉장히 예쁜 얼굴로 노래를 부르고 있었다. 그녀는 사랑스럽게 수도사를 바라보며 이따금 그의 살찐 볼을 꼬집었다.

"당신은 적어도 저 사람들만큼은 행복하다고 인정해야 할 거예요. 엘도라도를 빼면 이제껏 나는 사람들이 살 수 있는 곳이라면 어디에서나

---

112) théatin. 1524년 수도자의 청빈과 도덕성 개혁을 위해 로마에 설립된 수도회를 말한다.

죄다 불행한 사람들만 보았어요. 그래도 지금 저 아가씨와 테아토 수도 사는 아주 행복하다는 데에 내기를 걸고 싶네요." 캉디드가 마르탱에게 말했다.

"나는 그렇지 않다는 데에 걸겠습니다." 마르탱이 말했다.

"저들을 저녁 식사에 초대해서 이야기를 들어 보면 내가 잘못 생각한 것인지 아닌지 알게 되겠죠." 캉디드가 말했다.

그는 곧장 그들에게 다가가 인사를 건넨 뒤 자신이 묵고 있는 호텔로 가서 마카로니와 롬바르디아산(産) 자고새, 철갑상어 알 요리를 먹으면서 몬테풀치아노 포도주와 라크리마 크리스티 포도주, 키프로스 섬과 사모스 섬에서 생산된 포도주를 같이 마시자고 청했다. 아가씨는 얼굴을 붉혔고 수도사는 초대에 응했다. 그녀는 캉디드를 따라가면서 줄곧 놀랍고 당황스러운 눈으로 그를 바라보더니 이내 눈물을 흘리기 시작했다. 캉디드의 방에 들어가자마자 그녀가 말했다.

"아아! 캉디드 씨가 파케트를 몰라보다니요!"

퀴네공드를 생각하느라 그때까지 그녀를 주의 깊게 보지 않았던 캉디드는 이 말을 듣더니 금세 그녀를 알아보았다.

"맙소사! 불쌍한 것, 팡글로스 박사를 목불인견의 지경에 빠뜨렸던 바로 그 아이로구나. 내가 지나가다 우연히 봤었지." 그가 말했다.

"맙소사! 나리, 바로 저예요. 나리는 전부 알고 계셨나 보네요. 저도 남작 부인과 아름다운 퀴네공드 양에게 닥친 끔찍한 불행에 대해 알고 있어요. 장담하지만 제 운명도 그에 못지않게 서글펐답니다. 나리가 저를 봤던 시절에는 제가 정말 순진했어요. 고해 신부였던 프란체스코회 수도사의 꼬임에 쉽게 넘어갔는데 그 뒷일은 정말 끔찍했어요. 남작께서 궁둥이를 걷어차 나리를 내쫓고 나서 얼마 뒤에 저도 성을 떠나야 했어요.

유명한 의사 하나가 저를 불쌍히 여기지 않았다면 아마 저는 죽었을 거예요. 저는 고마운 마음에 한동안 그의 정부 노릇을 했어요. 미치도록 저를 질투했던 그의 부인은 매일 저를 먼지 나게 때렸어요. 정말 독한 여자였죠. 그 의사는 세상 남자 중에 가장 못생긴 남자였고 사랑하지도 않는 남자 때문에 계속 맞는 저는 세상 인간 중에 가장 불행한 여자였어요. 성질 더러운 여자가 의사 부인을 하는 게 얼마나 위험한 일인지 나리도 아시죠? 자기 아내의 행동에 화가 난 의사는 가벼운 감기에 걸린 부인을 위해 아주 좋은 약을 썼고 그 약을 먹은 부인은 두 시간 정도 끔찍한 경련을 일으키더니 죽어 버렸어요. 부인의 부모가 의사에게 소송을 걸었는데 그놈은 도망가고 감옥에는 제가 들어갔지요. 만약 제가 이만큼 예쁘지 않았다면 죄가 없다는 이유로 살아나지는 못했을 거예요. 판사는 자신이 의사의 뒤를 잇는다는 조건으로 나를 풀어 줬어요. 얼마 뒤 다른 여자가 생긴 판사는 나를 한 푼도 주지 않고 내쫓았고 나는 이 고약한 직업을 계속해야 했답니다. 당신네 남자들한테는 이 일이 너무도 즐거워 보이겠지만 우리 여자들한테는 끔찍한 구렁텅이일 뿐이지요. 나는 베네치아에서 이 일을 계속하려고 왔어요. 아! 나리가 아무런 애정도 없이 늙은 상인, 변호사, 수도사, 뱃사공, 사제를 애무하고 갖은 욕설과 모욕을 무방비로 당하고 때로는 어차피 구역질 나는 인간이 들춰 버릴 치마를 어쩔 수 없이 빌려 입어 나가고 이놈한테 번 것을 저놈한테 빼앗기고 또 경찰한테 뜯기고 결국엔 끔찍한 할망구가 되어서 병원이나 오물 더미 위에 버려지는 일만 남는다는 게 뭔지를 아신다면, 나리는 제가 세상에서 가장 불행한 인간들 중 하나라고 결론지을 수밖에 없을 거예요."

파케트는 그의 마음을 선한 캉디드에게 털어놓았다. 방 안에서 함께 이 말을 들은 마르탱이 캉디드에게 이렇게 말했다.

"보다시피 벌써 내기의 반은 내가 이긴 것 같네요."

수도사 지로플레는 식당에 남아 저녁 식사를 기다리며 술을 한잔 마시고 있었다.

"그런데 내가 너와 만났을 때 너는 너무나 즐겁고 만족스러워 보였는데. 너는 노래를 부르고 있었고, 사귀는 남녀 사이가 흔히 그렇듯이 사랑스럽게 테아토 수도사를 어루만지고 있었지. 네가 불행하다고 주장하는 것만큼 내 눈에 너는 행복해 보였단다." 캉디드가 파케트에게 말했다.

"아! 나리. 그것 또한 이 직업의 비참함 중 하나예요. 나는 어제 한 장교에게 돈을 빼앗기고 흠씬 맞기까지 했어요. 그렇지만 오늘은 수도사의 마음에 들기 위해 기분이 좋은 척해야 한다고요." 파케트가 대답했다.

캉디드는 이야기를 더 듣고 싶지 않았다. 그는 마르탱이 옳다고 인정했다. 그들은 파케트, 수도사와 함께 식탁에 앉았다. 식사는 굉장히 즐거워서 식사를 마칠 때쯤에는 서로가 터놓고 이야기하는 사이가 되었다.

"신부님, 저에게 신부님은 모두가 부러워할 만한 삶을 누리고 있는 듯 보이네요. 얼굴에서는 건강미가 흘러넘치고 자태에서는 행복이 풍겨 나와요. 기분을 풀어 주는 너무나 아리따운 아가씨도 곁에 있으니 신부님은 자신이 신부라는 사실에 아주 만족하고 있는 듯이 보이네요." 캉디드가 수도사에게 말했다.

"나리, 정말이지 생각 같아서는 모든 테아토 수도사를 바다 밑바닥에 수장시켰으면 좋겠어요. 수도원에 불을 지르고 도망가서 이슬람교도가 되고 싶다는 충동을 수도 없이 느꼈다고요. 내 부모는 하나님도 헷갈리시는 저주받은 장자[113]에게 한 푼이라도 더 주려고 내가 열다섯이 되던

---

113) 이삭의 쌍둥이 아들 에서와 야곱의 이야기를 말한다.

해에 강제로 나에게 이 끔찍한 수도사 옷을 입혔어요. 수도원은 질투와 불화, 분노로 가득 차 있어요. 내가 형편없는 설교를 해서 돈을 약간 버는 것도 맞지만 절반은 원장 신부가 빼앗아 가지요. 나머지 돈은 여자들을 만나는 데 쓰고요. 그런 뒤 저녁에 수도원으로 들어갈 때는 숙소 벽에 머리를 박아서 죽고 싶은 심정이에요. 내 동료들도 저랑 마찬가지랍니다." 수도사 지로플레가 말했다.

마르탱은 평소처럼 침착하게 캉디드를 향해 몸을 돌리며 말했다.

"자! 내가 완전히 내기에 이겼지요?"

캉디드는 파케트에게 2천 피아스터를, 수도사 지로플레에게는 1천 피아스터를 주었다.

"내 대답은 그래도 이 돈으로 그들이 행복할 거라는 거예요." 그가 말했다.

"저는 전혀 그렇게 생각하지 않아요. 당신이 준 그 돈 때문에 아마도 그들은 훨씬 더 불행해질 겁니다." 마르탱이 말했다.

"어떻게든 되겠지요. 그래도 한 가지 위안이 되는 것은 절대 다시 만나지 못하리라고 믿었던 사람들을 우리가 대체로 다시 만났다는 거예요. 잃어버렸던 붉은 양과 파케트를 만났으니 퀴네공드도 만날 수 있겠죠."

"그녀가 언젠가는 당신의 행복이 되기를 바랍니다. 하지만 정말 그렇게 되리라고는 너무나 믿기 어렵네요."

"당신은 정말 냉정한 사람이에요." 캉디드가 말했다.

"내가 겪은 게 그러니까요." 마르탱이 대꾸했다.

"그래도 저 뱃사공들 좀 봐요. 노래를 계속 부르고 있잖아요?"

"그들이 꾸린 가정에서의 모습을 보는 것은 아니잖아요? 그들이 아내와 자식들과 함께 있는 것을 말이에요. 베네치아의 총독도 힘든 일이 있고 뱃사공들은 뱃사공들대로 힘든 일이 있어요. 모든 것을 고려해 보면 뱃사공의 처지가 총독보다 낫긴 하지만 그 차이는 너무 사소해서 알아볼 필요도 없을 겁니다."

"사람들이 말하기를, 브렌타 강에 아름다운 궁전을 짓고 살면서 외국인들을 아주 잘 대접하는 포코퀴란테[114]라는 원로원 의원이 있다던데요. 그는 고통스러운 일을 하나도 겪지 않은 사람이라고 하더군요."

"정말 그렇게 희귀한 인간이 있다면 나도 만나 보고 싶네요." 마르탱이 말했다.

캉디드는 즉시 포코퀴란테 영주 쪽에 사람을 보내 다음 날 그를 볼 수 있는지 알아보았다.

---

114) Pococurante. '별로 걱정이 없는'이라는 뜻의 이탈리아어로 만든 이름이다.

📖 25장

베네치아의 귀족,
포코퀴란테 영주의 궁전을 방문하다
Visite chez le seigneur Pococurante, noble vénitien.

    캉디드와 마르탱은 브렌타 강을 오가는 곤돌라를 타고서 고귀한 포코
퀴란테의 궁전에 다다랐다. 궁전의 정원들은 아주 넓었고 아름다운 대리
석 조각상으로 장식되어 있었으며, 궁전 건물도 매우 뛰어났다. 이 모든
것의 주인은 예순 살의 남자로, 호기심 많은 방문객 두 명을 아주 예의
바르게 맞이했다. 그러나 사실 그의 접견은 매우 형식적이었다. 캉디드
는 이런 태도에 당황했지만 마르탱은 전혀 불쾌해하지 않았다.

    먼저 아주 예쁘고 정갈하게 옷을 차려 입은 아가씨 둘이 거품을 아주
잘 낸 코코아차를 대접했다. 캉디드는 그녀들의 아름다움과 친절, 솜씨
를 칭찬하지 않을 수 없었다.

"아주 훌륭한 아이들입니다. 가끔 내 침대에서 재우지요. 이 도시 귀부인들한테는 이제 질려서 말이에요. 그녀들의 아양과 질투, 싸움, 신경질, 옹졸함, 교만, 어리석음에 아주 치가 떨려요. 남을 시키든 내가 짓든 시도 써 바쳐야 하고 말이지요. 그런데, 좌우간 이 아이들도 나를 지루하게 만들기 시작했어요." 포코퀴란테 의원이 이렇게 말했다.

점심을 먹은 뒤 긴 회랑을 산책하던 캉디드는 그곳에 걸린 그림들의 아름다움에 놀랐다. 그는 첫 두 작품을 그린 거장이 누구인지 물었다.

"라파엘로의 작품이랍니다. 몇 년 전 허영심에 빠져 아주 비싸게 샀어요. 사람들은 이 작품들이 이탈리아에서 가장 아름답다고 하지만 내 마음에는 전혀 들지 않아요. 그림의 색이 너무 어둡고 인물이 풍만하게 부각되지 않아서 전혀 입체적인 느낌을 주지 않아요. 헐렁하게 주름진 옷도 전혀 옷감 같지 않고요. 한마디로 말해 사람들이 뭐라고 하건 나는 이 그림들에서 자연에 대한 진정한 모방[115]을 전혀 발견할 수 없네요. 나는 자연 그 자체를 봤다고 생각할 때에만 그림을 좋아할 겁니다. 이 그림들에는 그런 모방이 조금도 안 보여요. 나는 그림을 아주 많이 갖고 있지만 더 이상은 쳐다보지도 않아요."

포코퀴란테는 저녁 식사를 기다리는 동안 협주곡을 연주하게 했다. 캉디드는 이 음악이 너무나 감미롭다고 생각했다.

"이 시끄러운 소음들을 들으면 30분은 즐거울 수 있어요. 그렇지만 오래 지속되면 모두가 피곤해지죠. 아무도 그렇다고 고백하진 않지만 말이에요. 요즘 음악은 어려운 것들을 연주하는 기술일 뿐이에요. 어려운 것은 결국 조금도 즐거울 수 없고요. 사람들이 오페라를 흉하게 만드는 비

---

115) 고전주의 예술이 지향하는 '자연에 대한 진정한 모방'을 말하면서 고전주의 최고 화가의 작품을 비난하고 있다.

법을 찾아내지만 않았어도 나는 오페라를 더 좋아했을 텐데. 악극으로 만든 질 나쁜 비극이 보고 싶은 사람들은 보러 가라고 하세요. 노래하는 여배우 목청을 자랑할 속셈으로 우스꽝스러운 노래 두세 곡을 어색하게 끼워 맞춘 장면들로 가득한 비극 나부랭이가 좋다면 말이죠. 거세당한 사람들이 카이사르와 카토 역을 맡아 노래를 흥얼거리며 무대 위를 서툴게 휘젓고 다니는 것이 얼이 빠질 정도로 좋은 사람들도 계속 그렇게 열광하라고 하세요.[116) 오늘날 이탈리아의 영광이라는 이름으로 군주들이 오페라에 돈을 엄청나게 쏟아붓지만 그 시시한 일을 나는 오래전에 그만뒀으니까." 포코퀴란테가 말했다.

캉디드는 이 말에 약간은 토를 달았지만 조심성을 잃지는 않았다. 마르탱은 전적으로 의원의 말에 동의했다.

그들은 식탁에 앉았다. 훌륭한 식사가 끝나고 그들은 서재로 이동했다. 화려하게 제본된 호메로스[117)의 책을 본 캉디드가 고매한 주인의 훌륭한 취향을 칭송했다.

"여기 독일의 가장 위대한 철학자, 위대한 팡글로스의 기쁨이었던 책이 있네요."

"내게는 기쁨을 주지 않는군요. 전에는 사람들이 하도 좋다고 하니 나도 내가 그 책을 좋아한다고 생각했지요. 그런데 항상 비슷비슷한 전쟁만 계속 반복되고 신들이 계속 움직이기는 해도 결정적일 때는 늘 흐지

---

116) 18세기 이탈리아에서는 고대 로마 공화정 말기를 배경으로 황제가 되려는 카이사르(Caesar, B.C.100~B.C.44)와 그의 정적 카토(Cato, B.C.95~B.C.46)의 이야기를 다룬 오페라 작품이 많이 상연되었다. 당시의 오페라에서는 변성기가 되기 전에 거세를 하여 소년의 목소리로 노래를 하는 카스트라토의 활약이 두드러졌다.

117) Homère. 호메로스(Homeros, ?~?)는 기원전 9세기경에 활동한 고대 그리스의 서사 시인이다. 트로이 전쟁을 배경으로 인간과 신 사이의 복잡한 갈등을 다룬 《일리아스》와 전쟁 후 오디세우스의 모험을 주제로 한 《오디세이아》는 서구 문명의 가장 중요한 뿌리 중 하나이다.

부지하면서 전쟁의 원인이라는 여주인공 헬레네는 작품에서 거의 보이지도 않고, 트로이가 포위되기는 하지만 거기에서 특별히 얻는 것도 전혀 없고요. 이런 것들이 전부 나는 끔찍하게 지겹더라고요. 몇 번은 내가 학자들에게 이 책을 읽으면서 나처럼 지겨웠냐고 물어봤어요. 그런데 이 진실한 사람들은 모두 이렇게 고백하더군요. 그 책을 읽다가 졸아서 땅에 떨어뜨리긴 했지만 고대의 기념비적 작품이니까 내다 팔 수 없는 녹슨 메달처럼 서재에 한 권쯤 꽂아 두어야 한다고 말입니다." 포코퀴란테가 차갑게 말했다.

"폐하, 베르길리우스[118]에 대해서는 그렇게 생각하지 않으시겠죠?" 캉디드가 물었다.

"인정합니다.《아이네이스》2권, 4권, 6권은 아주 뛰어나지요. 그렇지만 경건한 아이네이아스와 힘이 센 클로안투스, 친구 아카테스, 키 작은 아스카니우스, 바보 라티누스 왕, 천박한 아마타, 따분한 라비니아와 같은 인물들은 아무런 감흥이 없고 호감도 전혀 가지 않아요. 나는 차라리 서서도 졸게 만드는 타소[119]의 시나 아리오스토[120]의 이야기들이 더 좋아요." 포코퀴란테가 대답했다.

"호라티우스[121]를 읽는 것에 커다란 기쁨을 느끼시는지 감히 여쭤 봐도 되겠습니까?" 캉디드가 다시 물었다.

---

118) Virgile. 베르길리우스(Vergilius, B.C.70~B.C.19)는 로마의 시인으로, 아이네이아스가 로마를 건국하는 이야기를 다룬 서사시《아이네이스》를 썼다.
119) Tasse. 타소(Tasso, 1544~1595)는 이탈리아 르네상스의 시인으로, 십자군 원정을 다룬〈해방된 예루살렘〉이 대표작이다.
120) Arioste. 아리오스토(Ariosto, 1474~1533)는 이탈리아 르네상스의 시인이자 극작가로, 대표작《광란의 올란도》를 남겼다.
121) Horace. 호라티우스(Horatius, B.C.65~B.C.8)는 고대 로마의 풍자 시인이다.〈풍자시〉,〈서한시〉등이 유명하다.

"그가 쓴 격언들은 사교계 사람이라면 유용하게 쓸 만하지요. 힘찬 운문으로 응축되어 있어서 아주 쉽게 머리에 새길 수 있지요. 그렇지만 그의 브린디시[122] 여행이나 맛없는 저녁 식사에 대한 묘사, 호라티우스의 표현을 따르면 '고름으로 가득 찬 말을 하는' 푸필루스라는 인간과 '식초 같은 말을 하는' 작자가 지껄이는 상스러운 말다툼에는 전혀 관심이 없습니다. 노파나 마녀들과 싸우는 천박한 시들을 읽을 때는 극단적인 혐오감만 들 뿐이었어요. 그리고 친구 마에케나스에게 한 말도 도대체 뭐가 대단한 건지 잘 모르겠어요. 그가 자신을 서정 시인의 반열에 올려 준다면 그의 숭고한 이마가 별들에까지 닿았을 거라고 한 것 말이에요. 멍청이들은 유명한 작가의 모든 것들을 칭송해요. 나는 나를 위해서만 읽습니다. 나는 나에게 쓸모가 있는 것들만 좋아합니다."

그 어떤 것에 대해서도 스스로 판단하지 않도록 교육받았던 캉디드는 자신이 들은 소리에 매우 놀랐다. 마르탱은 포코퀴란테의 사고방식이 아주 합리적이라고 생각했다.

"오! 여기 키케로[123]의 책도 하나 있네요. 이 위대한 사람이 쓴 글은 아무리 읽어도 질리지 않죠?" 캉디드가 말했다.

"나는 그 책을 절대 읽지 않습니다. 그가 라비리우스나 클루엔티우스를 위해 변호한 것이 나에게 뭐가 중요합니까? 나는 내가 판결해야 하는 소송만으로도 차고 넘쳐요. 그가 쓴 철학 서적들이라면 좀 보겠지만요. 그런데 그가 모든 것을 의심한다는 사실을 내가 알았을 때, 나는 이미 그가 알고 있는 것만큼은 알고 있고 내가 무지하기 위해 그 누구에게 기댈 필요는 없다고 결론 내렸습니다." 베네치아 사람이 대답했다.

---

122) Brindes. 이탈리아 남서부에 위치한 도시이다.
123) Cicéron. 키케로(Cicero, B.C.106~B.C.43)는 로마의 변호인이자 정치가, 철학자이다.

"아! 여기 과학원 논문 모음집 80권이 있네요. 여기에는 뭔가 훌륭한 게 있을 수도 있는데." 마르탱이 외쳤다.

"그럴 수도 있겠죠. 이 지리멸렬한 것들을 쓴 작자들 중에 핀 만드는 기술이라도 고안한 사람이 하나라도 있다면 말이에요. 그렇지만 이 모든 책 중에 쓸만한 것은 하나도 없고 전부 헛된 이론들뿐입니다." 포코퀴란테가 답했다.

"여기에는 희곡들이 정말 많네요. 이탈리아어로 된 것도 있고 스페인어, 프랑스어로 된 것들도 있네요!" 캉디드가 말했다.

"맞아요. 3천 편이나 되죠. 그런데 그중에서 괜찮은 것은 채 서른 편도 안 돼요. 다 합쳐 봐야 세네카[124]의 글 한 쪽만도 못하죠. 이 설교집과 이 두툼한 신학책들은 아무도 펼쳐 보지 않아요. 나도, 그 누구도." 의원이 답했다.

마르탱은 영어로 된 책으로 가득 찬 선반을 발견했다.

"공화주의자들이 이토록 자유롭게 쓰인 저작들을 보면 아마 무척 마음에 들어 할 거예요."[125] 그가 말했다.

"맞습니다. 생각하는 것을 글로 쓴다는 것은 정말 멋진 일이에요. 그것은 인간의 특권입니다. 하지만 우리 이탈리아 전역에서는 생각하지 않는 것만 글로 쓰고 있어요. 카이사르와 안토니누스 황제가 다스리던 나라의 민중들이 지금은 도미니크 수도회[126]의 허락이 없으면 감히 그 어떤 생각도 할 수 없습니다. 만약 정념과 당파심이 소중한 자유의 뛰어난 모든 점

---

124) Sénèque. 세네카(Seneca, B.C.4?~65)는 금욕주의에 입각한 스토아 철학의 대표자이다. 로마의 정치가, 문필가로 네로 황제의 스승이기도 했다.
125) 입헌 군주제의 영국은 당시 유럽에서 가장 자유로운 국가로 여겨졌다.
126) jacobin. 종교 재판에서 주도적 역할을 하던 수도회이다. 'jacobin'은 도미니크 수도회 설교사들의 모임 이름에서 유래한 명칭이다.

들을 썩게 만들지 않았다면, 나는 영국의 지성들을 고취시켰던 그 자유에 대해 매우 만족했을 겁니다." 포코퀴란테가 대답했다.

밀턴의 작품 하나를 발견한 캉디드는 의원에게 이 저자를 위대한 사람으로 여기는지 물었다.

"누구요? 딱딱한 운문으로 창세기 첫 번째 장에 대해서만 열 편이나 되는 긴 주석을 쓴 그 야만인 말이오? 영원한 존재이신 하나님께서 말씀으로 세상을 만드시는 것을 모세에게 보여 주었는데도 하늘의 장롱에서 꺼낸 컴퍼스를 메시아 손에 들려서 세상의 설계도를 그리게 만든, 천지 창조를 왜곡한 그 조잡한 그리스인 흉내쟁이 말이오?[127] 내가 타소의 악마와 지옥을 뒤죽박죽으로 만든 이 사람을 한번 평가해 보지요. 이 사람은 루시퍼[128]를 때로는 두꺼비로, 때로는 난쟁이로 변신시켰죠. 또 루시퍼에게 1백 번이나 똑같은 말을 되풀이하게 하고 신학에 대해 언쟁을 벌이게 했어요. 또 아리오스토의 우스꽝스러운 발명품인 총과 무기를 진지하게 베껴서 악마들이 하늘에다 대포를 쏘게 만들었죠. 나를 비롯한 이탈리아의 그 누구라도 이 서글픈 괴이함이 마음에 들진 않을 거요. 그는 죄와 죽음, 죄가 낳은 뱀들을 배합하여 조금이라도 섬세한 사람들이라면 누구든 구토할 수밖에 없도록 만들었어요. 병원에 대한 그의 긴 묘사는 무덤 파는 사람에게만 훌륭할 뿐이죠. 이 음울하고 괴상하고 구역질 나는 시는 처음 발표될 때부터 경멸의 대상이었어요. 이 시가 태어난 나라의 사람들이 그랬던 것과 같은 방식으로 지금 나도 그것을 대하고 있어

---

127) 성경에서 신은 말씀으로 우주를 즉각적으로 창조한 반면, 고대 그리스 철학자들은 신이 대장장이나 건축가처럼 도안이나 설계도를 지니고 세상을 만들었다고 생각했다. 영국의 시인 밀턴(Milton, 1608~1674)은 그의 대표작 《실낙원》에서 이 두 세계관을 조합하고 있다.
128) Lucifer. 하나님에 대적하려 한 오만함 때문에 추락한 대천사이다.

요. 게다가 나는 내가 생각하는 것을 말하는 것일 뿐 다른 사람들이 나처럼 생각하든 말든 조금도 신경 쓰지 않아요."

캉디드는 이 말에 가슴이 아팠다. 그는 호메로스를 존경했고 밀턴도 약간 좋아하고 있었다.

"아! 이 사람이 우리 독일 시인들도 극도로 싫어할까 봐 걱정이네요." 그는 마르탱에게 낮은 목소리로 말했다.

"뭐, 그렇다 해도 별로 나쁠 건 없죠." 마르탱이 말했다.

"포코퀴란테는 정말 대단한 사람이에요! 그 어떤 것도 그의 마음에 들 수는 없을 거예요." 캉디드가 다시 중얼댔다.

이렇게 모든 책들을 훑어본 뒤 그들은 정원으로 내려갔다. 캉디드는 정원의 아름다움을 찬양했다.

"이렇게 안목이 부족한 정원은 본 적이 없어요. 그렇지만 내일부터는 준비해 놓은 정원 도안 중에서 좀 더 고상한 것을 골라서 나무를 심으라고 할 겁니다." 주인이 말했다.

두 구경꾼은 의원 나리와 헤어졌다.

"자, 이 의원이 모든 사람들 중 가장 행복한 사람이라는 것에 동의하시죠? 그는 소유하고 있는 모든 것을 내려다보는 사람이잖아요." 캉디드가 마르탱에게 말했다.

"그가 자기가 가진 모든 것에 질려 있다는 게 안 보여요? 플라톤이 오래전에 말했잖아요. 모든 음식을 퇴짜 놓는 위장이 가장 좋은 위장은 아니라고 말예요." 마르탱이 답했다.

"그렇지만 모든 것을 비판하는 즐거움, 다른 사람들이 아름답다고 생각하는 것에서 단점을 찾아내는 즐거움이 있지 않나요?"

"그러니까 그 어떤 즐거움도 느끼지 못하는 즐거움을 말하는 거요?"

마르탱이 대꾸했다.

"아, 그렇군요! 행복한 사람은 나뿐이네요, 내가 퀴네공드 양을 다시 보게 된다면 말이죠."

"희망을 갖는다는 것은 항상 좋은 일이죠." 마르탱이 말했다.

그리고 며칠이, 또 몇 주가 흘렀다. 카캉보가 돌아올 기미는 전혀 없었고 캉디드는 너무도 깊은 고통에 빠져서 파케트와 수도사 지로플레가 감사 인사를 하러 오지 않았다는 사실은 아예 생각조차 할 수 없었다.

📖 26장

칭디드와 마르탱이 외국인 여섯 명과 함께 한
저녁 식사와 그들의 정체에 대해
D'un souper que Candide et Martin
firent avec six étrangers, et qui ils étaient.

어느 날 저녁 칭디드와 마르탱은 같은 호텔에 묵고 있는 외국인들과
함께 식사를 하러 갔다. 그을린 것처럼 얼굴이 검은 한 남자가 뒤에서 다
가오더니 그의 팔을 잡고 이렇게 말했다.

"우리와 같이 떠날 준비를 하셔야겠습니다. 절대 실수가 있어서는 안
됩니다."

고개를 돌려 보니 카캉보였다. 퀴네공드 양을 만나게 되는 일을 제외
하고 칭디드에게 이보다 더 놀랍고 기쁜 일은 없었다. 그는 너무나 좋아
서 미칠 지경이었다. 그는 사랑하는 친구를 끌어안았다.

"퀴네공드가 분명 여기에 있겠지. 어디 있나? 나를 그녀에게 데려가 주게. 그녀와 함께 너무 기뻐서 죽을 수 있게."

"퀴네공드 양은 여기 없습니다. 그녀는 콘스탄티노플[129]에 있어요." 카캉보가 말했다.

"오, 하늘이시여! 콘스탄티노플이라니! 그렇지만 그녀가 설사 중국에 있다 해도 나는 날아서 그리로 갈 거야. 어서 가세."

"저녁은 들고 가시지요. 더 이상은 말할 수 없어요. 저는 지금 노예이고 제 주인이 기다리고 있어요. 어서 가서 식사 시중을 들어야 하지요. 지금은 아무 말 마세요. 식사나 마치고 떠날 채비를 하세요." 카캉보가 말했다.

캉디드는 기쁨과 고통을 동시에 느꼈다. 자신의 충실한 대리인을 다시 보게 되어 기뻤지만 노예가 된 그를 보니 놀라웠다. 자신의 애인을 되찾을 생각으로 머릿속이 꽉 차 있던 그는 가슴이 뛰고 머리가 혼란스러운 상태에서 마르탱과 함께 식탁에 앉았다. 마르탱은 침착하게 이 모든 일을 지켜보았다. 거기에는 카니발을 구경하러 베네치아에 온 외국인 여섯 명도 있었다.

이 여섯 명 중 한 사람에게 마실 것을 따르던 카캉보는 식사가 끝날 때쯤 자기 주인에게 다가가 이렇게 말했다.

"폐하, 언제든 떠나고 싶으실 때 말씀만 하십시오. 배가 준비되어 있습니다."

그는 이렇게 말하고 나가 버렸다. 같이 있던 사람들이 놀라서 아무런 말도 하지 못하고 서로만 바라보고 있는데 다른 하인이 자신의 주인에게

---

129) Constantinople. 터키 이스탄불의 옛 이름이다.

다가가 이렇게 말했다.

"폐하, 파도바에 있는 폐하의 의자가 준비되었답니다. 나룻배도 준비되었고요."

주인이 신호를 하자 그 하인도 나갔다. 모든 좌중이 여전히 서로만 바라보고 있을 때 더욱더 놀라운 일이 벌어졌다. 세 번째 하인이 세 번째 외국인에게 다가오더니 또 다음과 같이 말했다.

"폐하, 제 말을 믿으셔야 합니다. 여기 더 이상 머물러 계시면 안 됩니다. 제가 모든 것을 준비하겠습니다." 그리고 그도 곧 나가 버렸다.

이때 캉디드와 마르탱은 이 모든 것이 카니발을 위한 연극이라고 믿어 의심치 않았다. 네 번째 하인이 네 번째 주인에게 말했다.

"폐하, 언제든 떠나고 싶으실 때 말씀만 하십시오." 그도 다른 하인들처럼 나가 버렸다.

다섯 번째 하인도 다섯 번째 주인에게 같은 말을 했다. 그러나 여섯 번째 하인은 캉디드 옆에 앉아 있던 여섯 번째 외국인에게 지금까지와는 조금 다르게 말했다.

"정말입니다, 폐하. 폐하에게는 더 이상 외상을 줄 수 없답니다. 저도 마찬가지입니다. 폐하와 저 둘 다 오늘 밤에는 감옥에 갈 수도 있습니다. 저는 제 살 길을 찾아 가겠습니다. 안녕히 계십시오."

모든 하인이 사라진 뒤 여섯 외국인과 캉디드, 마르탱 사이에는 깊은 침묵이 흘렀다. 마침내 캉디드가 이 침묵을 깼다.

"여러분, 이게 다 무슨 별난 농담이란 말입니까, 왜 여러분이 모두 다 왕인 것입니까? 여러분께 고백하지만 저와 마르탱은 왕은 아닙니다."

이때 카캉보의 주인이 진지한 태도로 말을 받아 이탈리아어로 이렇게 말했다.

"절대 농담하는 것이 아닙니다. 내 이름은 아흐마드 3세요. 여러 해 동안 오스만 제국의 위대한 술탄이었죠.[130] 나는 내 형제의 왕위를 빼앗았고 내 조카는 내 왕위를 빼앗았지요. 사람들은 내 대신들의 목을 베었습니다. 나는 폐위당한 왕들이 지내는 낡은 궁전에서 여생을 보내고 있습니다. 내 조카인 위대한 술탄 마흐무드는 내 건강을 위해 가끔 여행을 허락해 주는데, 그래서 내가 베네치아에 카니발을 보러 온 것입니다."

아흐마드 곁에 있었던 한 젊은이가 그다음으로 말했다.

"내 이름은 이반이라고 합니다. 나는 러시아의 차르였습니다. 하지만 요람에서 폐위되었고 아버지와 어머니는 감금되었습니다. 나는 감옥에서 자랐지요.[131] 나도 가끔 여행 허가를 받습니다. 물론 나를 감시하는 자들을 동행하고서 말입니다. 그래서 내가 베네치아에 카니발을 보러 온 것입니다."

세 번째 사람이 말했다.

"나는 영국의 왕 찰스 에드워드라고 합니다. 아버지는 내게 왕국에 대한 권리를 넘겨주셨죠. 나는 이 권리를 지키기 위해 싸웠습니다. 사람들은 내 지지자 8백 명의 심장을 꺼내 그들의 얼굴에 내던졌습니다. 나는 투옥되었고요.[132] 나는 나와 할아버지처럼 폐위된 아버지를 보러 로마에

---

130) 아흐마드 3세(Ahmed III, 1673~1736)는 1703년부터 1730년까지 오스만 제국(오늘날의 터키)을 다스렸다.

131) 이반 6세(Ivan VI, 1740~1764)는 출생하자마자 러시아의 황제인 차르가 되었지만, 이듬해인 1741년에 바로 폐위되었고 1764년에 암살당했다.

132) 찰스 에드워드 스튜어트(Charles Edward Stuart, 1720~1788)는 명예혁명으로 폐위된 제임스 2세의 손자이다. 아버지 제임스 3세와 마찬가지로 국왕의 자리에는 오르지 못하고 평생을 왕위 계승 요구자로 살아야 했다. 그는 1745년 프랑스의 지원에 힘입어 왕권 회복을 노리고 영국으로 돌아가 반란을 일으켰지만 이 시도가 실패하면서 사망했다. 그를 지지하던 사람들은 진압군에 의해 무자비하게 학살당했다.

갑니다. 그래서 내가 베네치아에 카니발을 보러 온 것입니다.”

  네 번째 사람이 말을 받았다.

  “나는 폴란드의 왕입니다. 전쟁 때문에 대대로 내려오던 나라를 잃었습니다.[133] 내 아버지도 똑같은 불행을 당하셨습니다. 술탄 아흐마드, 차르 이반, 찰스 에드워드 국왕처럼 나도 하나님께 모든 것을 맡겼답니다. 하나님께서 여러분께 장수(長壽)를 주시길……. 그래서 내가 베네치아에 카니발을 보러 온 것입니다.”

  다섯 번째 사람이 말했다.

  “나도 역시 폴란드의 왕입니다. 나는 왕국을 두 번이나 잃었습니다. 그러나 섭리의 하나님께서 내게 다른 나라를 주셨고 그곳에서 나는 그동안 사르마트인의 모든 왕이 비스툴라 석호(潟湖) 유역에서 행했던 것보다 더 좋은 일을 많이 했습니다.[134] 나도 모든 것을 하나님께 맡겼습니다. 그래서 내가 베네치아에 카니발을 보러 온 것입니다.”

  이제 여섯 번째 군주가 말할 차례였다.

  “여러분, 나는 여러분들처럼 그렇게 대단한 제후는 아닙니다만, 어쨌든 한때는 나도 왕이었습니다. 나는 테오도어입니다. 사람들이 나를 코르시카의 왕으로 추대했지요.[135] 그때 다들 나를 폐하라고 부르더니 지금은 겨우 나리라 부릅니다. 전에는 내가 화폐 발행을 명령했는데 지금은

---

133) 작센의 제후이자 폴란드의 왕인 아우구스트 3세(August III, 1696~1763)를 말한다. '대대로 내려온 나라'는 작센을 말한다.

134) 루이 15세의 사돈이자 1704년과 1733년 두 차례에 걸쳐 폴란드의 왕으로 선출된 스타니스와프 레슈친스키(Stanislas Leszcynski, 1677~1766)를 말한다. 두 번이나 왕에 추대되었지만 매번 정적들에 의해 쫓겨났다. '사르마트'는 폴란드의 옛 이름이다.

135) 베스트팔렌 출신의 귀족 테오도어 노이호프(Theodor Neuhof, 1694~1756)를 말한다. 그는 1736년 코르시카의 왕으로 추대되었지만 여덟 달이 채 못 되어 영국으로 도피했고 그곳에서 빚 때문에 7년간 감옥에 있었다.

땡전 한 푼 없어요. 전에는 국무 대신을 두 명이나 뒀었는데 지금은 겨우 하인 한 명을 데리고 있습니다. 한때는 왕좌에 앉아 있었는데 런던 감옥의 지푸라기 바닥 위에서 오랜 세월을 보내야 했지요. 여기서도 똑같은 취급을 당할까 봐 두렵기는 합니다. 어쨌거나 나도 여러 폐하들처럼 베네치아에 카니발을 보러 온 것입니다."

다섯 왕들은 이 말을 고상한 동정심을 갖고 들었다. 그들은 테오도어가 제대로 된 예복과 속옷을 입을 수 있도록 각자 20세퀸[136]씩을 내놓았다. 캉디드도 그에게 2천 세퀸이 나가는 다이아몬드를 선물로 주었다. 그러자 다섯 왕이 말했다.

"우리보다 1백 배를 더 내놓을 수 있고 또 실제로 그렇게 하는, 아무런 지위도 없는 이 사람은 도대체 누구인가?"

그들이 식탁을 떠날 즈음, 또 다른 왕 네 명이 호텔에 도착했다. 그들 또한 전쟁으로 자기 나라를 잃고 베네치아에 카니발의 나머지 행사를 보러 온 것이다. 그러나 캉디드는 방금 도착한 새로운 사람들에게 관심을 기울이지 않았다. 그의 마음은 오로지 콘스탄티노플에 있는 사랑하는 퀴네공드를 찾으러 갈 생각에 사로잡혀 있었다.

---

136) sequin. 베네치아의 옛 금화이다.

27장

캉디드의 콘스탄티노플 여행
Voyage de Candide à Constantinople.

충실한 카캉보는 술탄 아흐마드를 콘스탄티노플로 데리고 돌아갈 터키인 선장에게 캉디드와 마르탱을 배에 태워도 좋다는 허락을 받아 냈다. 이 둘은 먼저 가련한 술탄에게 엎드려 절한 뒤 항구로 향했다. 길을 가는 동안 캉디드가 마르탱에게 말했다.

"봐요, 폐위된 왕이 여섯 명이나 있네요. 우리랑 같이 식사도 했고요. 게다가 이 여섯 왕 중에는 내가 온정을 베푼 왕도 하나 있어요. 어쩌면 그들보다 더 불행한 왕이 더 많이 있을지도 몰라요. 그래도 나는 양 1백 마리만 잃었을 뿐이잖아요. 게다가 지금은 퀴네공드 양의 품으로 달려가고 있고요. 친애하는 마르탱 씨, 다시 한 번 말하지만 모든 것이 더할 나위 없이 좋다는 팡글로스 선생님 말이 맞았어요."

"정말 그러면 좋겠네요." 마르탱이 말했다.

"그렇지만 우리는 베네치아에서 있을 법하지 않은 일을 겪었잖아요. 폐위된 여섯 왕이 한 술집에서 같이 식사를 했다는 것은 본 적도 들은 적도 없는 일이에요." 캉디드가 말했다.

"그 일은 우리가 지금까지 겪은 대부분의 일들에 비하면 아무것도 아닙니다. 왕이 폐위되는 것은 아주 흔한 일이에요. 그리고 우리가 그들과 함께 식사를 함으로써 얻은 영광이란 것도 주목할 만한 가치가 전혀 없는 사소한 일일 뿐이고요. 맛있는 식사를 하는 게 중요하지, 누구와 먹는 게 뭐가 중요하겠어요?"

배에 오르자마자 캉디드는 자신의 옛 하인이었던 친구 카캉보를 힘차게 끌어안으며 말했다.

"그래, 퀴네공드 양은 무엇을 하고 있나? 그녀는 여전히 기적처럼 아름다운가? 여전히 나를 사랑하고? 건강하고? 물론 자네가 그녀에게 콘스탄티노플에 있는 궁전 하나쯤은 사줬겠지?"

"사랑하는 주인 나리. 퀴네공드 양은 프로폰티스[137] 해변에서 설거지를 하고 있어요. 그릇이 별로 없는 왕의 집에서요. 그녀는 라코치라고 하는 옛 왕의 노예인데, 이 왕은 도피처에서 터키 황제에게 하루에 3에퀴씩 받으며 살고 있답니다.[138] 그런데 정말 더욱 슬픈 일은 그녀가 아름다움을 잃고 끔찍한 추녀가 되었다는 사실이에요." 카캉보가 대답했다.

"아! 아름답건 추하건 나는 신실한 사람이니까, 내 의무는 그녀를 항상

---

137) Propontide. 터키 아나톨리아 반도 북쪽 부근에 위치한 마르마라 해의 옛 이름이다.

138) 헝가리의 왕 라코치 2세(Rákóczi II, 1676~1735)는 헝가리 독립을 위해 프랑스의 원조를 받아 오스트리아 합스부르크 왕가에 대항했다. 전쟁에서 패한 뒤 터키로 망명하여 마르마라 해변에서 살다가 생을 마감했다.

사랑하는 거야. 그런데 자네가 가져간 5백만~6백만 냥은 어찌 되었길래 그녀가 그토록 비천한 상황에 놓여 있는 것인가?"

"아! 퀴네공드 양을 되찾기 위해 내가 부에노스아이레스의 총독인 돈 페르난도 디바라 이 피게오라 이 마스카레네스 이 람푸르도스 이 수자에게 2백만 냥을 줘야 하지 않았겠습니까? 그리고 나머지 모든 돈은 전부 해적이 주저 없이 빼앗아 가지 않았겠습니까? 이 해적은 우리를 마타판 곶, 밀로스, 이카리아, 사모스, 페트라, 다르다넬스 해협, 마르마라 해를 거쳐 스쿠타리로 끌고 가지 않았겠습니까?[139] 그래서 퀴네공드와 노파는 내가 말한 왕의 집에서 일을 하고 있고 나는 폐위된 술탄의 노예가 된 것이지요."

"끔찍한 재앙들이 이토록 서로서로 맞물려 있다니! 어쨌거나 내게는 아직도 다이아몬드 몇 개가 남아 있어. 퀴네공드는 이것으로 쉽게 구할 수 있을 거야. 그녀가 그토록 추해졌다니, 정말 유감스럽군." 캉디드가 말했다.

그는 마르탱을 돌아보며 계속 말을 이었다. "마르탱, 당신은 술탄 아흐마드, 차르 이반, 찰스 에드워드 국왕, 그리고 나 중에서 누가 제일 불쌍하다고 생각합니까?"

"잘 모르겠네요. 각각의 마음속에 들어갔다 나올 수도 없고요." 마르탱이 답했다.

"아! 팡글로스 선생님이 여기 계셨다면 틀림없이 답을 찾아서 우리에게 알려 주셨을 텐데." 캉디드가 말했다.

---

139) 그리스 남단에 있는 마타판 곶을 거쳐 에게 해에 위치한 섬들(밀로스, 이카리아, 페트라)을 지나 콘스탄티노플에 이르는 여정을 나타낸다. 스쿠타리는 오늘날 이스탄불 동부의 도시인 위스퀴다르를 말한다.

"나는 당신의 팡글로스가 어떤 저울로 사람들의 불행을 달아서 그들의 고통을 평가할지 모르겠군요. 내가 추정할 수 있는 것은 찰스 에드워드나 이반, 그리고 아흐마드보다 몇 배는 더 불쌍한 사람들이 이 세상에 수백만이나 널려 있다는 사실입니다." 마르탱이 말했다.

"정말 그럴 수도 있겠어요."

며칠 만에 그들은 흑해로 이어지는 해협에 다다랐다. 캉디드가 제일 먼저 한 것은 카캉보를 아주 비싼 값을 주고 되사는 일이었다. 그리고 나서 지체하지 않고 일행과 함께 갤리선[140]에 올랐다. 아무리 퀴네공드가 추하게 변했다 하더라도 그녀를 찾으러 프로폰티스 해변으로 가기 위한 것이었다.

갤리선 죄수들 중 노를 서툴게 젓는 두 명이 있었다. 극동에서 온 선장은 때때로 그들의 벌거벗은 어깨에 쇠심줄로 만든 채찍을 내리쳤다. 캉디드는 본능적으로 그들을 다른 죄수보다 주의 깊게 바라보다가, 측은한 생각에 그쪽으로 다가갔다. 흉하게 망가진 얼굴에서 얼핏 보이는 생김새에 어딘가는 팡글로스를, 또 어딘가는 퀴네공드의 오빠이자 남작인 그 불행한 예수회 신부를 닮은 구석이 있었다. 이런 생각에 그는 마음이 아프고 슬퍼졌다. 그는 이들을 좀 더 찬찬히 살펴보았다.

"정말이지 팡글로스 선생님이 목 매달리는 걸 직접 보지 않고 또 남작을 죽이는 불운을 겪지 않았다면 이 배에서 노 젓는 저 사람들이 그들이라고 믿었을 거야." 캉디드가 카캉보에게 말했다.

남작과 팡글로스라는 이름을 듣자 두 죄수는 크게 비명을 지르더니 그 자리에서 하던 일을 멈추고 노를 떨어뜨렸다. 극동 출신 선장은 그들

---

140) galère. 고대와 중세 시대에 지중해 등지에서 쓰던 배이다. 노예나 죄수에게 노를 젓게 하여 운행하였다.

에게 달려가 쇠심줄 채찍을 더 세게 휘둘렀다.

"나리! 그만, 그만! 당신이 원하는 만큼 돈은 다 줄게요." 캉디드가 소리쳤다.

"이럴 수가! 캉디드잖아!" 두 죄수 중 하나가 말했다. "뭐라고! 캉디드?" 다른 죄수가 말했다.

"이것은 꿈일 거야. 내가 깨어 있는 것이 맞나? 내가 이 갤리선에 있는 것이 맞나? 내가 보는 저 사람이 내가 죽인 남작이 맞나? 내가 보는 저 사람이 목이 매달리는 것을 두 눈으로 똑똑히 목격한 팡글로스 선생님이 맞나?" 캉디드가 말했다.

"우리가 맞네, 우리 맞아." 그들이 대답했다.

"뭐라고요! 이 사람이 그 위대한 철학자라고요?" 마르탱이 말했다.

"이보시오, 극동에서 온 선장 나리. 툰더텐트론크에서 온 양반들의 몸값으로 얼마를 원하십니까? 제국의 제일가는 남작 중 한 사람과 독일에서 가장 심오한 철학자이신 팡글로스 선생님의 몸값으로 말입니다." 캉디드가 말했다.

"이 빌어먹을 예수쟁이들, 이 두 빌어먹을 죄수 놈들이 그러니까 한 놈은 남작이고 또 한 놈은 형이상학자란 말이지. 그렇다면 그 나라에서는 아주 높은 사람들이겠네. 그렇다면 5만 세퀸은 받아야지." 극동에서 온 선장이 대답했다.

"그 돈을 그대로 드리지요. 나를 콘스탄티노플로 번개처럼 데려가기나 해요. 도착하자마자 그 돈을 치를 테니까. 아니, 나를 먼저 퀴네공드 양에게 데려가시오."

극동에서 온 선장은 캉디드의 첫 번째 제안에 이미 뱃머리를 틀었고 허공을 가르는 새보다도 더 빨리 노를 젓게 했다.

캉디드는 남작과 팡글로스를 수도 없이 끌어안았다.

"친애하는 남작님, 내가 당신을 찔러 죽이지 않았었나요? 사랑하는 팡글로스 선생님, 목이 매달리셨는데 도대체 어떻게 살아 계신 겁니까? 그리고 왜 두 분이 터키의 갤리선에 있는 거죠?"

"내 사랑하는 누이가 이 나라에 있다는 게 사실인가?" 남작이 말했다.

"네." 카캉보가 말했다.

"내가 친애하는 캉디드를 다시 보게 될 줄이야." 팡글로스가 소리쳤다.

캉디드는 그들에게 마르탱과 카캉보를 소개했다. 모두가 서로를 부둥켜안았고 모두가 한꺼번에 말했다. 갤리선은 쏜살같이 달려서 어느덧 항구에 도착했다. 항구에서 사람들은 유대인 한 명을 불러왔고 캉디드는 그에게 10만 세퀸은 족히 나가는 다이아몬드를 5만 세퀸에 팔았다. 이유대인은 아브라함의 이름으로 맹세하건대 더 이상은 줄 수 없다고 딱잘라 말했다. 캉디드는 당장 남작과 팡글로스의 몸값을 치렀다. 팡글로스는 자신을 해방시켜 준 은인의 발밑에 엎드려 그의 발을 눈물로 적셨다. 남작은 고개만 까딱하며 감사함을 표하고 가능한 빨리 이 돈을 갚겠다고 약속했다.

"그런데 내 누이가 터키에 있다는 게 가능한 일인가?" 그가 말했다.

"물론입니다. 트란실바니아 왕의 집에서 설거지를 하고 계시니까요." 카캉보가 말했다.

그들은 즉시 유대인 둘을 불렀고 캉디드는 또다시 다이아몬드를 팔았다. 그들은 퀴네공드를 구하기 위해 또 다른 갤리선에 올랐다.

🚢 28장

캉디드와 퀴네공드, 팡글로스, 마르탱 등에게 일어난 일
Ce qui arriva
à Candide, à Cunégonde, à Pangloss, à Martin, etc.

"다시 한 번 사과드립니다. 긴 칼로 신부님 몸을 꿰뚫은 일을 용서해 주세요." 캉디드가 남작에게 말했다.

"그 이야기는 그만하세. 이제 와서 이야기지만 나도 조금 예민했네. 그런데 내가 어떻게 해서 갤리선을 타게 되었는지 자네가 궁금해하니 말해 주지. 자네에게 입은 상처는 약사인 우리 수도회 신부에게 치료받았네. 그 뒤 나는 스페인 군대에 납치를 당했다네. 그리고 내 누이가 부에노스 아이레스를 막 떠났을 시기에 바로 그곳에 있는 감옥에 갇혔지. 나는 로마에 있는 총장 신부님 곁으로 돌아갈 수 있게 해달라고 요구했네. 그리고 나서 프랑스 대사 곁에서 일하는 부속 사제로 임명되었지. 콘스탄티노플에서 말이야. 그 일을 시작하고 여드레도 지나지 않은 어느 날 저녁, 나는 술탄의 궁정에서 사관으로 일하는 아주 잘생긴 청년을 만나게 되었다네. 그날은 아주 더웠어. 그 젊은이가 목욕을 하고 싶다고 하더군. 나도 그를 따라 목욕을 했지. 젊은 이슬람교도와 함께 벌거벗고 있는 것이 그리스도교인에게 엄청난 죄라는 사실을 나는 몰랐어. 이슬람 재판관은 나에게 발바닥 1백 대의 몽둥이질과 갤리선 복역을 선고했네. 내가 이렇게 세상에서 가장 끔찍하고 부당한 일을 겪으리라고는 상상도 못했어. 좌우간 나는 왜 내 누이가 터키로 피신한 트란실바니아 왕의 부엌에 있는지 너무 궁금하네." 남작이 말했다.

"그렇다면 선생님을 제가 다시 뵙게 되다니, 이것은 어떻게 된 일입니까?" 캉디드가 팡글로스에게 물었다.

"그래, 자네는 내가 목이 매달리는 것을 보았지. 원래는 당연히 화형에 처해지기로 되어 있었고. 그런데 자네도 기억하지? 사람들이 나를 구우려고 할 때쯤 비가 억수같이 쏟아졌던 것 말일세. 폭풍우가 얼마나 거세던지 사람들은 불 피우는 것을 단념했네. 내가 목이 매달렸던 것은 달리 어쩔 도리가 없었기 때문이야. 외과 의사 한 명이 내 시체를 사서는 자기 집으로 가져가 해부를 했네. 그는 먼저 배꼽부터 쇄골까지 내 몸을 십자가 모양으로 절개했어. 그런데 나처럼 엉성하게 목이 매달린 사람은 아무도 없을 거야. 성스러운 종교 재판의 형리를 맡은 차부제는 사람을 태우는 솜씨는 정말 기가 막혔지만 목을 매다는 데에는 젬병이었어. 밧줄이 젖는 바람에 목이 매달릴 때 제대로 미끄러지지 않은 데다 매듭도 헐거웠던 거야. 결국 나는 다시 숨을 쉴 수 있었다네. 십자가 모양으로 절개를 시작했을 때 내가 엄청나게 큰 소리를 지르는 통에 그 외과 의사는 뒤로 나자빠졌어. 악마를 해부했다고 생각했는지 공포에 질려서 줄행랑을 쳤는데 도망가다가 계단에서 한 번 더 나동그라졌지. 그 소리에 의사의 부인이 옆방에서 달려와서는 십자가 모양으로 배가 열린 채 해부대에 누워 있는 나를 본 거야. 그녀는 자기 남편보다도 더 공포에 질려서 도망치다가 쓰러져 있던 남편 위로 넘어졌지. 잠시 후 어느 정도 정신을 차렸는지 부인이 남편에게 이렇게 말하더군. '여보, 어쩌려고 이단자를 해부하려고 했어요? 악마는 항상 저런 사람들의 몸속에 있다는 것을 몰라요? 내가 어서 가서 마귀 쫓는 신부를 찾아올게요.' 이 말을 들은 나는 부들부들 떨다가 있는 힘을 다해 소리쳤지. '제발 살려주세요!' 이 말에 포르투갈 이발사[141]는 용기를 되찾고 내 몸을 다시 꿰매 주었네. 그 부인도 나를 돌봐 주었고 말이야. 보름이 지나니 일어설 수 있었다네. 이발사는 내가 다시 일할 수 있도록 자리를 알아봐 줬고, 나는 베네치아로 가는 몰타 기사의 하인이 되었지. 그런데 그 주인은 나에게 돈을 줄 능력이 없었어. 나는 다시 베네치아 상인을 위해 일하게 되었고 그를 따라 콘스탄티노플로 온 거라네.

어느 날 나는 이슬람 사원에 들어가 보고 싶다는 생각이 들었지. 안에는 늙은 이맘 한 명과 기도 중인 아주 예쁘고 젊은 여신도 한 명만 있었어. 그녀는 가슴이 훤히 다 보이는 옷을 입고 있었고 두 가슴 사이에 튤립, 장미, 아네모네, 미나리아재비, 히아신스, 앵초로 만든 꽃다발을 꽂고 있었지. 그러다 그녀가 그 꽃다발을 떨어뜨렸고 나는 그것을 주워서 아주 공손하게 제자리에 꽂아 주었네. 그런데 내가 꽃다발을 돌려주는데 시간을 너무 오래 끈 나머지 이맘이 화가 났지 뭔가. 그는 내가 그리스도교인인 것을 알고는 소리를 질러 도움을 청했지. 나는 이슬람 재판

---

141) 이 당시에는 외과 의사가 이발사 노릇도 했다.

관에게 끌려갔고 그는 나에게 발바닥 1백 대의 몽둥이질과 갤리선 복역을 선고했네. 그런데 내가 남작님과 같은 배, 같은 자리에서 쇠사슬에 묶이게 된 거야. 이 배에는 젊은 마르세유 남자 넷과 나폴리 사제 다섯 명, 두 명의 케르키라[142] 수도사가 있었는데 우리가 겪은 일쯤은 매일같이 벌어진다고 하더군. 남작님은 자기가 겪은 부당함이 내가 겪은 것보다 훨씬 심하다고 주장했지. 나는 왕궁의 사관과 홀딱 벗고 있는 것보다는 여자 가슴에 있던 꽃다발을 다시 꽂아 주는 것이 훨씬 더 허용할 수 있는 일이 아니냐고 주장했어. 우리는 끊임없이 다퉜고 매일 스무 대씩 쇠심줄 채찍을 맞고 있었는데 이 우주에서 일어나는 연쇄적인 사건들이 자네를 이 갤리선으로 이끌어서 우리를 구하게 된 거지."

"자! 존경하는 팡글로스 선생님. 선생님께서는 목이 매달리고 해부를 당하고 실컷 두들겨 맞고 갤리선에서 노를 저을 때도 항상 모든 것이 더할 나위 없이 잘 돌아간다고 생각하셨나요?" 캉디드가 팡글로스에게 물었다.

"나는 여전히 내 처음 의견을 견지한다네. 그도 그럴 것이 결국에 나는 철학자이기 때문이지. 내가 한 말을 부정하는 것은 나에게 적절치 않아. 라이프니츠는 틀릴 수가 없고, 더군다나 예정 조화설은 진공 부재나 미세 물질[143]만큼이나 세상에서 가장 아름다운 이론이니까." 팡글로스가 대답했다.

---

142) Corfou. 알바니아와 그리스의 서쪽 국경에 있는 섬이다. 'Corfou'는 케르키라 섬의 이탈리아식 이름이다.

143) 모든 것이 미리 정해져 있다는 '예정 조화설(preestablished harmony)'은 라이프니츠의 가장 유명한 이론이며, '진공 부재(plenum)'와 '미세 물질(materia subtilis)'은 데카르트 철학에서 나오는 말이다. 볼테르는 《뉴턴 철학의 요소들》(1738)에서 이 진공 문제에 대해 언급하였다.

🚢 29장

캉디드는 어떻게 퀴네공드와 노파를 되찾았는가
Comment Candide retrouva Cunégonde et la vieille.

캉디드와 남작, 팡글로스, 마르탱, 카캉보가 자신들이 겪은 일들을 이 야기하고 이 세계의 우연적이거나 우연적이지 않은 사건들에 대해 이치를 따져 보는 동안, 그리고 원인과 결과들, 도덕적 악과 자연의 악, 자유와 필연, 터키의 갤리선에서 느꼈던 위안에 대해 언쟁을 하는 동안, 배는 트란실바니아 왕의 집이 있는 프로폰티스 해변가에 도착했다. 그들의 시야에 처음 들어온 것은 퀴네공드와 노파였는데 두 사람은 빨랫줄에 수건을 널어 말리는 중이었다.

이 광경을 본 남작의 얼굴이 창백해졌다. 다정한 연인 캉디드는 자신의 아름다운 퀴네공드가 얼굴은 시커멓고 눈은 시뻘겋고 가슴은 축 늘어지고 볼에는 주름이 자글자글하고 팔이 벌겋게 튼 모습에 기겁하여 세

발짝 뒤로 물러섰다가, 곧 마음을 추스르고 점잖게 그녀에게 다가갔다. 그녀는 캉디드와 오빠를 끌어안았다. 그리고 사람들은 노파에게 다가가 포옹했다. 캉디드는 두 사람의 몸값을 지불하였다.

인근에는 농사를 지을 수 있는 작은 땅이 있었다. 노파는 캉디드에게 일행 모두가 더 나은 운명을 찾을 때까지 이곳에 정착해서 살자고 제안했다. 퀴네공드는 자신이 추해졌다는 것을 알지 못하고 있었는데, 아무도 그녀에게 그 사실을 알려 주지 않았기 때문이다. 그녀가 캉디드에게 이전의 약속들을 너무나 단호한 어조로 상기시켰기에 선한 캉디드는 그녀를 받아들이지 않을 수 없었다. 그는 남작에게 그의 누이와 결혼하겠다고 말했다.

"내 눈에 흙이 들어가기 전에는 내 누이가 그런 비천한 짓을 하게 내버려 둘 수 없네. 자네의 말도 안 되는 무례 역시 마찬가지야. 내 누이의 자식들이 독일 귀족 명부에 이름을 올릴 수 없다니. 내가 이런 치욕 때문에 비난받는 일은 절대 없을 걸세. 절대 안 돼. 내 누이는 오로지 제국의 남작하고만 결혼할 수 있어." 남작이 말했다.

퀴네공드가 그의 발아래 엎드려 눈물로 발을 적셨지만 그는 흔들리지 않았다.

"이 정신 나간 양반아. 내가 너를 갤리선에서 꺼내 주고 너의 몸값을 치렀고 네 누이의 몸값까지 치렀어. 그녀는 여기서 설거지나 하고 있고 이제는 추하기까지 하지. 그런데도 내가 착한 마음으로 그녀를 아내로 삼겠다는데 여전히 반대를 하다니! 화가 나는 대로 하자면 너를 다시 죽여 버리고 싶군." 캉디드가 말했다.

"다시 죽여 보게. 하지만 내가 죽기 전에 자네는 내 누이와 결혼할 수 없어." 남작이 대답했다.

🛥 30장

결론
Conclusion

   캉디드는 솔직히 퀴네공드와 결혼하고 싶은 마음이 조금도 없었다. 그러나 남작의 극단적인 오만불손함이 그의 결심을 부추겼고 퀴네공드도 심하게 재촉하는 통에 자신이 한 말을 취소할 수도 없었다. 캉디드는 팡글로스와 마르탱, 충실한 카캉보와 의논했다. 팡글로스는 아주 훌륭한 논문을 한 편 써서 남작이 그의 누이에 대해 어떠한 권리도 없으며 제국의 모든 법률에 따라 그녀는 왼손을 내밀어 캉디드와 결혼할 수 있음을 증명했다.[144] 마르탱은 남작을 바다에 내던져 버리라고 했다. 카캉보는 남작을 극동에서 온 선장에게 되돌려 주어 갤리선에 다시 태운 다음, 가

---

144) 당시 독일의 특별한 결혼 의식이다. 이 의식에 따라 왕족이 신분이 낮은 사람과 결혼할 때 왼손으로 배우자를 붙잡으면 그는 자신이 한 혼인 서약을 반드시 지킬 필요가 없었다.

장 빠른 배편으로 로마의 총장 신부 곁에 보내야 한다고 말했다. 모두가 이 의견을 아주 좋아했고 노파도 이를 받아들였다. 모두들 남작의 누이 에게는 한마디도 하지 않았다. 일을 진행시키는 데에는 돈이 얼마 들지 않았으며 모든 이가 예수회 신부도 속이고 독일 남작의 오만함도 벌하는 기쁨을 얻게 되었다.

그토록 수많은 재앙을 겪은 뒤 자신의 애인과 결혼하고 철학자 팡글로 스, 철학자 마르탱, 신중한 카캉보, 노파와 같이 살게 되었으며, 게다가 옛 잉카의 조국에서 수많은 다이아몬드를 가져온 캉디드가 세상에서 가 장 행복한 삶을 살았으리라 상상하는 것은 너무도 당연한 일이었다. 그 러나 그는 유대인들에게 너무도 심하게 사기를 당해서 이제 가진 것이라 고는 작은 농지가 전부였다. 나날이 더 못생겨지는 그의 아내는 괴팍하 고 지긋지긋한 여편네가 되었다. 노파는 불구인 데다 퀴네공드보다 훨씬 더 심술궂었다. 정원에서 일하고 거기에서 나오는 채소를 콘스탄티노플 에 팔러 다니던 카캉보는 일에 너무 지쳐서 자신의 운명을 저주했다. 팡 글로스는 독일의 여러 대학 강단에서 빛을 발하지 못해 절망에 빠졌다. 사람이 사는 곳은 어디나 고통스럽다고 굳게 확신하고 있던 마르탱은 이 모든 것을 인내했다. 캉디드와 마르탱, 팡글로스는 때때로 형이상학과 도덕에 대해 언쟁을 벌였다. 때때로 그들이 사는 농가의 창문으로 림노 스나 미틸레네 섬, 에르제룸으로 귀양 가는 터키의 영주와 관료, 재판관 들을 태운 배들이 지나가는 것이 보였다. 다른 재판관과 관료, 영주들이 오는 모습도 보였다. 이들은 추방된 사람들의 자리를 차지했다가 자신들 의 순서가 돌아오면 귀양을 떠났다. 또 때로는 정성스레 박제되어 오스 만 제국으로 보내지는 사람 머리도 여럿 보였다. 이러한 광경들은 캉디 드 일행의 이러저러한 장광설을 두 배로 불어나게 만들었다. 그런데 이렇게 말싸움을 벌이지 않을 때는 지루함이 극에 달했기에, 어느 날 노파는 그들에게 이렇게 말하기까지 했다.

"나는 다음 일 중에 제일 끔찍한 것이 무엇인지 알고 싶네요. 검둥이 해적들에게 1백 번 겁탈당하기, 궁둥이 한쪽 잘리기, 불가리아인에게 매 맞기, 화형식에서 채찍을 맞은 뒤 목 매달리기, 해부당하기, 갤리선에서 노 젓기, 끝으로 우리 모두가 겪었던 모든 비참함을 한꺼번에 겪기, 아니면 여기 그냥 있으면서 아무것도 안 하기 중에서 말이에요."

"정말 어려운 질문이네요." 캉디드가 말했다.

노파의 이런 말은 새로운 성찰을 끄집어냈는데, 특히 마르탱은 인간이 태어나는 이유는 평생 걱정으로 벌벌 떨며 살기 위해서이거나 아니면 너무 지루해서 멍한 상태로 있기 위해서라고 결론 내렸다. 캉디드는 여기에 동의하지는 않았지만 그 어떤 다른 주장도 하지 않았다. 팡글로스는 자신이 항상 끔찍하게 고통받았다고 고백했다. 그러나 자신이 일단 모든 것이 더할 나위 없이 굴러 간다고 주장해 버렸기 때문에 여전히 계속 주장하고는 있지만, 사실은 믿지는 않는다고도 고백했다.

마르탱이 자신의 고약한 원칙을 더더욱 확고하게 만들고, 캉디드를 지금까지보다 더 망설이게 하고, 팡글로스를 당황하게 만드는 사건이 벌어졌다. 어느 날 파케트와 수도사 지로플레가 너무나도 비참한 상태로 그들의 농가에 찾아왔다. 그들은 갖고 있던 3천 피아스터를 곧바로 탕진한 뒤에 헤어졌다가, 다시 화해했다가 또다시 싸우고는 감옥에 들어갔다가 도망쳐 나왔다고 말했다. 결국 수도사는 이슬람교도가 되었고 파케트는 여기저기서 하던 일을 계속했지만 한 푼도 벌지 못했다.

"내 말이 맞았죠? 당신이 준 선물은 순식간에 흩어져 버릴 것이고 그들을 더욱 비참하게 만들 뿐이라고 그랬잖아요. 당신과 카캉보는 돈이

넘칠 만큼 많았지만 그렇다고 지금 수도사 지로플레와 파케트보다 더 행복하지는 않지요." 마르탱이 캉디드에게 말했다.

"아아! 불쌍한 아이, 그러니까 하나님께서 너를 우리에게 보내신 것이로구나! 너는 너 때문에 내가 코끝과 눈과 귀를 잃어버린 것은 알고 있느냐? 도대체 이것이 다 무슨 꼴이냐! 도대체 이 세상은 어떻게 돌아가는 것이냐!" 팡글로스가 파케트에게 말했다.

이 새로운 사건으로 그들은 전에 없이 철학에 몰두하기 시작했다.

그들의 농가 근처에는 터키에서 가장 훌륭한 철학자로 알려진 이슬람 수도승 하나가 살고 있었다. 캉디드 일행은 고견을 듣기 위해 그를 찾아갔다. 팡글로스가 대표하여 그에게 말했다.

"선생님, 우리는 인간이라는 이 괴이한 동물이 왜 만들어졌는지 알고 싶어서 선생님을 찾아왔습니다."

"무슨 참견을 하고 싶은 것이냐? 그것이 너랑 무슨 상관이야?" 수도승이 말했다.

"그렇지만 어르신, 이 세상에는 끔찍한 악이 너무 많습니다." 캉디드가 말했다.

"그래서? 선이 있건 악이 있건 그것이 뭐가 중요해? 술탄께서 이집트로 배를 보내실 때 그 배에 타고 있는 쥐들이 편안한지 아닌지 신경 쓰시더냐?"

"그러면 도대체 무엇을 해야 합니까?" 팡글로스가 물었다.

"그저 입을 다물고 있는 수밖에."

"선생님과 함께 원인과 결과들, 가능 세계 중 가장 좋은 세계, 악의 기원, 영혼의 본성과 예정 조화에 대해 논의해 보고 싶습니다."

팡글로스의 말을 듣자마자 수도승은 그들을 내쫓아 버렸다.

그들이 이런 대화를 나누는 동안 콘스탄티노플에서 법무 대신 두 명과 대사제 한 명이 목이 졸려 죽고 그들의 지인 몇 명이 말뚝에 박혀 죽었다는 소문이 퍼졌다. 몇 시간 동안 이 참혹한 일 때문에 여기저기서 야단법석이 났다. 팡글로스와 캉디드, 마르탱은 농가로 돌아가던 길에 자기 집 앞 오렌지 나무 그늘 아래에서 바람을 쐬고 있는 선한 노인 한 사람을 만났다. 따지기 좋아할 뿐만 아니라 호기심도 많은 팡글로스는 그 노인에게 목이 졸려 죽었다는 대사제의 이름이 무엇인지 물었다.

"잘 모르겠네. 나는 대사제나 대신들 이름에는 관심 없네. 자네가 말하는 사건이 뭔지 하나도 모르겠고 말이야. 내 생각에 보통 공적인 일들에 관여하는 사람들이 때때로 불쌍하게 죽는 것 같고, 또 그럴 만한 것 같네. 어쨌거나 나는 사람들이 콘스탄티노플에서 무엇을 하든 관심 없네. 그곳으로 내가 키우는 과실들을 팔러 보내는 일 말고는 말이야."

이렇게 말한 뒤 선한 노인은 이 낯선 이방인들을 자신의 집 안으로 인도했다. 노인의 두 딸과 두 아들은 그들에게 자신들이 직접 만든 여러 가지 셔벗과 시트론 껍질에 절여 신맛이 나는 카이막[145], 오렌지, 시트론, 레몬, 파인애플, 피스타치오, 그리고 바타비아나 다른 섬의 질 나쁜 원두가 전혀 섞이지 않은 모카커피를 대접했다. 그런 다음 선한 이슬람교도의 두 딸이 캉디드와 팡글로스, 마르탱의 수염에 향료를 뿌려 주었다.

"아주 넓고 비옥한 땅을 갖고 계신가 봐요." 캉디드가 터키 노인에게 말했다.

"내 땅은 8헥타르뿐이라네. 자식들과 같이 경작하고 있지. 일은 우리에게서 세 가지 악을 쫓아 준다네. 권태, 방탕, 가난 말일세."

---

145) caymac. 버팔로의 젖으로 만드는 터키식 크림이다.

집으로 돌아가는 길에 캉디드는 노인의 말에 대해 깊이 생각해 보았다. "내가 볼 때는 이 선한 노인의 팔자가 우리가 영광스럽게도 같이 저녁을 먹은 여섯 왕들의 팔자보다 낫군요." 그가 팡글로스와 마르탱에게 말했다.

"철학자들의 말을 종합해 보면 부귀영화는 아주 위험한 거야. 모아브인의 왕 에글론은 에훗에게 암살당했다네. 압살롬은 자신의 머리카락으로 매달린 채 창 세 자루에 찔려 죽었고, 여로보암의 아들 나답은 바아사에게 죽었네. 엘라 왕은 지므리에게, 아하즈야는 예후에게, 아달리야는 여호야다에게 죽었지. 또 엘리아킴 왕과 여호야긴 왕, 마타니야 왕[146]은 노예가 되었지. 크로이소스, 아스티아게스, 다리우스, 시라쿠사의 디오니시우스, 피로스, 페르세우스, 한니발, 유구르타, 아리오비스투스, 카이사르, 폼페이우스, 네로, 오토, 비텔리우스, 도미티아누스[147], 영국의 리처드 2세, 에드워드 2세, 헨리 4세, 리처드 3세, 메리 스튜어트, 찰스 1세, 프랑스의 세 앙리, 독일의 하인리히 4세가 어떻게 죽었는지 자네도 알지? 또 알다시피……." 팡글로스가 말했다.

"저도 알고 있어요. 우리도 우리의 정원을 일구어야 해요." 캉디드가 말했다.

"자네 말이 맞아. 그도 그럴 것이 인간이 에덴의 정원에 있었던 이유는 우트 오페라레투르 에움[148], 그러니까 일을 하기 위해서였다네. 이는 인간이 휴식을 위해 태어난 게 아님을 매우 적절하게 증명하는 것이지." 팡글로스가 말했다."

---

146) 성경에 나오는 왕들의 이름이다.
147) 고대 페르시아, 리디아, 그리스, 로마 왕들의 이름이다.
148) ut operaretur eum. 라틴어로 '일하기 위해'라는 의미이다.

"괜히 따지지 말고 일이나 합시다. 일하는 것이야말로 삶을 견딜 수 있게 만드는 유일한 방법입니다." 마르탱이 말했다.

모여 있던 모두는 이 찬양할 만한 의도를 실행에 옮겨 각자의 재능을 발휘하기 시작했다. 농지는 작았지만 수확은 많이 나왔다. 사실 퀴네공드는 정말 추했다. 그러나 그녀는 정말 훌륭하게 과자를 만들어 냈다. 파케트는 수를 놓고 노파는 빨래를 담당했다. 수도사 지로플레까지 도움을 주었다. 그는 아주 훌륭한 목수였고 이젠 정직하기까지 했다. 때때로 팡글로스는 캉디드에게 이렇게 말했다.

"가능 세계 중 가장 좋은 세계에서는 모든 사건들이 연결되어 있다네. 그도 그럴 것이 만일 자네가 퀴네공드 양을 사랑해서 엉덩이를 발로 차여 아름다운 성에서 쫓겨나지 않았더라면, 만일 자네가 종교 재판을 받지 않았더라면, 만일 자네가 아메리카 대륙을 이리저리 뛰어다니지 않았더라면, 만일 자네가 남작을 찌르지 않았더라면, 또 만일 자네가 엘도라도에서 가져온 양들을 모두 잃지 않았더라면, 자네는 여기서 설탕에 절인 시트론과 피스타치오를 먹지 못했을 것 아닌가."

그럴 때마다 캉디드는 이렇게 대답했다.

"정말 맞는 말이네요. 좌우간 이제 우리는 우리의 정원을 일구어야 합니다."

해설편

▌ 볼테르
스스로 '나는 행동하기 위해 쓴다'고 말했듯, 볼테르는 그의 수많은 저작과 편지 등에서 인간의 이성과 자유를 옹호하
였고 부조리한 권력을 거침없이 고발하였으며 검증받지 않은 신념에 대해 끈질기게 의문을 던졌다.

자유와 관용의 철학자 볼테르와
깨달음을 향한 여정, 《캉디드》

I. 볼테르의 생애와 사상

1

프랑스를 대표하는 계몽주의자이자 문필가, 비극 작가, 역사가인 볼테르(Voltaire)는 1694년 파리의 유복한 가정에서 프랑수아 마리 아루에(François-Marie Arouet)라는 이름으로 태어났다. 그는 청소년기를 예수회가 운영하는 명문 학교에서 보냈다. 학교를 졸업한 뒤에는 공증인이었던 아버지의 뜻에 따라 마지못해 법률 공부를 시작하지만, 그는 이 시기에 시를 쓰거나 풍자성 짙은 콩트[1]를 짓는 데에 몰두했다. 1715년 루이 14세가 죽자 그의 조카 겸 사위인 오를레앙 공(Duc d'Orléans, 1674~1723)이 섭정을 시작한다. 이즈음 볼테르는 공부를 그만두고 본격적으로 사교계를 오가며 자유사상가들과 교류하고 있었다. 그러던 중 그는 1717년 오를레앙 공을 야유한 풍자시를 쓴 죄목으로 약 1년간 바스티유 감옥에 투옥되었다. 그는 감옥에서 자신의 첫 비극 〈오이디푸스(Œdipe)〉를 완성했고 이듬해 겨울에 상연된 이 작품은 큰 성공을 거두었다. 그리고 이때

---

1) conte. 단편 소설보다도 분량이 짧은 소설로 대개 인생의 한 단편을 예리하게 포착하여 그린다. 기상천외한 발상을 재치와 기지로 그려 내는 기법이 많다.

사용한 필명 '볼테르'가 세간에 알려지게 되었다.

1726년 볼테르는 로앙샤보(Rohan-Chabot)라는 명문 귀족 가문의 백작과 사소한 말다툼 끝에 분쟁에 휩싸인다. 백작의 하인들에게 구타당한 볼테르는 백작에게 결투를 신청하지만 도리어 귀족에게 불손한 태도를 보였다는 이유로 또다시 투옥된다. 볼테르는 곧 영국으로 망명하는 조건으로 풀려나지만 이 사건으로 프랑스 사회의 부당한 권력 구조와 불평등에 대해 절감한다. 그리고 3년간 입헌 군주제의 영국에서 정치적, 사상적 자유를 체험하게 된다.

그는 3년 뒤 프랑스로 돌아와 1734년에 영국에서의 경험을 담은《영국인들에 관한 편지 혹은 철학 서간 Lettres sur les Anglais ou Lettres philosophiques》을 발표한다. 영국의 자유주의를 소개함과 동시에 앙시앵 레짐[2]에 대한 신랄한 비판을 담은 이 책은 프랑스 귀족들의 커다란 반발을 불러일으켰다. 결국 볼테르는 자신의 연인인 샤틀레 부인(Émilie du Châtelet, 1706~1749)의 영지인 시레 성으로 피신하여 10여 년간 그곳에 은거한다. 이때 그는 다양한 분야의 연구와 저작 활동을 활발하게 이어 나간다. 샤틀레 부인과 함께 물리학 연구를 하면서《뉴턴 철학의 요소들 Éléments de la philosophie de Newton》을 출간하여 당시 프랑스에서는 생소했던 영국의 과학을 소개하였고, 전쟁과 문명, 풍속 등 역사 연구도 계속하여 훗날 20년의 세월을 거쳐 완성하게 되는 역사서《루이 14세의 시대 Le Siècle de Louis XIV》의 집필 준비를 시작하였다. 성경 해석에도 뛰어드는 등 그는 이 시기에 다양한 분야에서 지식을 얻을 수 있었다. 그리고 이때부터 벨기에, 네덜란드, 프리드리히 2세 치하의 프로이센 등을 자주 왕래하였다. 10년 뒤 잠

---

2) Ancien Régime. 1789년의 프랑스 혁명 때 타도의 대상이 된 정치·경제·사회의 구(舊)체제. 절대 왕정 시대의 체제를 가리키나 넓은 의미로는 근대 사회 성립 이전의 사회나 제도를 가리키기도 한다.

시 파리로 돌아온 그는 1745년 왕실 사료 편찬관이 되었고 이듬해에는 프랑스 학술원 회원으로 선출되면서 궁정에 복귀할 수 있게 되었다. 프랑스 내에서 어느 정도 입지를 다져 가는 듯하던 그는 1747년 또다시 프랑스 귀족들의 심기를 거스른 사소한 말실수로 루이 15세의 총애를 잃고 궁정을 떠나게 된다.

이때를 전후하여 볼테르는 자신의 철학적 사유를 재기와 풍자가 가득한 문체로 가장 적절하게 표현할 수 있는 문학 형식인 철학 콩트(conte philosophique)를 구상해 내고 이를 본격적으로 집필하기 시작한다. 일종의 비유적 자서전인 《자디그 또는 운명 Zadig ou la Destinée》, 지구로 여행을 온 외계인의 이야기 《미크로메가스 Micromégas》, 말년의 철학 사상을 응축한 자신의 대표작 《캉디드 Candide ou l'Optimisme》[3] 등 50세 이후부터 써 내려간 철학 콩트는 총 26편에 이른다.

평생을 망명 아닌 망명 생활을 했던 그가 프랑스로 완전히 돌아온 것은 예순 살을 훌쩍 넘긴 다음이었다. 1758년 볼테르는 64세의 나이에 프랑스와 스위스의 접경 지역인 페르네(Ferney)에 영지를 사들여 그곳에 정착한다. 말년에도 볼테르는 절대적 권위에 대항하는 일을 멈추지 않았다. 구체제의 부당함을 고발하는 한편 독단적인 종교계를 강력하게 비판한 그는 '페르네의 영주'로 불리며 명성을 더해 간다.

1778년 그는 자신의 마지막 비극 〈이렌 Irène〉 상연을 위해 28년 만에 파리로 금의환향한다. 그와 그의 작품은 사람들의 큰 환영을 받았다. 그리고 같은 해 5월, 그 흥분과 영광 속에 볼테르는 파리에서 숨을 거둔다.

---

3) 《캉디드》의 부제 '낙관주의(낙천주의)'는 초고에는 없다가 나중에 추가되었다.

볼테르가 생애를 보낸 18세기는 계몽주의의 시대였다. 계몽주의란 하나의 일관된 철학적 체계를 일컫는다기보다는 18세기 지식인 계층에 새로운 활력을 불어넣었던 다양한 사유의 움직임을 말한다. 칸트(Immanuel Kant, 1724~1804)의 말처럼 '미성년 상태로부터의 탈출'로 이름 붙일 수 있는 이 새로운 운동의 특징은 자율적 이성에 대한 강조, 근거 없는 권위에 대한 불신, 진보에 대한 믿음으로 요약할 수 있다.

인간이 미성년의 상태에 놓인 것은 인간 스스로 줄곧 근거 없는 미신과 종교적 편견을 자신의 후견인으로 삼았기 때문이다. 즉 인류 역사가 시작될 때부터 인간은 삶이라는 중대한 질문의 답을 찾는 데에 이성적 사유라는 자율적 활동 대신 종교적, 정치적, 사회적 권위의 명령에 기대어 왔다. '빛으로 밝힌다'는 뜻의 계몽주의[4]는 까닭도 모른 채 암흑의 시대를 살아가고 있는 인간에게 이성이라는 빛으로 세상을 밝힐 것을 요구하였다. 그리고 이성을 발현함으로써 물질문명의 발전과 정신적 개조를 무한히 전개하여 인간이 완벽에 이를 수 있다는 근대의 진보 사관을 주장하였다.

계몽주의의 새로운 흐름은 종교와 정치가 결부하여 절대적 권력을 누리던 당시의 위계적 사회 조직에 자유와 평등이라는 새로운 정치적 요구를 불어넣었다. 태어날 때부터 부여된 이성을 합리적 비판을 통해 자율적으로 사용할 수 있는 사람이라면 누구라도 신분에 상관없이 동등한 권리를 주장할 수 있다는 것이 계몽주의의 입장이었다. 1789년 제3신분인

---

4) '계몽주의'를 뜻하는 영어 'Enlightenment'와 프랑스어 'Lumières'에는 모두 '빛', '깨달음' 등의 의미가 있다.

민중이 왕과 귀족, 성직자가 누리던 특권과 권력 독점에 대항하여 일으킨 프랑스 혁명은 이러한 계몽주의의 요구가 발현된 결과였다.

볼테르 역시 인간의 자유와 진보의 이상을 추구하며 18세기 프랑스 계몽주의를 주도해 나간 인물이었다. 그는 디드로(Denis Diderot, 1713~1784)와 달랑베르(Jean-Baptiste le Rond d'Alembert, 1717~1783)가 이끄는 백과전서파[5]의 일원으로서, 합리적 비판 없이 수용되던 구습을 혁파하고 시대적 무지를 깨우치기 위해 노력했다. 프랑스 혁명은 그가 죽고 11년 뒤에 일어났지만 그의 저작과 사상은 혁명의 사상적 기초가 되었다. 혁명이 성공한 뒤 사람들은 그에 대한 존경의 표시로 판테온[6]에 그의 묘를 안치했다.

3

볼테르의 사상은 참여적 문학과 철학적 성찰의 결합을 통해 드러난다. 그의 저작은 일관된 이론 체계에 의존했던 전통적 철학의 서술 방식과는 달리 항상 역사와 현실에 근거했고 이에 대한 이해와 참여를 목적으로 삼았다. 관념적인 섬세함이 아닌 삶에 구체적으로 적용할 수 있는 지침과 기존 사회 구조에 대한 성찰로 이루어지는 그의 사유는 무엇보다 현실과 동떨어진 탁상공론에 비판의 날을 세우는 매우 실천적인 것이었다.

---

5) encyclopédiste. 《백과전서 Encyclopédie》의 집필과 간행에 참여한 프랑스 계몽주의자들을 말한다. 《백과전서》란 1751년부터 1781년까지 간행된 전 30권의 백과사전으로, 출간 당시 여러 차례에 걸쳐 금서로 지정되었다. 디드로와 달랑베르가 주도하였으며 볼테르 외에 루소, 몽테스키외 등 당시의 계몽적이고 진보적인 사상가들이 다수 참여하였다. 프랑스 계몽사상의 집약체로 평가받으며, 프랑스 혁명 과정에도 사상적으로 큰 영향을 미쳤다.

6) Panthéon. 프랑스 역사에 이름을 남긴 역대 영웅과 위인들이 묻혀 있는 프랑스의 사원이다.

〈가족들과 작별하는 칼라스〉(1767)
제대로 된 조사나 증거도 없이 칼라스는 아들을 죽인 혐의를 받아 처형당한다. 볼테르는 이것이 종교적 광신에 의한 비극임을 알아채고 적극적인 변호에 나선다.

《캉디드》와 함께 자주 인용되는 그의 대표작 《장 칼라스의 죽음을 통해 본 관용론 Traité sur la tolérance, à l'occasion de la mort de Jean Calas》은 이러한 볼테르 사상의 특징을 잘 드러내는 사례이다. 페르네의 영주 시기인 1763년에 발표된 이 책에는 18세기부터 본격적으로 논의되고 있던 관용[7]에 대한 볼테르의 역설이 담겨 있다. 낭트 칙령 폐지 이후 신교도들이 탄압받던 사회적 상황 속에서[8] 관용이라는 이성의 대원칙를 전파하는 일은 종교와 정치가 절대 권력을 기반으로 서로 엉겨 붙어 있던 당시 현실에 정면으로 대항하는 일이었다. 볼테르는 관용이라는 관념적 내용을 일방적으로 주장하는 방법 대신 '칼라스 사건'이라는 역사적 사실을 끌어온다. 그리고 가톨릭으로 개종한 아들을 죽였다는 누명을 쓴 채 처형당한 신교도 장 칼라스의 사건을 문학적 허구의 장에서 다각도로 제시함으로써 종교적 광신(狂信)과 관용을 대결시킨다. 프랑스의 위선적 사법 체계에 끊임없이 대항했던 볼테르의 현실 참여는 마침내 결실을 맺는다. 이 책에서 사건 조사 과정의 부당함을 밝힌 그는 1765년 칼라스의 복권을 얻어 냈다.

7) tolérance. '관용', '아량', '포용력' 등을 말하는 단어 '톨레랑스'는 프랑스 종교 전쟁 당시 등장하여 나와 다른 신앙이나 사상 등을 가진 사람을 인정하고 용인한다는 의미로 사용되었다. 나의 생각과 신념이 중요한 만큼 타인의 생각과 신념 역시 중요하므로 그것을 존중하라는 뜻이다.
8) 1598년 앙리 4세가 낭트에서 칙령을 발표함으로써 약 30년간 지속된 종교 전쟁이 종결되었다. 이후 신교도는 일정 지역 안에서 신앙의 자유를 누릴 수 있게 되었고 구교, 즉 가톨릭교도와 정치적으로도 동등한 권리를 갖게 되었다. 그러나 1685년 루이 14세가 낭트 칙령을 폐지하면서 수많은 신교도가 종교적 자유를 잃고 국외로 도망쳤다.

이신론(理神論)[9]으로 대표되는 볼테르의 종교관도 공리주의적이며 실천적인 것이었다. 《캉디드》에서도 나타나듯, 라이프니츠의 관념론과 같이 가장 완벽해 보이는 철학 체계도 인간의 경험과 여기에서 생겨나는 불행 앞에서는 여지없이 붕괴하고 만다. 칼라스 사건으로 대변되는 종교적 관용을 위한 그의 투쟁은 진리의 척도는 사람마다 다르다는 상대주의와 절대적 진리는 없으며 설사 있다고 해도 도달할 수 없다는 회의주의에 근거하는 듯하다. 물론 다양한 종교가 역사적, 문화적 토양에 따라 세상을 채색하는 것과는 별도로 신은 우주의 조화를 설명하고 다수가 이루는 사회의 질서와 안녕을 유지하는 데 인간에게 꼭 필요한 존재이다. 그러나 그는 부적절한 열정과 광기를 선동하는 교회나 계시에 의한 종교가 아닌 '합리적 이성에 근거하는 인간의 진심'으로 파악할 수 있는 종교를 믿었다. 이러한 틀에서 그는 세계를 신의 장난으로 이루어진 우연의 산물이 아니라 뉴턴의 물리학에서처럼 인간의 이성을 통해 이해할 수 있는 원리로 구성된 것으로 보았다.

이신론은 프랑스 혁명 이후 다소 수그러들었다. 그러나 '분별력 있는 사람, 모든 선량한 사람은 종교계가 공포에 사로잡히도록 끝없이 공격해야 한다'고 주장한 볼테르와 그의 종교관은 분명 당시 교회의 권위를 위협하는 것이었다.

---

9) déisme. 계몽주의 시대에 나타난 종교관으로 신의 존재와 진리의 근거를 이성이 인식할 수 있는 범위 내에서 구하고자 하였다. 이신론자들은 신을 세계의 창조자로 보지만 세상일에 관여하거나, 계시나 기적으로 자기를 나타내는 인격적 존재로는 인정하지 않았다. 악이나 불행의 존재도 신의 섭리로 여기며 신의 의로움을 변증하려는 신정론(神正論)과 대비되는 개념이다.

Ⅱ. 볼테르 최고의 철학 콩트 《캉디드》

1

베스트팔렌 지방의 툰더텐트론크 남작의 성에는 자연이 만들어 낼 수 있는 가장 온순한 성품을 타고난 한 젊은이가 살고 있었다. 그의 외모는 그의 온화한 마음을 잘 드러내고 있었다. 그는 아주 올곧은 판단을 가장 단순한 생각을 통해 내렸다. 사람들이 그를 캉디드라고 부른 것은 바로 이 때문인 것 같다.

볼테르의 가장 유명한 작품인 《캉디드》는 그가 페르네에 정착하기 바로 직전인 1759년에 출간되었다. 이 작품은 《자디그》와 함께 그의 대표적 철학 콩트로서 오늘날까지도 프랑스 문학의 걸작으로 꼽히고 있다.

그가 원숙한 노년기에 접어들어 발표한 이 작품은 어조의 유연함과 자유분방함으로 인해 흡사 말년의 소일거리처럼 여겨질 수도 있겠지만 작품 곳곳에는 후세에 걸작을 남기려는 그의 심려가 고스란히 담겨 있다.

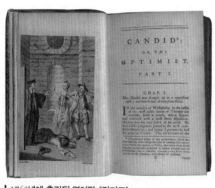

1762년에 출간된 영어판 《캉디드》
부패한 정치와 타락한 종교를 유쾌하게 조롱하여 출간 직후 금서가 되었지만 유럽 독자들은 이 작품에 크게 열광하였다.

이 작품에는 리스본 대지진과 7년 전쟁이라는 역사적 재앙을 계기로 재편된 세계의 운행 질서에 대한 볼테르의 깊은 성찰이 담겨 있다. 또한 당시 널리 퍼져 있던 라이프니츠의 검증되지 않은 낙관주의에 대한 비판의 산물이기도 하다.

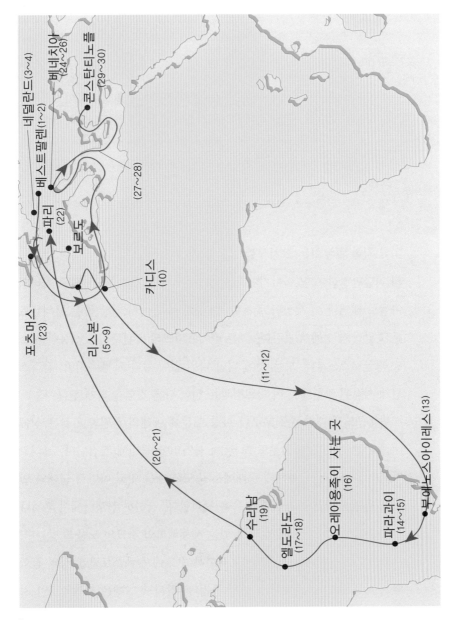

| 캉디드의 여정(괄호 안은 해당 장을 가리킴)

캉디드는 유럽에서 아메리카를 거쳐 다시 유럽으로 돌아오는 긴 여행을 한다. 비현실적인 여정이지만 볼테르는 캉디드가 가는 곳곳에 당시 세상의 관심을 모았던 역사적 사건과 인물을 배치하여 당대의 부조리를 꼬집고 비판하는 장치로 삼았다.

"가능 세계 중 가장 좋은 세계에서는 모든 사건들이 연결되어 있다네. 그도 그럴 것이 만일 자네가 퀴네공드 양을 사랑해서 엉덩이를 발로 차여 아름다운 성에서 쫓겨나지 않았더라면, (중략) 또 만일 자네가 엘도라도에서 가져온 양들을 모두 잃지 않았더라면, 자네는 여기서 설탕에 절인 시트론과 피스타치오를 먹지 못했을 것 아닌가."
그럴 때마다 캉디드는 이렇게 대답했다.
"정말 맞는 말이네요. 좌우간 이제 우리는 우리의 정원을 일구어야 합니다."

이 철학적 우화는 고지식할 정도로 천진난만하고 순진한 청년 캉디드의 파란만장한 모험 이야기이다. 캉디드는 가문을 중시하는 귀족 처녀의 아들로 태어나 이 세상에 존재할 수 있는 성 중에서 가장 좋은 툰더텐트론크 남작의 성에서 자란다. 그는 라이프니츠의 낙관주의를 신봉하는 스승 팡글로스로부터 '모든 것이 더할 나위 없이 좋다'고 배우지만, 갑작스럽게 시작된 모험에서 이 가르침과는 전혀 다른 경험을 하게 된다.

퀴네공드에 대한 순진무구한 사랑 때문에 에덴의 정원과도 같은 성에서 쫓겨난 캉디드는 영문도 모른 채 불가리아 군대에 징집된다. 그리고 자신의 의지와는 무관하게 군대에서 죽도록 매를 맞고 아바르 군대와 벌이는 전쟁에 끌려가 잔인한 살육을 목격한다. 간신히 전쟁터에서 빠져나온 캉디드는 네덜란드에서 덕망 있는 재세례파인 자크의 도움을 받는다. 그리고 거지꼴이 된 팡글로스와 재회하여 그에게 베스트팔렌 성의 참화와 퀴네공드 가족의 비극을 전해 듣는다. 캉디드 일행은 재세례파인 자크를 따라 포르투갈로 향하지만 도착하기가 무섭게 리스본 대지진과 이 재앙으로 촉발된 인간들의 광기 어린 불관용을 겪는다. 전쟁과 재앙, 종

교 재판에서 구사일생으로 살아난 캉디드는 선한 재
세례파인 자크, 스승 팡글로스, 사랑하는 퀴네공드
를 모두 잃고 '모든 것이 더할 나위 없이 최선으로
돌아가는 세상'에 대해 자문하게 된다.

실의에 빠진 캉디드 앞에 죽은 줄로만 알았던 퀴
네공드가 나타나고 캉디드는 퀴네공드의 두 애인인
유대인과 종교 재판관을 죽이고 아메리카로 달아난
다. 부에노스아이레스에서 퀴네공드와 작별한 캉디
드는 하인이자 친구인 카캉보와 함께 예수회 수도사
들이 통치하는 파라과이로 간다. 캉디드는 우여곡
절 끝에 그곳에서 수도사로 있던 퀴네공드의 오빠를
칼로 찔러 죽이고, 식인종인 오레이용족이 사는 곳
을 지나 지상 천국인 엘도라도에 도달한다. 엘도라

| 《캉디드》 삽화
종교 재판에서 사형 선고를 받고 눈
물 흘리는 팡글로스.

도의 보물을 안고 수리남으로 향한 캉디드와 카캉보는 노예제의 참상을
두 눈으로 확인한다. 낙관주의가 무엇인지 묻는 카캉보의 질문에 캉디드
는 눈물을 흘리며 '나쁜데도 모든 게 좋다고 우기는 광기'라고 답한다.

카캉보는 퀴네공드를 찾으러 떠나고 캉디드는 유럽으로 돌아가는 배
안에서 비관주의자인 마르탱을 만난다. 팡글로스의 부정적 분신(分身)이
라 할 수 있는 마르탱은 항해 내내 세상이 더할 나위 없이 나쁘게 돌아간
다는 자신의 이론을 논증하려 애쓴다. 유럽에 도착한 캉디드는 파리와
포츠머스를 거쳐 베네치아로 간다. 그러나 유럽에서도 마르탱의 주장대
로 비극적인 사건과 불행한 사람들만이 가득할 뿐이었다. 고통스러운 일
을 하나도 겪지 않았다는 포코퀴란테 의원과도 만나지만 이 귀족 역시
행복에 필요한 모든 조건을 갖추어도 행복하지 않을 수 있다는 사실을

증명하는 인물일 뿐이었다. 카캉보를 만난 캉디드는 퀴네공드가 몰락한 왕의 노예가 되었다는 소식을 듣는다. 그리고 그녀를 구하기 위해 콘스탄티노플로 떠난 여행길에서 갤리선 죄수가 된 팡글로스와 퀴네공드의 오빠를 만나게 된다. 콘스탄티노플에서 알아볼 수도 없을 정도로 추하게 변해 버린 퀴네공드와도 재회한 캉디드는 프로폰티스 해안의 작은 농지를 마련하여 동반자들과 정착한다. 그리고 이웃에 사는 선한 노인에게서 노동을 통해 권태, 방탕, 가난이라는 악을 잊을 수 있다는 충고를 귀담아 듣는다. 낙관주의와 비관주의의 두 대표자인 팡글로스와 마르탱이 여전히 각자의 추상적 이론을 고집하는 동안, 캉디드는 '우리 자신의 정원을 일구어야 한다'고 말한다.

3

"오, 팡글로스 선생님! 이런 끔찍한 일은 상상도 못 하셨을 거예요. 이젠 모두 끝입니다……. 결국 저는 선생님의 낙관주의를 버려야겠어요." 캉디드가 탄식했다.
"낙관주의라는 게 뭡니까?" 카캉보가 물었다.
"맙소사! 그건 나쁜데도 모든 게 좋다고 우기는 광기라네."

'캉디드'는 그 이름 자체로 볼테르의 계몽사상이 연구되는 실험실이다. 즉 캉디드라는 고지식하고 순진한 이 주인공은 그 자체로서 실질적 경험과 추상적 가치가 충돌하는 구체적 대결장이 되는 것이다. 작품 초기 미성년 상태였던 주인공은 체험을 통해 그동안 비판 없이 받아들였던 전통과 권위에 대해 의심하면서 성장해 나간다.

| 〈캉디드〉 삽화
유대인 돈 이사카르를 죽인 캉디드, 수리남에서 흑인 노예를 만난 캉디드와 카캉보.

자연 상태와 인간 사회, 유럽의 구세계와 아메리카의 신세계, 그리스
도교와 이슬람교를 횡단하는 캉디드의 다채로운 여정 속에서 팡글로스
가 설파하는 낙관주의는 현실에 명백히 존재하는 악과 충돌한다. 그리고
마침내 주인공은 현실과 동떨어진 이 낙관주의를, 역시 추상적이긴 마찬
가지인 비관주의와 함께 내던지게 된다.

우리 자신의 정원을 일구어야 한다는 이 철학 콩트의 요점은 인간이라
는 주체가 모든 정치적, 철학적 환상에서 벗어나 자율적 이성을 통해 자
신만의 세계를 구축해야 한다는 계몽주의의 입장과 맥을 같이한다. 물론
세속적인 삶의 태도를 개인에게만 몰두하는 이기적이고 퇴행적인 자세
로 여길 수도 있다. 그러나 꿈과 같은 에덴에서 벗어나 자신만의 현실적
인 정원을 가꾸는 일은 우리가 부지불식간에 의지하고 있는 선입견과 편

견을 벗어 던지고 구체적 행동을 통해 세계를 변화시켜야 한다는 당위적 명령의 은유이다. 인간의 역사를 관통하는 전쟁, 노예 제도, 불관용, 자연적 재해와 같이 너무나도 선명한 악의 존재는 세상의 모든 지식과 언어를 꿰뚫고 있는 팡글로스의 너무나도 훌륭한 관념적 이론 체계가 아닌 현실에서의 적극적 행동을 요구한다.

남작의 성이 상징하는 구시대의 봉건적 질서는 근대 상품 경제의 출현으로 이미 실낙원과도 같은 존재가 되었다. 이제까지의 지식과 경험으로는 예단할 수 없는 미지의 세계 앞에서, 그 어떤 확신에도 기댈 수 없는 사생아이자 고아인 캉디드는 새로운 진리를 찾기로 결심한다. 이를 위해 그는 자신과 다른 의견과 입장을 가진 다양한 사람들을 관용적 태도로 껴안으며 스스로의 운명을 짊어진다. 자신의 정원을 가꿀 수 있다는 희망은 캉디드가 빠져 있던 막연한 행복의 대상인 퀴네공드가 추해진 뒤에야 강조된다. 인간의 능동적 운명 개척은 모든 헛된 꿈에서 깨어나는 것을 전제로 한다. — 현성환

토론·논술 문제편

캉디드의 여정을 통해
인간의 이성과 자유 의지에 대해 살펴본다.

1. 작품에 나타난 볼테르의 사상을 이해하고 자신의 견해를 말할 수 있다.
2. 계몽주의자 볼테르가 작품을 통해 풍자하는 대상을 찾을 수 있다.
3. 진정한 유토피아에 대해 생각해 보고 자신의 견해를 말할 수 있다.
4. 인간의 이성과 자유 의지가 지닌 가치를 말할 수 있다.

※ 여정이 잘 드러나도록 《캉디드》의 줄거리를 완성해 봅시다.

> **01** 퀴네공드와 사랑에 빠져 툰더텐트론크 남작의 성에서 쫓겨난 캉디드는 불가리아 군대에 징집된다. 그리고 자신의 의지와는 무관하게 군대에서 죽도록 매를 맞고 아바르 군대와 벌이는 전쟁에서 잔인한 살육을 목격한다. 간신히 전쟁터에서 빠져나온 캉디드는 네덜란드로 탈출하여 덕망 있는 재세례파인 자크의 도움을 받는다.

> **02**
> ....
> ....
> ....
> ....
> ....
> ....

> **03** 부에노스아이레스에서 퀴네공드와 작별한 캉디드는 하인이자 친구인 카캉보와 함께 예수회 수도사들이 통치하는 파라과이로 향한다. 캉디드는 우여곡절 끝에 그곳에서 예수회 신부로 있던 퀴네공드의 오빠를 칼로 찔러 죽이게 된다. 캉디드와 카캉보는 식인종인 오레이용 부족이 사는 곳을 지나 지상 천국인 엘도라도에 도달한다.

04

05 베네치아에서 카캉보와 다시 만난 캉디드는 퀴네공드가 몰락한 왕의 노예가 되었다는 소식을 듣는다. 폐위당한 여섯 왕과 만난 캉디드 일행은 퀴네공드를 구하기 위해 콘스탄티노플로 향한다. 그러다 여행길에서 갤리선 죄수가 된 팡글로스와 퀴네공드의 오빠를 만나 그들의 안타까운 사연을 전해 듣는다. 마침내 캉디드는 콘스탄티노플에서 알아볼 수도 없을 정도로 추하게 변해 버린 퀴네공드와 재회한다.

06

1 다음 설명에 해당하는 인물을 〈보기〉에서 찾아 써 봅시다.

| 보기 |

팡글로스	퀴네공드	카캉보
마르탱	노파	캉디드

(1) 비관주의를 옹호하는 철학자

....

(2) 낙관주의를 옹호하는 철학자

....

(3) 작품의 주인공. 여러 사건을 통해 자신의 신념에 의문을 품고 성장하는 인물

....

(4) 주인공과 결혼하는 인물로 당시 여성의 한계를 풍자하는 인물

....

(5) 하녀가 된 교황의 딸. 실용주의자

....

(6) 주인공의 충직한 하인. 실용주의자

....

2_ 철학자 팡글로스가 다음 예를 통해 증명하고자 했던 것이 무엇인지 써 봅시다.

> 우리들의 코는 안경을 쓰기 위해 만들어진 것이고 그렇기 때문에 우리에게 안경이라는 게 있음을 아셔야 합니다. 다리는 바지를 입기 위해 만들어진 것이고 그렇기 때문에 우리에게 바지라는 게 있는 것이지요. (중략) 돼지는 사람들이 잡아먹으라고 만들어졌기 때문에 우리는 1년 내내 돼지고기를 먹습니다.

....

....

....

....

3_ 캉디드가 툰더텐트론크 남작의 성에서 쫓겨난 이유를 써 봅시다.

> 지상 낙원에서 쫓겨난 캉디드는 정처 없이 걷고 또 걸었다. 그는 울다가 하늘을 쳐다보기를 반복했고, 세상에서 가장 아름다운 남작의 딸이 갇혀 있는, 세상에서 가장 아름다운 성을 자주 돌아보았다.

....

....

....

....

4_ 지진의 피해를 만회하기 위해 리스본의 현자들이 어떤 방법을 생각해 냈는지 써 봅시다.

> 지진이 리스본의 4분의 3을 파괴하자 이 고장의 현자(賢者)들은 도시 전체가 몰락하는 일을 막아 보려 했다.

....

....

....

....

....

5_ 캉디드가 다음과 같은 말을 했을 상황으로 적절하지 않은 것을 모두 골라 봅시다.

> 저도 이제 모든 것이 더할 나위 없이 좋다는 사실을 잘 알겠네요.

① 남작의 성에서 쫓겨난 뒤 두 남자에게 식사 대접을 받았을 때
② 불가리아인과 아바르인 사이에 벌어진 전쟁에 참전했을 때
③ 네덜란드에서 재세례파인 자크를 만나 도움을 받았을 때
④ 리스본 지진에서 수많은 사람들의 죽음을 목격했을 때
⑤ 종교 재판에서 살아남은 뒤 퀴네공드와 재회했을 때

6_ 캉디드가 퀴네공드의 오빠인 남작과 갈등을 벌인 이유가 무엇인지 써 봅시다.

> 예수회 신부인 툰더텐트론크의 남작은 이렇게 말하는 동시에 칼등으로 캉디드의 얼굴을 세게 내리쳤다. 그 순간 캉디드 역시 칼을 뽑아 칼날이 보이지 않을 정도로 깊숙하게 남작의 배를 찔렀다. 하지만 그는 곧 김이 모락모락 나는 칼을 뽑으면서 울기 시작했다.

....

....

....

7_ 다음 빈칸에 공통으로 들어갈 단어를 써 봅시다.

> **가** "고향에 남아 있던 군주들은 정복 나간 이들보다는 현명했어. 그들은 백성들의 동의를 얻어 거주민 중 그 누구도 우리의 이 작은 왕국에서 나갈 수 없다고 명령했다네. 우리가 순수함과 행복을 간직하고 있는 것은 바로 이 덕분이야. 어렴풋이 우리를 알게 된 스페인 사람들은 이 나라를 (   )(이)라고 불렀지."
>
> **나** "악마는 이 세상일에 아주 강력하게 개입하고 있으니 세상 어디에나 있을 수 있고 당연히 내 몸에도 있을 수 있어요. 이 지구를, 아니 이 자그마한 구슬을 한번 둘러보면 나는 하나님이 이 구슬을 몇몇 악한 존재들에게 넘겨주신 것이 아닌가 하는 생각이 듭니다. 물론 (   )은/는 빼고요."

....

8_ 다음 빈칸에 들어갈 문장을 작품에서 찾아 써 봅시다.

> "그렇습니다, 나리. 관례가 이래요. 우리에게 옷이라고는 1년에 딱 두 번씩 받는 질 나쁜 속옷 한 장이 전부이지요. 우리는 사탕수수 공장에서 일하다가 손가락이 맷돌에 끼면 손이 잘립니다. 도망가려 하면 다리가 잘리고요. 나는 두 경우 모두에 해당하지요. 당신들이 유럽에서 설탕을 먹을 수 있는 건 우리가 이런 희생을 치르기 때문입니다." (중략)
>
> "오, 팡글로스 선생님! 이런 끔찍한 일은 상상도 못 하셨을 거예요. 이젠 모두 끝입니다……. 결국 저는 선생님의 낙관주의를 버려야겠어요." 캉디드가 탄식했다.
>
> "낙관주의라는 게 뭡니까?" 카캉보가 물었다.
>
> (   )
>
> 그는 흑인을 바라보며 눈물을 쏟더니, 울면서 도시로 들어갔다.

....

....

9_ 마르탱의 마지막 말을 참고하여 사람들이 밑줄 친 부분처럼 행동한 이유를 써 봅시다.

> 캉디드는 숙소에 짐을 풀자마자 피로가 몰려와 몸살을 앓게 되었다. (중략) 곧 그의 곁에는 부르지도 않은 의사 두 명과 곁을 떠나지 않는 친한 친구 몇 사람, 수프를 데워 주는 헌신적인 신자 두 명이 모여들었다.
>
> "첫 파리 여행에서 나도 아팠었는데, 그때 나는 무척 가난했지요. 그래서 내 곁에는 친구도, 헌신적인 신자도 의사도 없었어요. 그래도 병은 나았지요." 마르탱이 말했다.

....

....

....

10_ 파리와 포츠머스, 베네치아에서 캉디드가 겪은 내용으로 맞으면 ○표, 틀리면 ×표를 해 봅시다.

(1) 페리고르에서 온 사제의 도움으로 퀴네공드의 편지를 받은 뒤 그녀와 재회하게 된다. ( )

(2) 포츠머스 해변에서 프랑스 해군과 충분히 전투를 벌이지 않았다는 이유로 해군 제독 한 사람이 총살당하는 장면을 목격한다. ( )

(3) 툰더텐트론크 남작 부인의 하녀였던 파케트와 수도사 지로플레를 만나 그들이 겪은 비극적 사건과 불행한 삶에 대해 듣게 된다. ( )

(4) 행복에 필요한 모든 조건을 갖춘 포코쿠란테 의원과 강대국을 지배했던 여섯 왕들을 만나면서 팡글로스의 낙관주의가 사실이었음을 깨닫게 된다. ( )

(5) 흑해로 향하는 갤리선에서 노 젓는 죄수가 된 팡글로스와 남작을 만난다.
( )

11_ 다음과 같은 결과를 불러 온 사건이 무엇이었는지 써 봅시다.

> 모여 있던 모두는 이 찬양할 만한 의도를 실행에 옮겨 각자의 재능을 발휘하기 시작했다. 농지는 작았지만 수확은 많이 나왔다. 사실 퀴네공드는 정말 추했다. 그러나 그녀는 정말 훌륭하게 과자를 만들어 냈다. 파케트는 수를 놓았고 노파는 빨래를 담당했다. 수도사 지로플레까지 도움을 주었다. 그는 아주 훌륭한 목수였고 이젠 정직하기까지 했다.

....

....

....

Theme 01_ 우리는 우리의 정원을 일구어야 합니다

　볼테르의 원숙한 철학 사상이 응축되어 있는 작품《캉디드》는 주인공 캉디드가 툰더텐트론크 남작의 성에서 쫓겨나면서 시작된다. '세상의 성 중에서 가장 아름답고 살기 좋은' 남작의 성은 성경에 등장하는 에덴을 연상시킨다. 그리고 에덴에서 쫓겨난 아담과 하와처럼 캉디드와 퀴네공드 역시 성에서 추방된 이후 온갖 시련과 고난을 겪는다. 아담과 하와는 에덴에서 추방된 후 일하지 않으면 살아갈 수 없게 되었고 이후 노동은 인간에게 오랫동안 '징벌'로 여겨졌다. 그러나 볼테르는 징벌이자 고난인 노동에 새로운 의미를 부여한다.

　《캉디드》는 유럽과 아메리카 대륙을 종횡무진 오가며 당대의 사회상을 거침없이 담아내는 작품이지만 막상 결말을 맺는 공간은 작은 농장이다. 볼테르는 작품의 마지막 장에서 캉디드를 비롯해 기적적으로 살아남은 모든 등장인물을 프로폰티스의 작은 농장으로 이끈다. 그리고 캉디드는 이곳에서 터키 노인을 만나 노동이 권태와 방탕, 그리고 가난이라는 세 가지 악에서 벗어나게 한다는 깨달음을 얻는다. 우리는 여기에서 볼테르가 낙관주의 혹은 비관주의 자체를 비판한 것에서 나아가 그릇된 맹신과 그로 인해 무기력해지는 인간의 삶에 대해 경고하고 있음을 알 수 있다. 인간의 운명은 오직 정원을 일구어 가듯 스스로 개척해 나가야 하는 것이다.

　노동은 인간의 삶을 끊임없이 고되게 하기도 하지만 한편으로는 인간의 행위를 무의미한 것으로 내버려 두지 않고 무엇인가를 창조하는 의미 있는 것으로 만든다. 노동을 통해서 인간은 '삶의 조건'을 스스로 만드는 유일한 피조물이 되었다. 인간이 스스로 노력하여 진보의 이상을 실현할 수 있다는 계몽주의의 입장에서, 볼테르는 노동하는 인간에 관심을 가졌다. 그는 인간은 노동을 하기 위해 태어났으며 노동은 결코 벌이 아니라고 생각했다. 자신들만의 정원이자 공동체인 농장에서 캉디드와 그의 동료들은 각자 자신의 재능을 발휘하여 맡은 일을 잘 해내는 조화로운 사회를 이룩한다. 여전히 낙관주의에 빠져 있는 팡글로스의 말을 잘라 버리고 '우리의 삶은 우리가 가꾸어야 한다'고 주장하는 캉디드의 마지막 말은 오늘날 우리에게도 시사하는 바가 크다.

Step 1 볼테르 시대의 사상적 흐름을 반영하고 있는 인물을 살피고 이에 대한 자신의
생각을 말해 봅시다.

가 《캉디드》의 주제는 한마디로 당대에 만연하였던 낙관주의에 대한 볼테르의 비판이
다. 현실에 존재하는 악의 문제를 해명하기 위한 다양한 시도들은 라이프니츠에 이르러
현세는 신이 창조한 가장 최선의 세상이라는 형이상학적 결론에 도달하였다. 절대 선의
존재인 신이 만든 이 세상에서 언제나 최선의 것은 선택되기 마련이고 미미한 악은 오
히려 그것을 돋보이게 하는 존재일 뿐이다. 따라서 재앙이나 화(禍)와 같은 것들도 신이
창조한 가장 이상적인 세계를 완성하기 위한 필요충분조건이다.

그러나 볼테르의 생각에 이 세계는 결코 인간에게 이롭기만 한 곳이 아니었다. 특히
리스본 대지진과 7년 전쟁을 계기로 그는 무고하고 선량한 사람들이 고통을 당해야 하
는 이유에 대하여 진지하게 생각하게 되었다. 그리고 선과 악에 대한 형이상학적 관계
보다는 인간에게 현실로 다가오는 악의 문제를 해결하고자 하였다. 결국 볼테르는 선과
악이 공존하는 세계에 대한 이론적 설명을 늘어놓기보다는 그 안에서 우리가 어떻게 살
아 나가야 하는지에 대해 고민한 사상가였다.

나 팡글로스는 형이상학적·신학적·우주론적 바보학을 가르쳤다. 그는 원인이 없는 결
과란 절대로 존재할 수 없다는 것, 가능 세계들 중에서 가장 좋은 이 세계에서 남작의
성이 가장 훌륭하며 툰더텐트론크 남작 부인이 이 세상 모든 남작 부인 중 가장 훌륭하
다는 것을 멋지게 증명했다.

그는 이렇게 말하곤 했다. "세상이 지금의 모습과 다를 수 없다는 건 증명된 사실입니
다. 그도 그럴 것이 모든 것은 어떤 목적을 위해 만들어지는데, 그 모든 것은 필연적으
로 가장 좋은 목적을 위해 존재하고 있기 때문입니다. 우리들의 코는 안경을 쓰기 위해
만들어진 것이고 그렇기 때문에 우리에게 안경이라는 게 있음을 아셔야 합니다. 다리는
바지를 입기 위해 만들어진 것이고 그렇기 때문에 우리에게 바지라는 게 있는 것이지
요. (중략) 돼지는 사람들이 잡아먹으라고 만들어졌기 때문에 우리는 1년 내내 돼지고
기를 먹습니다. 따라서 모든 것이 좋다고 주장하는 이들은 어리석은 말을 하는 거예요.
'모든 것이 더할 나위 없이 좋다'고 말해야죠."

다 "사람들이 요즘처럼 항상 서로를 학살해 왔다고 생각하나요? 늘 그렇게 거짓말만 하고 교활하고 배신을 밥 먹듯 하고 배은망덕하고 강도짓을 일삼고 심약하고 변덕스럽고 비겁하고 질투하고 탐욕스럽고 술주정뱅이에다 인색하고 주제넘고 잔인하고 모함을 좋아하고 허랑방탕하고 광신적이고 위선적인 데다 어리석었을까요?" 캉디드가 물었다.

"매들이 원래부터 비둘기를 보면 항상 잡아먹어 왔다고 생각하지 않나요?" 마르탱이 말했다.

"물론 그렇죠." 캉디드가 답했다.

"저런! 매들은 항상 같은 본성을 갖고 있는데, 왜 사람들은 그 본성을 바꾸길 원하나요?" 마르탱이 물었다.

"아! 그건 큰 차이가 있어요. <u>그러니까 인간에게는 자유 의지란 게…….</u>"

– 볼테르, 현성환 옮김, 《캉디드》

1. 제시문 **가**를 근거로 제시문 **나**에 나타난 팡글로스의 주장을 반박해 봅시다.

....

....

....

....

2. 볼테르는 밑줄 친 부분에서 마르탱의 주장에 대한 캉디드의 반박을 생략하였습니다. 여러분이 직접 반론을 완성해 봅시다.

....

....

....

....

Step **2** 볼테르는 순진한 캉디드의 눈을 통해 부조리한 당대의 사회상을 풍자하고 있습니다. 작품에서 볼테르가 비판하고자 했던 사회의 모습을 찾아봅시다.

㉮ 지진이 리스본의 4분의 3을 파괴하자 이 고장의 현자(賢者)들은 도시 전체가 몰락하는 일을 막아 보려 했다. 그러나 그들은 민중에게 멋진 화형식을 선사하는 것보다 더 효과적인 방법을 찾아내지는 못했다. 코임브라 대학은 성대한 의식으로 몇 사람을 불에 굽는 구경거리가 지진을 막을 수 있는 확실한 비책이라고 결론 내렸다.

이 결정에 따라 자신이 대부가 되었던 아이의 대모와 결혼한 것이 확실한 비스카야인 한 명과 닭고기를 먹으면서 비계를 떼어 냈다는 포르투갈인 두 명이 붙잡혔다. 저녁 시간이 지난 뒤에는 팡글로스 박사와 그의 제자를 잡아들였는데, 팡글로스의 죄목은 말을 했다는 것이었고 캉디드의 죄목은 동의하는 태도로 그 말을 들었다는 것이었다. (중략) 그들은 이런 차림으로 행진을 하고 난 뒤 눈물이 쏟아질 정도로 감동적인 설교를 들었다. 아름다운 가톨릭 성가가 그 뒤를 이었다. 성가가 계속되는 동안 캉디드는 이 노래의 박자에 맞춰 볼기를 맞았다. 비스카야인과 비계를 조금도 먹으려 하지 않은 두 사람은 화형을 당했고 팡글로스는 관례와는 달리 교수형에 처해졌다. 바로 그날, 땅은 다시 한 번 끔찍한 굉음과 함께 흔들렸다.

㉯ 그는 엘도라도에서는 신에게 어떻게 기도하는지 알고 싶었다.

"우리는 전혀 기도를 하지 않는다네. 우리는 그에게 요구할 것이 전혀 없지. 신께서는 우리에게 필요한 모든 것을 주셨어. 우리는 끊임없이 감사할 뿐이야." 선하고 존경스러운 현자가 대답했다.

캉디드는 사제들을 보고 싶은 호기심이 들었다. 그는 그들이 어디 있는지 물었다. 선한 노인은 미소를 지었다.

"친구들이여, 우리 모두가 사제라네. 매일 아침 왕과 집안의 모든 가장은 은총이 가득한 신의 행동을 찬양하기 위한 노래를 엄숙하게 부르지. 음악가 5천~6천 명이 이들과 같이 한다네."

"뭐라고요? 그러면 여기에는 가르치고 싸우고 지배하고 음모를 꾸미는 성직자들, 자신들과 의견이 다른 사람들을 불태워 죽이는 성직자들이 없단 말입니까?"

"아니, 미치지 않고서야 우리가 어떻게 그럴 수 있겠나? 여기서는 모두가 같은 생각을 하고 있다네. 자네들이 말하는 성직자라는 게 무엇인지 도통 이해할 수가 없군."

다 도시에 거의 다다랐을 때 그들은 땅바닥에 누워 있는 흑인 하나와 마주쳤다. 그는 옷을 반만, 그러니까 파란 천으로 만든 속바지 하나만 달랑 걸치고 있었다. 이 가엾은 사람에게는 왼쪽 다리와 오른쪽 손이 없었다.

"아이고, 이런! 친구여, 아니 이 몰골을 하고 여기서 뭘 하고 있나?" 캉디드가 네덜란드어로 그에게 말했다.

"유명한 상인이자 내 주인인 반데르덴뒤르 씨를 기다리고 있는 중입니다." 흑인이 말했다.

"그러면 반데르덴뒤르 씨가 자네를 이렇게 만든 것인가?" 캉디드가 물었다.

"그렇습니다, 나리. 관례가 이래요. 우리에게 옷이라고는 1년에 딱 두 번씩 받는 질 나쁜 속옷 한 장이 전부이지요. 우리는 사탕수수 공장에서 일하다가 손가락이 맷돌에 끼면 손이 잘립니다. 도망가려 하면 다리가 잘리고요. 나는 두 경우 모두에 해당하지요. 당신들이 유럽에서 설탕을 먹을 수 있는 건 우리가 이런 희생을 치르기 때문입니다. (중략) 개나 원숭이, 앵무새도 우리보다 천배는 덜 불행할 겁니다. 나를 개종시킨 네덜란드 목사들은 매주 일요일마다 말하기를 검든 하얗든 우리 모두가 아담의 자식이라고 했어요. 내가 족보학자는 아닙니다만 이 설교자들이 사실을 말하는 것이라면 우리는 모두 한 부모에게서 태어난 한 가족이겠지요. 그렇다면 당신은 사람들이 자신의 형제를 지독히도 끔찍하게 이용해 먹고 있다는 걸 인정해야만 할 거예요." 흑인이 답했다.

"오, 팡글로스 선생님! 이런 끔찍한 일은 상상도 못 하셨을 거예요. 이젠 모두 끝입니다……. 결국 저는 선생님의 낙관주의를 버려야겠어요." 캉디드가 탄식했다.

"낙관주의라는 게 뭡니까?" 카캉보가 물었다.

"맙소사! 그건 나쁜데도 모든 게 좋다고 우기는 광기라네."

라 그사이 사람들이 정체 모를 약을 먹이고 나쁜 피를 뽑는다며 몸 여기저기를 찔러 대는 통에 캉디드의 병세는 더 나빠졌다. 그 마을의 보좌 신부가 상냥한 기색으로 다가와서 다른 세상으로 갈 때 필요한 수표를 내라고 했다. 헌신적인 신자들은 그것이 새로운 유행이라고 그를 안심시켰다. 하지만 캉디드는 그렇게 하고 싶은 생각이 조금도 없었기에 자신은 유행을 따르는 사람이 전혀 아니라고 대답했다. 마르탱은 신부를 창밖으로 던져 버리고 싶은 심정이었다. 신부는 캉디드가 죽어도 절대 묻어 주지 않겠다며 으름장을 놓았다.

마 이신론(理神論)으로 대표되는 볼테르의 종교관도 공리주의적이며 실천적인 것이었다. (중략) 물론 다양한 종교가 역사적, 문화적 토양에 따라 세상을 채색하는 것과는 별도로 신은 우주의 조화를 설명하고 다수가 이루는 사회의 질서와 안녕을 유지하는 데 인간에게 꼭 필요한 존재이다. 그러나 그는 부적절한 열정과 광기를 선동하는 교회나 계시에 의한 종교가 아닌 '합리적 이성에 근거하는 인간의 진심'으로 파악할 수 있는 종교를 믿었다. 이러한 틀에서 그는 세계를 신의 장난으로 이루어진 우연의 산물이 아니라 뉴턴의 물리학에서처럼 인간의 이성을 통해 이해할 수 있는 원리로 보았다.

　이신론은 프랑스 혁명 이후 다소 수그러들었다. 그러나 '분별력 있는 사람, 모든 선량한 사람은 종교계가 공포에 사로잡히도록 끝없이 공격해야 한다'고 주장한 볼테르와 그의 종교관은 분명 당시 교회의 권위를 위협하는 것이었다.

– 볼테르, 현성환 옮김, 《캉디드》

1 제시문 **가**～**라**에서 볼테르가 풍자하고자 한 바가 무엇이었을지 말해 봅시다.

가	
나	
다	
라	

2_ 작품의 내용을 참고하여 제시문 **⑤**의 밑줄 친 부분에 담긴 캉디드의 의도를 말해 봅시다.

3_ 문제 1, 2번의 내용을 바탕으로 볼테르의 종교관에 대해 말해 봅시다.

가-1 여행자들은 잊지 않고 금과 루비와 에메랄드를 다시 주웠다.

"우리가 도대체 어디에 있는 것일까? 이 나라 왕실은 아이들을 참 잘 키웠구나. 금과 보석을 무시하도록 가르쳤으니까 말이다." 캉디드가 소리쳤다.

가-2 "여러분. 여러분이 타지 사람들이란 것을 잘 알겠네요. 저희는 이런 행동에 익숙하지 않습니다. 여러분이 우리 마을 큰길에 있는 자갈로 음식값을 치르려는 모습에 웃음이 터지고 말았네요. 용서하십시오. 보아하니 우리 나라 돈이 없으신 것 같은데, 어쨌거나 이곳에서 식사를 하시는 데에는 필요하지 않습니다. 상업상 편의를 위해 지은 모든 여관의 유지비는 나라에서 지불하고 있답니다."

가-3 "친구들이여, 우리 모두가 사제라네. 매일 아침 왕과 집안의 모든 가장은 은총이 가득한 신의 행동을 찬양하기 위한 노래를 엄숙하게 부르지. 음악가 5천~6천 명이 이들과 같이 한다네."

"뭐라고요? 그러면 여기에는 가르치고 싸우고 지배하고 음모를 꾸미는 성직자들, 자신들과 의견이 다른 사람들을 불태워 죽이는 성직자들이 없단 말입니까?"

"아니, 미치지 않고서야 우리가 어떻게 그럴 수 있겠나? 여기서는 모두가 같은 생각을 하고 있다네. 자네들이 말하는 성직자라는 게 무엇인지 도통 이해할 수가 없군."

가-4 캉디드는 법정과 의회를 보여 달라고 청했다. 그렇지만 사람들은 그런 것은 존재하지도 않으며, 지금까지 단 한 번도 소송이 벌어진 적은 없다고 답했다. 감옥이 있느냐고 물었지만 그런 것도 없다는 대답이 돌아왔다. — 볼테르, 현성환 옮김, 《캉디드》

나 유토피아를 이상 사회에 대한 상(像)으로 본다면 계몽주의 시대는 유토피아 사상의 전환기이자 성숙기라고 할 수 있다. 이 시기는 이전 시대의 유토피아 사상이 가지는 이론과 허구성에 대한 비판을 토대로 발전하였다. 그러나 여전히 루소나 콩도르세로 대변되는 당시의 유토피아 사상 역시 이상 사회의 원리를 규명하려는 사회 이론적 성격이 강했다.

이러한 시기에 볼테르는 실천의 측면을 강조하며 이상 사회의 원리를 현실에 어떻게 적용할 수 있을지 고민하였다. 즉 볼테르는 이전 시대 유토피아의 허구성과 이론에만 머문 동시대 유토피아의 추상성을 모두 비판하였다. 그는 시공간을 초월한 세계에 대한 묘사보다는 그 사회에 도달할 수 있는 구체적인 방법을 모색하는 데 힘썼다. 이런 의미에서 볼테르는 새로운 유토피아의 가능성을 제기한 선구자였다.

유토피아를 인간과 사회에 대한 낙관적 신뢰를 바탕으로 사회 이론을 제시한 유토피아 이론과 실제 공동체를 구성하여 이상 사회를 실현하려 한 실천적 유토피아 운동으로 구분한다면, 볼테르는 공동체를 구성하여 이상 사회의 운용 원리를 현실에 적용하려고 했던 실천적 유토피아 운동가라고 할 수 있다.

다 농지는 작았지만 수확은 많이 나왔다. 사실 퀴네공드는 정말 추했다. 그러나 그녀는 정말 훌륭하게 과자를 만들어 냈다. 파케트는 수를 놓았고 노파는 빨래를 담당했다. 수도사 지로플레까지 도움을 주었다. 그는 아주 훌륭한 목수였고 이젠 정직하기까지 했다. 때때로 팡글로스는 캉디드에게 이렇게 말했다.

"가능 세계 중 가장 좋은 세계에서는 모든 사건들이 연결되어 있다네. 그도 그럴 것이 만일 자네가 퀴네공드 양을 사랑해서 엉덩이를 발로 차여 아름다운 성에서 쫓겨나지 않았더라면, 만일 자네가 종교 재판을 받지 않았더라면, 만일 자네가 아메리카 대륙을 이리저리 뛰어다니지 않았더라면, 만일 자네가 남작을 찌르지 않았더라면, 또 만일 자네가 엘도라도에서 가져온 양들을 모두 잃지 않았더라면, 자네는 여기서 설탕에 절인 시트론과 피스타치오를 먹지 못했을 것 아닌가."

그럴 때마다 캉디드는 이렇게 대답했다.

"정말 맞는 말이네요. 좌우간 이제 우리는 우리의 정원을 일구어야 합니다."

– 볼테르, 현성환 옮김, 《캉디드》

라 종교를 믿든 이념과 사상을 추종하든 사람들이 '믿음' 때문에 '아무것도 하지 않은 것'에 대해 볼테르의 경고를 귀담아들을 필요가 있다. 극단의 낙천주의자는 무슨 일이 있어도 세상은 최선을 향해 갈 것이라고 믿고, 극단의 비관주의자는 어떤 경우라도 세상은 최악을 향해 갈 것이라고 믿기 때문에, 행위를 반성하고 삶을 개선하고자 하지 않는다. 맹신은 사람들을 권태와 방탕 그리고 가난으로 몰고 갈 수 있다. – 김용석, 《철학 정원》

1. 이상적인 공간 엘도라도를 통해 볼테르가 비판하고 싶었던 현실의 문제는 무엇이었는 지 말해 봅시다.

....

....

....

2. 캉디드는 엘도라도가 아닌 프로폰티스의 작은 농가를 마지막 정착지로 선택합니다. 볼 테르가 결말을 이렇게 설정한 이유는 무엇인지 제시문 **나**를 참고하여 말해 봅시다.

....

....

....

....

3. 팡글로스의 낙관주의를 신봉하던 캉디드는 세계 곳곳에서 부조리를 목격하게 되고 비 관주의자 마르탱을 만나면서 극심한 혼란에 빠지기도 합니다. 제시문 **다**의 밑줄 친 부 분의 의미를 말해 봅시다.

....

....

....

....

Theme 02_ 이상 사회

고전적 유토피아와 근대적 유토피아

계몽주의 시대는 유토피아 사상이 전환점을 맞는 시기로 이때의 유토피아는 고전적 유토피아와 근대적 유토피아의 모습을 동시에 담고 있다.

17세기 이전의 고전적 유토피아는 시공간을 초월한 비현실적인 세계였다. 당시 사람들은 인간의 가치는 영원불변한 것이라는 전제에 따라 인간이 완전함에 도달하게 될 때 이상 사회를 이룰 수 있다고 보았다. 플라톤, 토머스 모어 등 고전적 유토피아 사상가들이 생각한 이상 사회는 현실을 초월한 허구적인 세계이며 정태적이고(static) 발전이 없는 완전한 사회였다. 이와 달리 19세기 이후의 근대적 유토피아 사상가들은 이상 사회를 현재에 기반을 두고 발전한 사회로 여기며 사회의 변화에 인간이 어떻게 능동적으로 대처하는가에 따라 이상 사회가 실현될 수 있다고 믿었다. 이에 따라 마르크스, 헉슬리 등은 장차 다가올 사회를 준비하기 위한 동태적이고(dynamic) 진보적인 사회 이론으로서 이상 사회를 형상화하였다. 결국 근대적 유토피아는 고전적 유토피아보다 현실에 대해 훨씬 더 비판적으로 작용하면서 현실을 변화시킬 수 있는 실천적 영향력을 발휘하였다.

이상 사회의 다양한 모습

유가의 대동 사회	이상적이고 지혜로운 성인이 왕이 되어 다스리며 모든 사람이 서로를 가족처럼 여기는 공동체 사회
플라톤의 이상 국가	도덕적 선에 관한 절대적 지식을 성취한 현명한 철학자가 다스리는 사회
루소의 민주적 이상 사회	빈부 차이가 거의 없는 소농으로 구성된 정치 공동체가 직접 민주주의에 의해 스스로를 다스리는 민주 사회
마르크스의 공산 사회	사유 재산과 계급이 소멸하고 생산력이 고도로 발전하여 각자의 능력에 따라 일하고 필요에 따라 분배받는 평등 사회
바쿠닌의 무정부 사회	모든 정치적 조직이나 규율을 거부하고 자유, 평등, 정의, 형제애를 향유하는 사회

Step 4 인간에게 노동은 고역일 뿐일까요? 인간과 노동의 관계를 생각해 보고, 캉디드가 만난 터키 노인의 노동관에 대해 말해 봅시다.

가-1 공장을 끼고 흐르는 작은 내를 건널 때는 숨을 쉬지 않았다. 시커먼 폐수 폐유가 그냥 흘렀다. 근로자들은 아침 일찍 공장으로 걸어 들어갔다. 저녁때 노동자들은 터벅터벅 걸어 나왔다. 계속 조업 공장의 새벽 교대반원 얼굴에는 잠이 그대로 붙어 있었다. 공원들은 잠을 쫓기 위해 잠 안 오는 약을 먹고 일했다. 영국의 상태는 아주 끔찍했었던 모양이다. 로드함 공장에서는 어린 공원들이 정신을 차리게 하기 위해 채찍질을 했다는 기록을 나는 읽었다. 이 로드함 공장이 오히려 인간적이었다는 기록도 나는 읽었다. 리턴 공장에서는 어린 공원들이 한 공기의 죽을 먹기 위해 서로 싸웠다. 성적 난행도 당했다. 공장 감독은 무서웠다. 공원들의 손목을 묶어 기계에 매달았다. 공원들의 이를 줄로 갈아 버릴 때도 있었다. 리턴 공장의 공원들은 겨울에도 거의 벌거벗고 일했다. 하루 열네 시간 노동은 보통이었다. 공장 주인은 노동자들이 시계를 갖는 것을 금했다. 하나밖에 없는 공장 표준 시계가 밤늦게까지 일을 하게 했다. 이들 노동자와 가족들이 공장 주변에 빈민굴을 형성하고 살았다. 노동자들은 싸고 독한 술을 마셨다. 죽어서 천국에 간다는 복음만이 그들에게 위안을 주었다. 참혹한 생활에서 빠져나오기 위해 아편을 쓰는 사람도 있었다. 자식에게까지 쓰는 사람이 있었다. 공장 주인과 그의 가족들은 상점이 들어선 깨끗한 거리, 깨끗한 저택에서 살았다. 그들은 좋은 옷을 입고 맛있는 음식을 먹었다. 교외에 그들의 별장이 있었다. 신부는 그들을 위해 기도했다. 더 이상 참을 수 없게 된 영국의 노동자들은 공장을 습격했다. 그들이 제일 먼저 때려 부순 것은 기계였다. 프랑스의 철공장에서는 노동자들이 망치 소리에 맞추어 노래를 불렀다. 그 노래는 절망에서 나온 부르짖음이었다.
　　　　　　　　　　　　　　　　　　　　　－ 조세희, 〈잘못은 신에게도 있다〉

가-2 오늘날 생산물만이 중시되고 그것을 만들어 낸 노동이 등한시된다는 것은 단지 상점이나 시장, 무역의 경우에 한하는 것은 아니다. 근대적인 공장 안에서도 노동자의 경우에는 사정이 전적으로 동일하다. 작업상의 협력이나 이해, 상호 평가란 그야말로 고위층의 권한에 속할 뿐이다. 노동자 계층에 있어서 여러 부서와 여러 직무 사이에 형성된 관계란 다만 사물 간의 관계일 뿐 인간 상호 간의 관계는 아니다. 부품은 명칭과 형태, 원료가 기입된 쪽지가 붙어 유통된다. 이 부품이야말로 바로 인간이며, 노동자는 다만 교환 가능한 부품이라고 생각될 수도 있을 것이다. 부품은 제조 명세서를 갖는다.

또 큰 공장 몇 개의 경우처럼 노동자가 출근 시에 죄수같이 가슴에 번호를 단 사진이 붙어 있는 신분증을 제시하지 않으면 안 될 경우, 그 신분 확인 절차는 가슴을 찌르며 고통을 주는 하나의 상징이 되는 것이다. 사물이 인간의 역할을 하고 인간이 사물의 역할을 하는 것이야말로 악의 근원이다. (중략) 큰 공장은 물론이고 조그만 공장에서까지도 많은 남녀 노동자들은 명령에 의해 있는 힘을 다해서 대충 1초마다 한 번씩 행하는 대여섯 개의 단순한 동작을 끊임없이 되풀이할 따름이다. (중략) 기계 작업은 마치 시계의 똑딱 소리처럼 끊임없이 계속된다. 이 경우 하나의 일이 끝나고 다른 일이 시작된다는 것을 알려 주는 것은 아무 것도 없다. 저 똑딱거리는 시계 소리의 기운 빠지는 듯한 단조로운 소리를 오랫동안 듣는다는 것은 참을 수 없는 노릇이지만, 노동자는 자기 몸으로 그것을 감당하지 않으면 안 된다.

– 시몬느 베이유, 《노동 일기》

나-1 낙원에서는 노동을 한다는 것이 고되기보다는 그저 즐겁기만 하였을 것이다. 인간의 노동 덕분에, 하느님이 창조하신 바는 자라나고 성숙하여 풍부한 결실을 맺게 되었다. (중략) 하느님이 인간을 낙원에 들여보내신 것은 일하게 하기 위함이었다. 노동하는 사람은 한 그루의 나무를 바라보면서 그의 시선을 창조계 전체로 옮겨간다. 정말 세계는 한 그루 나무와 같다. 세계에는 섭리가 이중으로 작용한다. 자연에 맡겨진 부분과 의지에 맡겨진 부분이 이중으로 작용한다. 그 모두가 인간이 교육을 받는 표지이고, 교양을 쌓는 밭이며, 인간이 발휘할 기술인 것이다. 이제 의미가 밝혀진다. 하느님이 인간을 낙원에 들여보내신 것은 일하게 하기 위함이었다. 거기서 농사를 지으라는 뜻에서였다. 그것은 노예가 하는 강제 노역이 아니라 자유 의지에서 우러난 지성인의 작업이었다. 이런 일에 종사하는 것처럼 순진무구한 일이 또 어디 있겠는가? 인간이 그것을 지혜롭고 현명하게 수행한다면 노동보다 고상하고 그보다 성취적인 일이 또 있겠는가?

– 아우구스티누스, 《창세기 축자 해석》

나-2 제23조 ① 사람은 누구나 일하고, 직업을 자유롭게 선택하고, 공정하고 유리한 노동 조건을 누리고, 실업에 대해 보호받을 권리가 있다.
② 사람은 누구나 어떤 차별도 받지 않고, 동일한 노동에 대해 동일한 보수를 받을 권리가 있다.
③ 일하는 사람은 누구나 자기 자신과 자기 가족에게 인간의 존엄성에 알맞은 생활을

보장해 주고, 필요한 경우에는 다른 사회적 보호 수단으로 보충되는, 공정하고 유리한 보수를 받을 권리가 있다.

④ 사람은 누구나 자신의 이익을 보호하기 위하여 노동 조합을 조직하고, 또 이에 가입할 권리가 있다.

제24조 사람은 누구나, 합리적인 노동 시간 제한 및 정기적인 유급 휴가를 포함한, 휴식과 여가를 가질 권리가 있다. ― 1948년 제3차 유엔 총회, 〈세계 인권 선언〉

다-1 우리는 노동이라는 말을 들으면 곧 찰리 채플린의 〈모던 타임스〉나 르네 클레르의 〈우리에게 자유를〉을 연상합니다. 분명 그들의 이미지나 비판은 지난날 옳을 때가 있었습니다. 그렇지만 그것은 전통적인 산업주의에만 적용될 수 있는 것으로서, 오늘날 급속히 진화되고 있는 새로운 산업에는 들어맞지 않습니다.

분업화된 공장 노동이 얼마나 비참한 것이었는지는 잘 알려져 있으며, 그것은 오늘날에도 역시 비참합니다. 그러한 공장형의 노동은 오피스에도 들어와 개개의 노동자는 작은 반복 작업만을 되풀이함으로써 자기의 일이 전체에 이어진다는 자각을 하지 못하고, 자기 재량이나 창조력을 발휘할 기회도 가지지 못했습니다. 그런데 그와 같은 직업을 보존하라고 주장하는 사람들의 **노스탤지어**에 놀라지 않을 수 없습니다. (중략)

이제까지의 '제2의 물결' 산업에서는 공정을 분업화, 반복화해서 인간이 기계처럼 되어 일하는 것이 능률을 올리는 요령이었습니다. 이제 그런 일은 컴퓨터가 더 빠르게 잘해주고, 위험한 작업은 로봇이 해줍니다. 지금까지의 공정은 시대와 함께 **채산성도** 생산성도 떨어지고 있습니다. 변화를 촉진하는 조건은 갖추어진 셈입니다. (중략)

'제3의 물결'의 노동자는 더욱 독창적이고 더욱 지능적이라서 이제는 기계의 부속품이 아닙니다. 좀 더 구체적으로는 기능과 특수 지식이 있는 인간입니다. 자기 전용의 연장 상자를 가지고 있었던 산업 혁명 이전의 직업인과 마찬가지로 새로운, 말하자면 '두뇌 노동자'는 기능과 정보가 가득히 들어 있는 '두뇌 도구 상자'를 가지고 있습니다. 미숙련 노동자가 갖지 못한 생산 수단을 가지고 있는 것입니다.

이와 같은 새로운 노동자는 자립한 직업인과 비슷하기는 하지만 아무하고나 교체가 가능한 조립 라인의 노동자와는 그 질이 다릅니다. 젊고, 교육 수준도 높고, 반복 작업은 하지 않습니다. 자기에게 적합한 방법으로 일을 해내기 때문에 상사의 잔소리를 싫어하고 항상 자기 주장을 지니고 있습니다. 애매한 공정이나 직제의 변화에도 꿈쩍하지 않습니다. 그들이야말로 새로운 노동력이며 그 수는 자꾸자꾸 늘어나고 있습니다. 경제가 '제2의 물결'에서 '제3의 물결'로 옮겨짐에 따라 새로운 가치 체계가 생겨남과 함께 노동자의 기능도 새로워집니다. (중략)

지금 일어나고 있는 것은 그와 정반대, 말하자면 '마르크스를 물구나무 세운 것'과 같습니다. 오늘날의 경제에서 흥성하는 부문은 수천 명에 이르는 노동자에 의한 동일화, 규격화된 반복 작업을 필요로 하고 있지 않습니다. 필요로 하고 있는 것은 적응력과 독창력과 고학력을 갖춘, 개성적이라 해도 좋을 정도의 노동자입니다.

― 앨빈 토플러, 《예견과 전제》

다-2 미래의 노동은 자동화 시대의 '생활 배우기'를 하는 것이다. 일반적으로 이것은 전기 테크놀로지에서 흔히 나타나는 패턴이다. 이것은 문화와 테크놀로지, 예술과 상업, 일과 여가라는 낡은 이분법을 없애 버린다. 단편화가 지배적이었던 기계 시대에는 여가란 일이 없는 것, 또는 단순히 놀고 지내는 것이었지만, 전기 시대에는 그 반대가 맞는 말이 된다. 정보 시대가 모든 능력을 동시에 사용하는 것을 우리에게 요구하고 있기 때문에, 우리는 모든 시대의 예술가들이 그랬던 것처럼 열심히 대상에 관여함으로써 가장 한가하게 여가를 누리게 된다. (중략)

현재의 노동력을 산업으로부터 철수시키려고 하는 이 자동화의 작용 때문에 학습 그 자체는 생산과 소비에서 중요한 것이 된다. 이렇게 생각한다면 실업에 대한 불안은 어리석은 것이 된다. 이때 급료를 받아 가며 배우게 되는데, 이는 이미 지배적인 고용 형태가 되고 있을 뿐만 아니라 우리 사회 내에서 새로운 부(富)의 원천이 되고 있다. 이것이 바로 사회 내에서 인간이 떠맡는 새로운 '역할'이다. 반면에 기계적인 구식 관념인 '직능' 즉 '노동자'에게 주어진 단편화된 일이나 전문가적 직위와 같은 개념은 자동화 상황에서는 더 이상 의의를 가지지 못한다. (중략)

자동 제어 기구의 전기 시대는 갑자기 사람들을, 앞선 기계 시대의 기계적, 전문가적 노예 상태로부터 해방시킨다. 기계와 자동차가 말을 해방시켜서 오락의 세계 속으로 던져 넣은 것처럼, 자동화가 인간을 해방시키는 것이다. 우리는 그 해방에 대한 대가로, 내부의 자원을 이용해 스스로 고용을 창출해 내고 풍부한 상상력으로 사회에 참여해야 하는 부담을 갑자기 안게 되었다. (중략)

전기적 에너지는 작업이 이루어지는 장소나 작업의 종류와는 무관하다. 그렇기 때문에 그것은 작업에서의 탈중심화와 다양성이라는 패턴을 형성한다. 예를 들면, 이것은 난롯불과 전깃불의 차이에서 분명히 나타나는 논리이다. 따스함과 빛을 찾아 난롯가나 촛불 주위로 모여든 사람들은 전깃불을 지급받는 사람만큼 생각이나 과제를 자유롭게 추구하지는 못한다. 이처럼, 자동화 속에 숨어 있는 사회적, 교육적 패턴은 자기 고용 (self-employment)과 예술적 자율성의 패턴이다. 자동화가 세계적 규모의 획일화를 가져온다고 놀라 당황하는 것은, 이제는 이미 과거가 되어 버린 기계적 규격화와 전문화의 미련에 사로잡혀 있는 것이다.   — 마셜 맥루언, 《미디어의 이해》

라 "잘 모르겠네. 나는 대사제나 대신들 이름에는 관심 없네. 자네가 말하는 사건이 뭔지 하나도 모르겠고 말이야. 내 생각에 보통 공적인 일들에 관여하는 사람들이 때때로 불쌍하게 죽는 것 같고, 또 그럴 만한 것 같네. 어쨌거나 나는 사람들이 콘스탄티노플에서 무엇을 하든 관심 없네. 그곳으로 내가 키우는 과실들을 팔러 보내는 일 말고는 말이야."

이렇게 말한 뒤 선한 노인은 이 낯선 이방인들을 자신의 집 안으로 인도했다. 노인의 두 딸과 두 아들은 그들에게 자신들이 직접 만든 여러 가지 셔벗과 시트론 껍질에 절여 신맛이 나는 카이막, 오렌지, 시트론, 레몬, 파인애플, 피스타치오, 그리고 바타비아나 다른 섬의 질 나쁜 원두가 전혀 섞이지 않은 모카커피를 대접했다. 그런 다음 선한 이슬람교도의 두 딸이 캉디드와 팡글로스, 마르탱의 수염에 향료를 뿌려 주었다.

"아주 넓고 비옥한 땅을 갖고 계신가 봐요." 캉디드가 터키 노인에게 말했다.

"내 땅은 8헥타르뿐이라네. 자식들과 같이 경작하고 있지. 일은 우리에게서 세 가지 악을 쫓아 준다네. 권태, 방탕, 가난 말일세."   — 볼테르, 현성환 옮김, 《캉디드》

• **노스탤지어(nostalgia)** : 고향을 몹시 그리워하는 마음. 또는 지난 시절에 대한 그리움.
• **채산성(採算性)** : 수입과 지출이 맞아서 이익이 있는 성질.

1 제시문 **가**와 **나**를 활용하여 '노동'과 관련하여 **다**의 입장에 대한 각자의 견해를 말해 봅시다.

....

....

....

....

....

....

....

....

2 제시문 **가**~**다**를 토대로 제시문 **라**에서 나타난 터키 노인의 노동관에 대해 말해 봅시다.

....

....

....

....

....

....

주장 1 : 인간은 이성과 자유를 가진 존재이므로 옳고 그름을 판단하고 세계를 이해하는
　　　　정도는 점진적으로 성숙하고 확대될 것이다. 그리고 이에 따라 인간의 전반적
　　　　인 도덕 수준과 삶을 더 나은 방향으로 개선할 수 있다.
주장 2 : 계몽과 진보라는 근대적 가치와 이성에 대한 믿음은 맹신이다. 높은 도덕적 성
　　　　숙에 도달할 수 있는 사람은 극소수이다. 이성은 이기심의 도구로 전락할 수 있
　　　　기 때문에 폭력과 야만은 끊이지 않을 것이다.

가 계몽사상가들은 인간이 이성을 통해 세계를 이해하며 자신들이 처한 조건을 개선할 수 있다고 믿었다. 신의 은총이나 보살핌에 의존하는 것에서 벗어나 오로지 인간 스스로 노력하여 지식과 자유를 얻고 행복으로 나아갈 수 있다고 확신한 것이다. 큰 의미에서 계몽사상은 17세기까지 발전했던 다양한 사유의 연장선에 놓여 있다. 그리하여 17세기 영국 철학과 18세기 프랑스 계몽주의, 나아가 독일 철학까지 포괄한다.

　계몽사상은 인간 이성에 대한 낙관적인 전망과 신의 그늘에서 벗어난 합리적 사유를 통하여 발전하였다. 그리고 이러한 전망은 인간의 이성을 바탕으로 성장한 과학을 신뢰하며 인간의 힘으로 모든 것을 변화시킬 수 있다는 낙관주의로 기울었다. 그리고 20세기 현대 프랑스 철학에서 이성의 폭력적인 힘이 비판받기 전까지 계몽사상은 세계를 지배해 왔다.

나 절차탁마(切磋琢磨)란 톱으로 끊고[切] 줄로 갈고[磋] 끌로 쪼며[琢] 숫돌에 간다[磨]는 뜻이다. 옥을 연마하고 밝게 빛내 예술 작품으로 만들듯이 내 몸을 연마하여 도덕적 인격을 완성한다는 의미이다.

　자공(子貢)이 공자에게 물었다. "《시경》에 '아름다운 군자는 상아를 자르고 줄로 갈듯이 또한 돌을 쪼아서 모래로 닦은 듯 밝게 빛나는 것 같다.'라고 나와 있는데 이는 선생님이 말씀하신 '수양에 수양을 쌓아야 한다.'와 같은 말인가요?"

　공자가 대답했다. "사(자공의 이름)야, 이제 너와 함께 《시경》을 말할 수 있게 되었구나. 과거의 것을 알려 주면 미래의 것을 안다고 했듯이 너야말로 하나를 듣고 둘을 알수 있는 인물이로다."

다 두 번의 세계 대전을 겪고 나서 이성에 대한 믿음은 산산조각 났다. 인간은 신이나 절대적인 진리의 자리에 인간의 이성을 대체해 놓았다. 그 결과 과학은 눈부시게 발전하였으며 표면적으로는 비약적인 발전을 이룬 것처럼 보인다. 그러나 인류가 그토록 맹신했던 이성의 존재는 과연 인류에게 무엇을 안겨 주었는가? 전쟁이나 테러와 같이 서로가 서로를 파괴하는 비이성적 행위는 줄어들기는커녕 그 규모와 정도가 나날이 커져만 가고 있다. 인간의 이성은 도덕적, 윤리적 지향점을 향하지 않고 편의적 도구에 머문다. 인간 이성에 대한 지나친 맹신과 미래에 대한 근거 없는 낙관이 오히려 무분별한 무기 개발과 환경오염 등의 위기로 인류를 내몰고 있는 것은 아닐까.

라 심리학자 로렌스 콜버그(Lawrence Kohlberg, 1927~1987)는 인간의 도덕성 발달 과정을 6단계로 구분하였다. 1단계는 처벌을 피하고 순종하는 단계로서 인간과 사물의 가치를 구분하지 못하는 시기이다. 2단계는 이기적이며 상대주의적인 시기로 삶을 쾌락 충족의 과정으로 본다. 이 두 시기를 묶어 전인습 단계(preconventional level)라고 한다. 3단계에서는 타인의 칭찬과 공감을 소중히 여기며 4단계에서는 권리와 의무를 존중하고 도덕과 종교의 질서를 가치 있다고 생각한다. 이 두 시기가 인습 수준의 단계(conventional level)이다. 5단계는 사회 복지를 인정하고 보편적 인권을 중시하는 시기이고 6단계는 양심에 따라 행동하며 개인의 인격을 존중하는 시기이다. 5단계와 6단계가 후인습 단계(postconventional level)이다. 콜버그는 말년에 마지막 7단계를 추가하였는데, 이 단계의 인간은 인간과 우주의 통일을 위해 노력한다.

보통 일곱 살까지 아이들은 전인습 단계에 머무르고 열세 살 정도의 아이들은 인습 단계에 자리 잡는다. 콜버그는 사람들이 이 수준에서 더 이상 발달하지 못하며, 극히 일부만이 이후 단계까지 도달할 수 있다고 보았다.

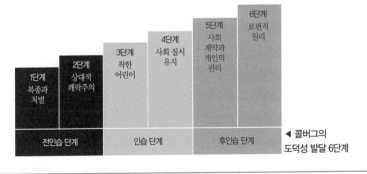

◀ 콜버그의 도덕성 발달 6단계

Step **6** 제시문을 읽고, 노동이 자아실현의 수단이 될 수 있는지 토론해 봅시다.

주장 1 : 노동은 자아실현의 수단이 된다.

주장 2 : 노동으로 자아실현의 수단이 될 가능성은 적다.

가-1 인간은 자연을 있는 그대로 이용하지 않는다. 인간은 자연을 인간을 위한 것으로 개조하고 변형하는데, 그 과정에서 창조적 능력이 발휘된다. 인간은 끊임없이 새로운 도구를 발명했으며 이를 활용해 새로운 물건을 만들어 냈다. 무언가 새로운 것을 만드는 이 과정이 창조적 활동이며 노동 그 자체다. 사실 노동이 없었다면 인간을 포함한 세계는 있는 그대로만 존재해 왔을 것이고 어떠한 변화도 없었을 것이다. 인간 사회의 역사도 문명도 존재하지 않았을 것이다. 노동은 이 세상을 유지시키고 새로운 변화를 야기하는 근본적인 힘이다. 노동이 없다면 변화와 진보, 발전은 있을 수 없다. 이 세상에서 새로운 가치를 창조하는 활동은 노동 외엔 없다. 그런 의미에서 노동은 작은 물건을 만드는 데에 그치는 것이 아니라 거시적으로 이 세상을 변화시켜 나가는 창조적 활동이기도 하다. 물론 자본주의 사회에서 일부 노동이 기계화되고 있는 것은 사실이다. 하지만 그렇다고 노동 자체의 창조적 속성을 부인할 수는 없다. 일부 노동자의 단순 작업이 존재하지만 노동자 개인이 아니라 생산 집단 전체로 볼 때 노동은 창조적 활동이라 볼 수 있다.

가-2 인간은 사회적 동물인 만큼 사회와 동떨어져 스스로 정체성을 찾는 것은 불가능하다. 자아실현의 과정 역시 사회 속에서의 인정과 사회에의 기여 등을 통해 구체화될 수 있다. 노동은 그런 의미에서 한 개인을 사회적 관계 속에 위치시키는 중요한 역할을 한다. 물론 개인적 친분 등을 통해 관계가 형성될 수 있지만 노동을 통한 사회적 관계 형성과는 차원이 다르다. 개인은 인간 생활에 필요한 모든 물건을 스스로 생산할 수 없기 때문에 분업이 생기고 고유한 직업이 생겼다. 한 개인이 고유한 노동을 통해 만들어 낸 생산물은 다른 이에게 유용하게 쓰인다. 인간은 노동을 통해 만들어 낸 생산물을 서로 주고받으며 살아간다. 그 과정에서 사회적 관계가 형성되는 것이다. 결국 인간은 노동을 통해 사회 속에서 어떤 지위와 역할을 수행하고 사회의 한 구성원으로써 존재감을 느낄 수 있다. 이처럼 노동을 통한 사회관계의 형성은 자아실현 과정의 기본이 된다.

가-3 인간은 노동을 통해서 자신의 능력을 실현한다. 또한 노동 과정을 통해 인간 자신도 바뀐다. 자신감을 얻는다든가 더 빠른 작업을 할 수 있게 되는 등의 기술적 측면뿐 아니라 세상 속의 자신을 인식하도록 해 인간의 존재감 자체를 바꾸기도 한다. 또한 노동은 인간을 좀 더 자유롭게 한다. 노동은 물질의 법칙을 이용해 자연을 파악하도록 돕고 자연을 변화시킬 수 있는 능력과 자유를 얻게 한다. 물론 현대 사회의 노동이 소외로 이어질 가능성이 농후한 것은 사실이다. 하지만 이는 노동 그 자체의 속성 때문이 아니라 불합리한 사회 구조에서 기인한 문제일 뿐이다. 다소의 억압적 체제 속에서도 노동은 자아실현을 돕고 자기 존재를 확인할 수 있게 한다. 만일 노동이 소외와 자기 상실감만을 가져다준다면 실업자의 불평은 이해하기 힘들다. 현대 사회의 실업자들은 우선 경제적 빈곤으로 인해 고통받지만 쓸모없는 사람이 되었다는 자괴감에 빠지거나 삶의 의미를 상실했다는 느낌을 받는다. 이는 노동이 단순히 욕구를 충족시키거나 생계만을 위한 것이 아님을 보여 준다. 노동은 훌륭하게 노동을 수행한 인간에게 긍지와 기쁨을 주며, 세계 질서에 참여하고 있다는 존재감을 인식시켜 준다. 노동을 통하지 않은 여가 활동이 기쁨을 주기도 하지만 이는 일시적인 유희에 불과하다. 그러한 기쁨조차 노동 후의 여가 활동이기 때문에 가능한 것이다.

가-4 노동이 사라지는 세계가 현실화되기는 힘들 것이다. 과학 기술이 발달한 미래 사회에서도 노동은 존재할 것이며 여전히 자아실현의 중요한 수단일 것이다. 물론 미래 사회에서는 육체노동이 지금보다 훨씬 많이 줄어들 것이다. 노동 시간이 단축될 가능성도 크다. 대신 기계를 통제하거나 다양한 정신노동에 종사하는 사람들이 늘어날 것이다. 하지만 노동이 주는 자아실현의 느낌은 여전할 것이다. 오히려 여가 시간의 확대는 사람들의 권태로움이나 허무를 더 크게 만들 가능성이 있다. 노동하는 것은 즐기는 것보다 덜 권태롭고 노동 이후의 여가 시간을 더 가치 있게 만든다. 미래 사회에서 노동 시간이 줄어들더라도 인간의 삶 속에서 노동이 지닌 의미와 가치는 더욱 커질 것이다.

나-1 노동이 처음 생겨났을 때 일부 노동은 창조적 활동일 수 있었다. 하지만 본래의 의미에서 노동이란 냉혹한 자연 속에서 살아남기 위한 고통스러운 노력일 뿐이다. 생존을 위해, 자손을 번식하기 위해 자연과 끊임없이 투쟁하고 변화시켜 온 것이다. 이는 현대 사회도 마찬가지다. 현대 사회의 노동도 어떤 창조적 생산물을 만들기 위한 것이 아니라 임금을 받기 위한 생계 수단일 뿐이다. 생산물 자체가 목적이 아닌 상황에서 물건을 만드는 것이 창조적인 활동이라 말하기는 힘들다. 또한 새로운 발명은 창조적 활동일지 모르지만 이후 생산물을 만들어 내는 노동은 단순 반복 작업에 불과하다. 특히 자본주의 사회의 노동자들은 대체로 기계에 맞물려 반복 작업만을 할 뿐이다. 처음부터 생산물을 기획하고 생산 공정 전반에 대해 이해하며 창조적으로 작업에 임하는 것이 아니라 주어진 일만을 고통스럽게 할 뿐이다. 권태롭고 단조로운 노동을 강요당하는 것이 창조일 수는 없다. 오히려 진정한 창조적 활동은 노동을 통해서가 아니라 정신적 사유 활동에서 나올 가능성이 크다. 노동에서 벗어나 여가 생활을 즐길 수 있을 때 가능한 것이다.

🕒-2 노동을 통해 형성되는 사회적 관계란 대개 일방적이고 억압적인 관계에 지나지 않는다. 고대 사회에서 노동을 강요했던 귀족과 그것을 수행해야 했던 노예 사이의 관계나 현대 사회의 자본가와 노동자 사이의 관계를 봐도 노동으로 매개되는 사회적 관계가 얼마나 비인간적인지 잘 알 수 있다. 노동으로 만들어진 관계는 종속적인 관계일 뿐이다. 또한 인간은 노동을 하면서 동료들과 경쟁할 수밖에 없다. 그런 상황에서 어떻게 진정한 관계가 맺어질 수 있겠는가. 노동은 결국 사회 속에서 자신을 실현시키는 역할을 하는 것이 아니라 실제로는 자기 자신을 상실하게 만드는 결과를 가져온다. 또한 인간은 노동을 통하지 않고도 충분히 사회적 관계를 맺을 수 있다. 같은 취미나 기호를 가진 사람들의 돈독한 모임은 많다. 개인적 친분 관계라 폄하할 수 있지만 오히려 노동과 지배 관계에서 벗어나 개인의 가치를 실현시킬 수 있는 참다운 관계이기도 하다.

🕒-3 노동은 어원상 지겹고 고통스러운 활동을 의미한다. 노동만이 인간에게 진정한 자유를 가져다주고 정체성을 회복하게 한다는 주장은 지나치게 이상적이다. 특히 인간이 기계화되고 도구화된 현대 자본주의 사회에서는 더욱 그렇다. 노동을 통해 자아를 실현하는 사람들은 극히 드물다. 현대인들은 노동에 구속된 삶을 살아가고 있다. 대다수의 현대인들은 아침 일찍부터 밤늦게까지 하루의 절반 이상을 일터에서 보낸다. 노동은 자아실현이라기보다 자기 상실에 가깝다. 생존이라는 초라한 목적을 위해 자기 자신을 잊고 단순 작업에 매몰될 수밖에 없기 때문이다. 단순 노동은 인간을 기계처럼 변질시키고 스스로에 대해 생각하는 능력조차 사라지게 만든다. 노동은 인간의 여력을 모두

빼앗아 정신적 활동, 희망, 사랑, 증오, 걱정 등의 인간적 활동마저 빼앗아 간다. 인간이 누릴 수 있는 궁극적 가치는 멀리하게 하고 눈앞의 작은 만족에만 익숙하게 만든다. 노동이 신성한 것이며 자아실현을 돕는다고 주장하는 것은 계속 피지배층을 노동에만 매달리게 하려는 지배층의 이데올로기에 불과하다. 자신의 생산물조차 지배하지 못하는 노동은 개인의 소외만을 더욱 가속시킬 뿐이다. 단순하고 반복적인 노동을 하는 것보다 음악 감상이나 독서 등의 여가 활동을 하는 것이 더 인간의 본성에 가까운 것이며 자아실현에 더 큰 도움이 된다.

나-4 미래 사회에서 인간은 노동에서 벗어나 자유로운 생활을 누리게 될 것이다. 대부분의 노동은 기계가 맡게 될 것이기 때문이다. 인간의 노동은 매우 축소될 것이다. 지금은 많은 노동자들이 노동에 구속되어 자신을 돌아볼 기회조차 갖기 어렵다. 하지만 미래 사회의 인간은 노동에서 벗어나 더 많은 자유와 여가 생활을 즐기고 그 속에서 자아실현을 하게 될 것이다. 고대 노예제 사회 당시 노동에서 벗어난 시민 계급이 철학을 탐구하고 창조적인 예술 활동에 매진해 많은 유물과 인류의 문화적 성과를 만들어 냈던 것처럼 미래 사회의 인간들도 여유로운 시간 속에서 다양한 창조적 활동을 벌일 것이다. 정신적 창조 활동이야말로 인간의 본성을 드러내 주는 자아실현의 궁극적 방법이다.

🔥 논술하기

1 볼테르는 《캉디드》에서 특유의 풍자적인 문체로 당시의 부유층과 지식인, 성직자를 신랄하게 비판합니다. 오늘날 우리 사회의 현상 중 불합리한 모습을 하나 선택하여 풍자하는 글을 써 봅시다.

㉮ After the earthquake, which had destroyed three-fourths of the city of Lisbon, the sages of that country could think of no means more effectual to preserve the kingdom from utter ruin than to entertain the people with an auto-da-fe, it having been decided by the University of Coimbra, that the burning of a few people alive by a slow fire, and with great ceremony, is an infallible preventive of earthquakes.

In consequence thereof they had seized on a Biscayan for marrying his godmother, and on two Portuguese for taking out the bacon of a larded pullet they were eating; after dinner they came and secured Dr. Pangloss, and his pupil Candide, the one for speaking his mind, and the other for seeming to approve what he had said. (omitted) The mitre and sanbenito worn by Candide were painted with flames reversed and with devils that had neither tails nor claws; but Dr. Pangloss's devils had both tails and claws, and his flames were upright.

㉯ "We do not pray to Him at all," said the reverend sage; "we have nothing to ask of Him, He has given us all we want, and we give Him thanks incessantly."

Candide had a curiosity to see some of their priests, and desired Cacambo to ask the old man where they were. At which he smiling said, "My friends, we are all of us priests; the King and all the heads of families sing solemn hymns of thanksgiving every morning, accompanied by five or six thousand musicians."

"What!" said Cacambo, "have you no monks among you to dispute, to govern, to intrigue, and to burn people who are not of the same opinion with themselves?"

"Do you take us for fools?" said the old man. "Here we are all of one opinion, and know not what you mean by your monks."

(다) "I scarce ever knew a city that did not wish the destruction of its neighboring city; nor a family that did not desire to exterminate some other family. The poor in all parts of the world bear an inveterate hatred to the rich, even while they creep and cringe to them; and the rich treat the poor like sheep, whose wool and flesh they barter for money; a million of regimented assassins traverse Europe from one end to the other, to get their bread by regular depredation and murder, because it is the most gentlemanlike profession. Even in those cities which seem to enjoy the blessings of peace, and where the arts flourish, the inhabitants are devoured with envy, care, and inquietudes, which are greater plagues than any experienced in a town besieged. Private chagrins are still more dreadful than public calamities. In a word," concluded the philosopher, "I have seen and suffered so much that I am a Manichaean."

(라) Candide had not been long at his inn, before he was seized with a slight disorder, owing to the fatigue he had undergone. As he wore a diamond of an enormous size on his finger and had among the rest of his equipage a strong box that seemed very weighty, he soon found himself between two physicians, whom he had not sent for, a number of intimate friends whom he had never seen, and who would not quit his bedside, and two women devotees, who were very careful in providing him hot broths.

"I remember," said Martin to him, "that the first time I came to Paris I was likewise taken ill. I was very poor, and accordingly I had neither friends, nurses, nor physicians, and yet I did very well."　　　　— Voltaire, 《Candide》

아로파 세계문학을 펴내며 |

一日不讀書 口中生荊棘

흔히 책 한 권이 한 사람의 운명을 바꿀 수 있다고 한다. 훌륭한 책을 차분하게 읽는 것이 개개인의 인생 역정에 지대한 영향을 미친다는 의미이다. 특히 젊은 날의 독서는 읽는 그 순간으로 그치는 것이 아니라, 독자의 인생 전반에 걸쳐 그 울림의 자장이 더욱 크다. 안중근 의사가 형장의 이슬로 사라지기 전 후대를 위해 남긴 수많은 경구 중 특히 '일일부독서구중생형극(一日不讀書口中生荊棘)'이라는 유묵이 전하는 바는 지금 이 순간에도 절절하게 다가온다.

고전은 시대와 세대를 뛰어넘어 당대를 사는 독자에게 언제나 깊은 감동을 준다. 시간이 흘러도 인간이 추구하는 근본적이고 보편적인 가치는 변하지 않기 때문이다. 이러한 고전 읽기는 가벼움과 효율성을 중시하는 담론이 지배하고 있는 오늘을 사는 우리에게 삶을 다시 한 번 반추하게 한다.

아로파 세계문학 시리즈는 주요 독자를 청소년으로 설정하였다. 번역 과정에서도 원문의 맛을 잃지 않는 한도 내에서 최대한 청소년의 눈높이에 맞추고자 노력하였다. 도서 말미에는 작품을 읽은 뒤 토론하는 데 도움을 주는 '깊이 읽기' 해설편과 토론·논술 문제편을 각각 수록하였다.

열악한 출판 현실에서 단순히 차려진 밥상에 숟가락을 얹는 것이 아닌, 청소년들이 알을 깨고 나오는 성장기의 고통을 느끼는 데에 일조하고 싶었다. 아무쪼록 아로파 세계문학 시리즈가 청소년들의 가슴을 두드리는 북이 되었으면 하는 바람이다.

옮긴이 **현성환**

성균관대학교 불어불문학과를 졸업한 뒤 '보들레르와 벤야민 연구'로 파리 8대학 박사 과정을 수료하였다. 현재 전문 번역가로 활동 중이다.

아로파 세계문학 **05**
캉디드

1판 1쇄 인쇄 2016년 8월 2일
2판 1쇄 발행 2023년 2월 27일

지은이 볼테르 | 옮긴이 현성환 | 펴낸이 이재종
편   집 윤지혜 | 디자인 박주아

펴낸곳 도서출판 **아로파**
등록번호 제2013-000093호
등록일자 2013년 3월 25일
주소 서울시 강남구 도곡로 63길 23, 302호
전화 02_501_0996
팩스 02_569_0660
이메일 rainbownonsul@daum.net
ISBN 979-11-87252-10-8
       979-11-950581-6-7(세트)

* 이 도서의 국립중앙도서관 출판시도서목록(CIP)은 e-CIP홈페이지(http://www.nl.go.kr/ecip)와 국가자료공동목록시스템(http://www.nl.go.kr/kolisnet)에서 이용하실 수 있습니다.
(CIP제어번호 : CIP2016018008)